W0322976

Marie-Noël PASCHAL

LE SECRET DE CAMILLE C.

Roman

Un grand merci à mon ami
Bernard Legras[1]
pour l'aide apportée
à l'édition de l'ouvrage

Couverture

Illustration : Kim-Line Sum-Suol

[1] Professeur honoraire de la Faculté de médecine de Nancy, auteur de livres historiques et religieux (www.bernard-legras-nancy.fr).

Je la revois, cette superbe jeune fille, dans l'éclat triomphal de la beauté et du génie...
Un front superbe, surplombant des yeux magnifiques, de ce bleu foncé si rare à rencontrer ailleurs que dans les romans, ce nez où elle se plaisait plus tard à retrouver l'héritage des Vertus, cette grande bouche plus fière encore que sensuelle, cette puissante touffe de cheveux châtains...Un air impressionnant de courage, de franchise, de supériorité, de gaieté...

Mais non, cette jeune fille nue, c'est ma sœur ! Ma sœur Camille. Implorante, humiliée, à genoux et nue ! Tout est fini ! C'est ça pour toujours qu'elle nous a laissé à regarder ! Et savez-vous ce qui s'arrache à elle, en ce moment même, sous vos yeux, c'est son âme ! C'est tout à la fois l'âme, le génie, la raison, la beauté, la vie, le nom même...

L'œuvre de ma sœur, ce qui lui donne son intérêt unique, c'est que tout entière, elle est l'histoire de sa vie.

Le reste est silence.

Paul Claudel, *Ma sœur Camille*
Juin 1951

1.

Mardi 3 octobre, Avignon

Reine recula d'un pas pour mieux observer la statuette sous son cube de verre. *Génial !* pensa-t-elle : à cette heure, le petit musée des Arcades était presque désert. C'était une chance. Elle pouvait profiter de l'invitation qu'elle avait reçue (*« Madame Reine M., vous avez été tirée au sort parmi les abonnés de notre revue d'art, le mardi... »*) pour visiter gratuitement l'exposition « Camille Claudel, de la grâce à l'exil ». Elle allait prendre son temps, et surtout s'imprégner de ce lieu où *Elle* avait vécu. Qui ça, Elle ? Mais Camille Claudel, bien sûr, l'immense artiste à laquelle elle vouait une passion dévorante, et qui avait passé presque 30 ans internée, « folle », dans cet hospice.

A vrai dire, ce n'était pas que l'endroit lui plût beaucoup : une longue pièce éclairée par cinq hautes fenêtres à carreaux, pavée d'un dallage rouge et blanc, qui évoquait plus une buanderie qu'un musée. *Dire qu'Elle a vécu ici.* Mais la jeune femme ne pouvait pas détacher ses yeux d'un buste en bronze de trente-trois centimètres de haut ; il représentait une fillette de six ou sept ans au regard fiévreux.

La voilà, cette fameuse « Petite Châtelaine » ! se dit Reine. Camille Claudel n'avait pas trente ans quand elle l'a modelée, elle y a mis son âme d'enfant. La gravité du regard, la bouche entrouverte sur un demi-sourire, et une angoisse qui tend le visage de la fillette vers…vers quoi ? Cette statue était fascinante, elle recelait sans doute la clé du mystère de Camille : cette angoisse, c'était celle que ressentait l'artiste depuis son plus jeune âge et qui l'avait menée « de la grâce à l'exil » ? De la vie heureuse d'une sculptrice comblée à l'horreur de la réclusion dans un asile. Car le musée des Arcades est précisément installé dans l'hôpital de Montfavet. Là où Camille Claudel a fini sa vie lamentable.

Reine se retourna pour voir si elle pouvait prendre une photo, discrètement. La grosse dame qui siégeait au guichet d'entrée semblait absorbée dans sa lecture. Vite ! Sortir son appareil photo de son sac.

Mais un couple de visiteurs se présentait ; la guichetière leva les yeux de son livre, et jeta un regard circulaire avant de fixer Reine. Tout en enregistrant les nouveaux venus, elle l'observait du coin de l'œil.

Zut, pas moyen de sortir mon appareil !

Elle extirpa du fouillis de son sac un carnet de moleskine et commença à faire un croquis en espérant qu'il serait ressemblant. Elle s'appliquait : le grand front, la tension du cou marquée par les muscles apparents, la tête ronde de l'enfant, les grands yeux et le petit nez, ça prenait forme. Elle ne remarqua pas la silhouette qui s'était glissée de l'autre côté du présentoir de la statuette.

Tout à coup, une image attira son attention à travers le cube de verre. Derrière le buste, contre la paroi transparente, apparut une photo de la taille d'une feuille d'imprimante. Reine, un peu myope, dut accommoder son regard, et sentit son cœur s'arrêter. Dans la même position que la Petite Châtelaine, tête levée vers le ciel, elle vit un visage qu'elle reconnut aussitôt.

« Chloé ! » s'écria-t-elle, éperdue.

Elle lâcha son crayon et son carnet, fit le tour du présentoir, mais ne put voir qu'une forme qui s'enfuyait, un manteau sombre surmonté d'un feutre noir. Elle courut, trébucha, et s'étala sur le carrelage du musée. Elle fut secouée par un spasme, et se mit à pleurer.

- Mademoiselle, ça ne va pas ?

Un homme lui tendait sa main. Il lui sembla immense. Il répéta :

- Ça ne va pas ? Venez, je vais vous aider.

Reine se releva aussitôt.

- Non, non, tout va bien...

Mais son visage disait le contraire.

- Vous êtes sûre ?
- Oui. Je…j'ai vu quelque chose qui m'a… beaucoup effrayée. Vous n'avez pas aperçu un homme qui s'enfuyait ?
- Ici ?

L'inconnu embrassa la salle du regard.

- Non, je n'ai vu personne. A moins que ce couple, là… ?

Reine fit non de la tête. Tout en se relevant, elle chuchota :

- C'était un homme. Ou peut-être une femme. Je n'ai vu qu'un manteau et un chapeau, sombres tous les deux.
- Et c'est ça qui vous a fait peur ?
- Vous ne pouvez pas comprendre. Il m'a montré une photo… Une photo de quelqu'un que …que j'aime plus que tout.
- Alors vous avez vu ce mystérieux personnage ?
- Non, c'est à travers la vitre qu'il me l'a montrée. Je n'ai regardé que la photo. Quand j'ai voulu saisir la photo, il a disparu en courant.
- Et vous n'avez aucune idée de qui cela peut être ?
- Aucune. Sauf que…
- Sauf que ?

- Lui, il me connaissait sûrement. Il n'y a pas de hasard : il était venu POUR me montrer cette photo. Ce n'est pas un hasard.

En disant ces mots, Reine sentit les larmes monter à ses yeux. L'homme la saisit par le bras, et dit doucement :

- Venez. On va prendre un café, et vous me raconterez ça - si vous voulez bien.

Elle fit un signe de la tête, pour accepter.

2.

Quelques heures plus tard, Reine était rentrée chez elle. Elle se laissa tomber sur son canapé, attrapa son mobile, et appela un numéro parmi ses « favoris ».

- Marc, tu te rends compte ? C'était une photo de Chloé, j'en suis sûre.
- Allons, allons, calme-toi. Tu as dû rêver.
- Tu ne me crois pas ?
- Écoute, Reine. Tu viens me raconter qu'un inconnu t'a montré une photo de notre Chloé, comme ça, en plein musée, alors que tu étais en train de regarder une sculpture.
- Oui, une sculpture de Camille Claudel. Justement, c'était la tête d'une petite fille. Et la photo représentait Chloé, exactement dans la même position. C'est incroyable !
- Comme tu dis, c'est difficile à croire. Ne t'étonne pas si j'ai du mal à l'admettre. Tu as eu une hallucination. C'est normal, tu penses tout le temps à elle. Tu as vu cette tête de fillette, et tu as superposé le visage de Chloé, voilà tout. Tu devrais te reposer. Qu'est-ce que tu as fait, ensuite ?
- Eh bien, il y avait là un monsieur, qui m'a réconfortée et m'a emmenée boire un café. Et puis j'ai pris le train.
- Bon, maintenant, tu vas dormir. Prends un somnifère, je sais que tu en as toujours, et couche-toi, c'est ce que tu as de mieux à faire.

Reine reposa le téléphone, découragée. Marc ne la croyait pas. Visiblement, son ex-mari pensait qu'elle était folle. Elle n'avait pas rêvé, pourtant, elle en était sûre. Une mère ne se trompe pas. Ça voulait dire que Chloé était vivante, quelque part, peut-être tout près. Il fallait prévenir la police, reprendre l'enquête. Contacter le commissaire Bouchard.

Mais que lui dire ? Qu'elle avait vu une photo de sa fille à travers une vitre, dans un musée ! Qui la croirait ? Même son mari ne la croyait pas !

Elle pensa soudain à la dame qui tenait le guichet. Elle avait sans doute aperçu quelque chose. Un homme - ou une femme ? - vêtu de sombre, avec un chapeau, ça se remarque. Sur le moment, elle n'avait pas songé à l'interroger. Il fallait absolument retourner à cette exposition, parler à la guichetière, s'assurer qu'elle n'avait pas rêvé. Non, elle ne se coucherait pas. Elle allait vérifier l'horaire des trains pour Avignon, et y retourner dès que possible. Le lendemain.

Son téléphone sonna.

- Allo, je suis bien chez Reine Messager ?
- C'est moi. Qui est à l'appareil ?
- Je suis…On s'est rencontré cet après-midi, au musée. Vous vous souvenez ?
- Ah, vous êtes le monsieur qui m'a emmenée prendre un café après…après ma chute ? Oui, je me rappelle, vous avez été très gentil. Je ne vous ai peut-être pas assez remercié… Mais comment avez-vous eu mon numéro de téléphone ?
- Tout simplement. Quand je vous ai emmenée à la gare, vous avez oublié dans ma voiture une pochette.
- Zut ! Elle a dû tomber de mon sac. Excusez-moi, je ne m'en suis pas aperçue. Une pochette noire en tissu ?

- Précisément. Je me suis permis de l'ouvrir...Et j'ai trouvé un carnet avec votre adresse, et ce numéro.
- Que je suis bête !
- Mais pas du tout ! Vous étiez si troublée. Ne vous en faites pas, ce n'est pas perdu. Ni votre carnet, ni vos papiers, ni vos cartes.
- Oh merci, que vous êtes aimable ! Pouvez-vous me renvoyer la pochette ? Je vous dédommagerai, bien sûr.
- Il n'en est pas question. Attendez, j'ai autre chose à vous proposer : avez-vous prévu de revenir à Avignon ?
- Justement, j'étais en train d'y penser. Je vais retourner au musée, car je voudrais interroger la dame du guichet. Elle a peut-être vu quelque chose.
- Quand venez-vous ?
- Demain.
- Alors, nous pouvons nous y retrouver. Vers quelle heure ?
- Je vais prendre un train qui m'amènera... je vérifie, voilà : à 11h 05 à la gare d'Avignon.
- Parfait, c'est entendu. Je vous attendrai à la gare, et nous irons ensemble au musée.
- Cela ne vous dérange pas ? Je suis vraiment confuse, vous savez.
- Ne le soyez pas. Je serai ravi de revoir cette exposition, car pour moi...elle a été un peu écourtée. Et je serai heureux de savoir que vous allez mieux. Comme ça, vous récupérerez vos affaires plus vite que par la Poste. Pour tout vous dire, j'habite non loin d'Avignon, près de Sorgues. Vous voyez, cela ne me fera pas un grand déplacement.

- Vous êtes vraiment gentil. Eh bien, c'est d'accord, à demain monsieur…monsieur comment ?
- Lionel, Lionel Boulanger. Appelez-moi Lionel. A demain, Reine.

Encore émue par la photo qu'elle avait entrevue - ou cru entrevoir ? - elle essaya de se concentrer sur le travail qu'elle avait à faire : le mémoire qu'elle préparait pour la fac sur Camille Claudel. Elle se remémora le cours qu'elle avait suivi quelque temps auparavant. Le professeur parlait de Camille Claudel ; il projetait des photos de ses œuvres, les commentait, racontait leur genèse et affirmait que Camille était un génie méconnu. Reine buvait ses paroles. Les étudiantes qui l'entouraient, des jeunes filles pour la plupart, semblaient subjuguées elles aussi. Reine était plus âgée qu'elles : à plus de trente ans elle avait repris des études quand elle avait perdu son travail de secrétaire, à la retraite du médecin qui l'employait. Malgré cette différence d'âge, Reine s'était sentie en parfaite symbiose avec elles…

Elle se rappelait chaque mot du prof. Le buste de la Petite Châtelaine, encore appelé « Jeanne Enfant », ou « La Petite de l'Islette », datait de 1893. Camille Claudel l'avait modelé au château de l'Islette, sur l'Indre, où elle était allée cacher sa grossesse : elle attendait un enfant d'Auguste Rodin. Reine eut le cœur serré en y pensant. Un enfant, bien sûr, cela la fit penser à Chloé. Le visage de la fillette se superposa dans son esprit à celui de la statue. Elle se sentit soudain très proche de Camille : elle aussi avait probablement désiré plus que tout ce bébé, mais elle craignait que Rodin n'en veuille pas. Camille avait alors 29 ans.

Marguerite, la petite-fille de la propriétaire du château, était âgée de six ou sept ans – *presque comme Chloé* ! se dit Reine.

Chloé. Où était-elle maintenant ? La douleur et le remords qui ne la quittaient pas depuis deux ans l'étreignirent. Elle laissa couler ses larmes. Demain, elle irait interroger la gardienne du musée.

Le téléphone sonna à nouveau. Reine décrocha. Une toute petite voix lui parvint :

- Dis, tu m'as vue ?

Elle hurla : Chloéééééééééééééééééééééé ! Mon amour, ma chérie !!!!!!!!! C'est toi ????

Mais seule une tonalité lui répondit. On avait déjà raccroché. Elle composa le numéro de rappel : 3131. Il s'afficha « Inconnu ».

Elle gémit et ses pleurs redoublèrent.

La Petite Châtelaine, œuvre de Camille Claudel

3.

Château de l'Islette, juillet 1891

Camille Claudel s'étire sur sa chaise-longue. Que c'est bon pour une fois de ne rien faire, et de rêver un peu. Elle s'est installée dans le parc après avoir déjeuné dans la salle du milieu du château - qui sert parfois de serre, aussi. Quand monsieur Rodin sera là, ils pourront y manger parfois, comme l'a proposé aimablement madame Courcelles, la propriétaire.

Elle rêve. Elle s'accorde rarement un instant de repos comme celui-là, mais tout ici invite à la détente. On est loin de Paris, de l'atelier toujours bruyant de « monsieur Rodin », où l'on s'affaire, où l'on se bouscule, où praticiens, mouleurs et modèles se côtoient, et où elle a toujours du mal à trouver un coin tranquille pour travailler.

Ici, l'ombre des grands arbres offre une fraîcheur délicieuse. C'est monsieur Rodin qui a déniché ce nid d'amour pour y abriter leurs étreintes. Rodin : quand reviendra-t-il ?

Il est reparti voir sa « vieille » compagne, Rose la mal nommée. Rose que Camille déteste, qu'elle hait de toutes ses forces. Un jour elle la dessinera. Un jour elle la sculptera, et ce sera féroce. Elle la montrera avec son horrible corps décharné, son menton en galoche, ses affreuses rides, son rictus déplaisant, ses seins qui pendent lamentablement. Ah, se venger ! Peut-être que Rodin comprendra, alors, qu'il fera la différence entre elle, son corps jeune et tendre, et la hideuse vieillarde ?

Auguste Rodin. Le grand, l'illustre Rodin. Parfois, elle se dit que ce serait mieux de l'extirper de sa tête et de l'oublier. Mais ici, c'est impossible, tout le lui rappelle. Ce château, il l'a choisi pour elle. Ils sont arrivés ensemble par un soir d'été, et il lui a dit : « Voici un château digne de toi, ma princesse. » Elle a ouvert de grands yeux comme une enfant. Jamais elle n'avait vécu dans un cadre aussi joli. Le château de l'Islette est une charmante bâtisse Renaissance, qui fait penser à Azay-le-Rideau en plus intime.

Elle revit cet instant... Ils ont franchi la porte d'entrée, ancien pont-levis ; ils ont été accueillis par madame Courcelles, qui se disait très honorée de recevoir un artiste déjà si célèbre. Ils ont pris le thé dans la grande salle décorée de paysages bucoliques – d'authentiques peintures du XVIIe siècle ! -, ils ont bavardé un peu avec la vieille dame, puis il a mené Reine dans la chambre qui leur était réservée. Elle voulait toucher à tout, aux tentures, au lit à baldaquin, elle s'est précipitée vers la fenêtre qui donne sur le parc, elle poussait de petits cris enthousiastes. « Ça te plaît ? » Rodin souriait, amusé. Camille croyait vivre un songe, mais il ne lui a guère laissé le temps de rêver. Avec sa fougue habituelle, il lui a retiré sa chemise, son jupon, son corset, les bas qu'elle portait malgré la chaleur. Il n'arrêtait pas de lui parler tout bas en posant sur son cou des baisers qui piquaient un peu : « Ma princesse, tu es ma princesse, je t'aime, je te vénère, je t'aime, je t'aime, je t'aime. » Elle s'était abandonnée avec délices dans ses bras, elle avait laissé ses grosses mains explorer tous les endroits les plus secrets de son corps. Elle s'était cambrée sous le poids de cet homme massif qui était son maître, son chevalier, son amant.

En pensant à leurs étreintes, Camille se cambre à nouveau sur sa chaise-longue, elle sent une langueur l'envahir et son sexe s'humidifier. La fièvre monte à son visage, son corps s'embrase. Si elle osait, elle se caresserait en pensant à Rodin.

Mais elle entend un bruit léger. Quelqu'un s'approche. C'est madame Courcelles ? Non, une petite silhouette surgit, puis une frimousse espiègle. « Vous n'avez besoin de rien ? » Camille sourit. Ce n'est que Marguerite, la petite-fille de leur hôtesse. Une enfant adorable au regard déjà étonnamment pensif pour son âge. Elle n'a que six ans, mais elle s'exprime comme une grande. Camille la regarde, et sourit. « Non merci, Marguerite. Tu es gentille, tout va bien. »

Le château de l'Islette

4.

Est-ce que je deviens folle ? Je n'ai pas rêvé : j'ai bien vu la photo ! Et puis cette voix, au téléphone. C'était Chloé, j'en suis sûre. A moins que ce ne soit une farce, une horrible farce ? Mais qui aurait la cruauté de me faire voir ma petite fille, de me faire entendre sa voix ? Un maître chanteur ? Les journaux ont publié sa disparition, il y a deux ans. Sa photo est parue partout. Quelqu'un serait assez salaud pour me torturer ?

Mon mari ne me croit pas.

Je suis folle.

Mieux vaut n'en parler à personne. Même pas à Marc : si je lui dis que j'ai entendu la voix de Chloé, il va me faire enfermer. Comme Camille. Motus.

*

Mercredi 4 octobre, Avignon

- Non, madame, je regrette, je ne me souviens pas d'avoir vu un homme en noir, hier.

La guichetière n'était pas très aimable, à peine polie. Reine comprit qu'elle devait s'expliquer.

- Pardonnez-moi d'insister, mais c'est très important pour moi. Vous comprenez, si je retrouvais cet homme, je pourrais avoir des renseignements sur…ma petite fille.
- Votre… ?!
- Oui, mon enfant, ma fille, qui a disparu.

La dame changea d'attitude et s'enquit, avec un air de pitié :

- Comment ça ? Vous avez égaré votre fille ? Depuis quand ? Vous êtes allée à la police ?
- Elle a disparu depuis deux ans. Je pense, et nous pensons avec mon mari, qu'elle a été enlevée.
- Oh, ma pauvre dame ! Mais quel rapport avec cet homme en noir ?
- Il m'a montré une photo d'elle, hier, à travers une vitre. Mais quand j'ai voulu lui parler, il s'est enfui.
- C'était vers quelle heure ?
- Dans l'après-midi, à cinq heures à peu près. Et puis, le soir, j'ai reçu un appel. Je crois…je crois que c'était elle, j'ai reconnu sa voix. Oh si seulement c'était vrai ! Je suis sûre qu'elle est vivante, prisonnière quelque part.

Reine sentit monter ses larmes. Elle se maîtrisa, ravala un sanglot.

- Vous comprenez pourquoi je tiens tant à retrouver cet homme ? C'est hyper important, c'est vital !
- Bien sûr. Excusez-moi, je ne savais pas.
- Vous ne pouviez pas deviner.
- Attendez : vous êtes la dame qui est tombée hier après-midi, et qu'un monsieur a emmenée ?

Reine se retourna vers Lionel qui se tenait à quelques pas derrière elle.

- Oui. Voila le monsieur qui m'a aidée.

La guichetière était toute compassion maintenant. Elle cherchait à se souvenir.

- Hier après-midi ? C'était jeudi. Une classe est venue en visite, mais c'était plus tôt. Vers dix-sept heures, dites-vous ? Ça y est, je me souviens bien de vous. Mais pour l'homme en noir, je regrette, je ne me rappelle pas. Je voudrais bien vous aider, ma petite dame. Je vois tant de monde...

- Je comprends. Tant pis. Si quelque chose vous revient, ou si un homme en noir se présente, vous pourrez m'appeler ? Voici mon numéro de téléphone.

Reine s'éloigna, horriblement déçue. Elle avait tant espéré que la guichetière pourrait lui donner un indice. Lionel entoura ses épaules d'un geste protecteur.

- Venez, Reine. Cette dame ne sait rien, visiblement. Elle est...

Il baissa la voix.

- Elle est bien gentille, mais elle n'a pas l'air très futée. Si on allait déjeuner ? Je vous invite. Je connais un petit restaurant non loin de l'avenue de la République où on mange des tagliatelles délicieuses.
- Si vous voulez, mais je n'ai pas très faim. Vous comprenez, cette photo, ce coup de téléphone, je ne pense qu'à ça.
- Allons, allons, venez. Vous allez me raconter.

5.

Reine avait à peine touché aux tagliatelles, quoiqu'elles fussent vraiment très appétissantes. Mais elle avait bu deux verres de rosé, et se sentait en confiance en face de cet homme attentionné. Elle était légèrement grise. Il prit sa main.

- D'abord, parlez-moi de vous.
- Il n'y a pas grand-chose à raconter, soupira-t-elle.
- Mariée ?
- Divorcée. Et vous ?
- Célibataire endurci, répondit-il en souriant. Vous travaillez ? Vous semblez avoir beaucoup de loisirs.
- Oui, des « loisirs », si on peut dire. Je tâche de m'occuper, je fais passer le temps, pour oublier.
- Vous travaillez ?
- Actuellement, je n'exerce pas de métier. J'étais secrétaire, et j'ai perdu mon boulot. J'ai entrepris des études d'histoire de l'art depuis que…c'est arrivé.

Son regard s'était assombri. Lionel fit mine de ne pas le remarquer et enchaîna :

- Des études d'histoire de l'art ? Ah, c'est pour ça que je vous ai rencontrée au musée. Vous vous intéressez à la sculpture ?
- Oui, tout particulièrement à Camille Claudel. Je rédige un mémoire sur elle, et je n'aurais voulu manquer cette exposition pour rien au monde ; j'avais reçu une invitation pour aller la visiter hier. J'étais ravie ! Si j'avais su…

Lionel en revint à son mémoire :

- Parlez-moi du mémoire que vous rédigez. Quel en est le sujet ?
- « Camille Claudel de la création à la folie ». Vous voyez, c'est très ambitieux ! La folie…Je crois que je deviens folle, moi aussi.
- C'est ambitieux, mais c'est passionnant.

Reine s'anima.

- Savez-vous qu'Aristote a écrit : « Il n'y a pas de génie sans un grain de folie » ? Je crois que Camille Claudel n'aurait pas pu sculpter des chefs d'œuvre tels que *La Valse*, ou *Çacountala*, si elle n'avait pas eu cette sensibilité exacerbée, et ces éclairs de génie qui l'ont menée à la folie.
- Sans doute. Mais elle l'a payé cher, ce génie.
- Très cher, j'en conviens. Presque trente ans d'internement, et surtout des souffrances intolérables, dans une solitude totale. Comme la mienne.
- Ce que j'ai beaucoup de mal à comprendre, c'est pourquoi elle a complètement cessé de sculpter quand elle a été internée.
- C'est incompréhensible. Ce fut comme si… comme si elle était morte à son art, à sa passion. C'est difficile à concevoir. A moins que…
- A moins que ?
- A moins qu'elle ait caché son jeu. Elle croyait être persécutée, copiée, volée, par la « bande à Rodin » comme elle disait. On peut imaginer

qu'elle ait continué à sculpter en cachette pour qu'on ne lui vole plus ce qu'elle faisait.

Lionel ouvrit de grands yeux.

- Ce serait extraordinaire ! Elle aurait poursuivi son œuvre à l'insu de tous ? Mais dans ce cas il y aurait d'autres sculptures de Claudel, peut-être des chefs d'œuvre inconnus ?
- Ah, j'aimerais bien... Hélas, si ces œuvres ont existé, elle les a sûrement détruites, comme les autres, celles qu'elle a cassées dans son atelier du quai Bourbon. Oh et puis, c'est un rêve ! Cela me semble tellement secondaire, maintenant. Je ne pense plus à ces statuettes, je ne m'intéresse qu'à mon enfant disparue. Je donnerais tout au monde pour avoir de ses nouvelles. Je ne sais pas si je vais avoir le courage de continuer ce fichu mémoire...
- Mais si, vous devez poursuivre. Il le faut ! assura gentiment Lionel.

6.

Un peu plus tard, le même jour. Mercredi 4 octobre.

Le studio qu'habitait Reine à Aix-en-Provence se situait au troisième étage d'un immeuble de la place Miollis, sans ascenseur. Elle y vivait seule. Les étages ne la gênaient pas trop, sauf quand elle rentrait avec de lourdes courses ou une valise. En compensation, elle appréciait d'avoir une mezzanine, et de jouir d'une vue agréable sur les toits du vieil Aix.

Il était près de dix-neuf heures quand elle gravit les dernières marches de l'escalier avant de parvenir chez elle, et elle eut la désagréable surprise de constater que sa porte était entrebâillée.

- Zut ! Quelqu'un est entré ! Décidément, je vis un cauchemar.

Mais qui pouvait s'intéresser à ses modestes biens ? Elle n'avait que des livres, peu de vêtements, quelques bijoux sans valeur, et des souvenirs. Quand elle s'aperçut que la serrure avait été forcée, elle eut un instant de découragement. C'étaient des frais en plus qui s'annonçaient.

A l'intérieur, un spectacle de désolation l'attendait. Les tiroirs de sa commode et de son armoire béaient à terre. Ses pulls, ses jeans, gisaient sur le sol. Tous ses livres avaient été ouverts, des ouvrages d'art pour la plupart, à côté de ses revues et de ses cours de fac !

Reine eut envie de pleurer. Il fallait bien que cela tombe sur elle. Tout allait mal depuis ce jour terrible.

Elle commença par ramasser ses vêtements, et les rangea dans les tiroirs. Elle reprit ses livres un à un, lissa leur couverture, les replaça sur les étagères. Rien ne semblait avoir disparu. Le cambrioleur devait chercher de l'argent. Il en avait été pour sa peine, et était sûrement reparti bredouille. Bien fait pour lui.

Même le tiroir de sa table de nuit avait été fouillé. Elle n'y gardait que quelques lettres, un poème que lui avait envoyé Marc au temps de leurs fiançailles - et qu'elle n'avait pas pu se résoudre à jeter -, le faire-part de naissance de Chloé, et des photos : plusieurs photos de Chloé à travers les âges, d'autres de ses parents, morts dans un accident de voiture, de sa grand-mère qu'elle aimait beaucoup, de ses amies d'adolescence. *En tout cas rien qui puisse satisfaire un voleur*, pensa-t-elle. Ces photos étaient rangées dans une boîte de chocolats, qui lui parut un peu moins pleine qu'avant la visite de l'intrus. Mais elle n'y prit pas vraiment garde. De toutes façons, elle aurait dû jeter depuis longtemps certains de ces documents, comme le poème de Marc…

Ce qui l'ennuya le plus, ce fut de ne pas retrouver un petit carnet d'adresses. Mais elle pensa qu'elle l'avait sans doute oublié quelque part. Quel intérêt cela avait-il pour un autre qu'elle ?

Au bout d'une heure, son studio avait repris un aspect normal. Reine songea qu'elle devait faire une déclaration au commissariat de police, et avertir son assurance. Son téléphone sonna.

- Allo, c'est Reine ? Ici Lionel. Je vous dérange ?
- Pas du tout. Mais… je viens de trouver mon appartement cambriolé, sens dessus dessous, et je réfléchissais aux démarches que je dois entreprendre.
- Zut, c'est la tuile ! On ne vous a rien volé, j'espère ?

- Non, je ne crois pas. Vous savez, il n'y avait pas grand-chose de valeur.
- Bon, écoutez, j'ai un client à voir à Aix. Cela me ferait plaisir de dîner avec vous.

La jeune femme hésitait.

- Je ne suis pas très en forme. Je ne vais pas être une convive bien agréable…
- Eh bien, justement. Ça vous changera les idées. Alors, c'est d'accord ?

Il lui parut si gentil.

- Vers quelle heure ?
- Je peux être là vers vingt heures. On se donne rendez-vous aux restaurant des Deux Garçons, sur le cours Mirabeau ?

Reine hésitait encore, tentée. Elle se décida.

- D'accord, Lionel. Je vais finir de ranger et prendre une douche. A tout à l'heure.

Avant de sortir, elle planta deux gros clous dans le chambranle de la porte de son studio. Elle y fixa deux petites chaînes qu'elle attacha par un cadenas. *Ça tiendra ce que ça pourra. Demain j'appellerai un serrurier. De toute façon, il n'y a plus rien à voler…*

7.

La Brasserie des Trois Garçons, que les Aixois appellent familièrement « les Trois G », était une institution à Aix-en-Provence. Elle était située sur les bords du cours Mirabeau et arborait fièrement sur le store de sa terrasse la date de sa création : 1792. L'immeuble est de qualité ; il a été construit vers 1660 et il est classé monument historique. En fait, ce n'est qu'en 1840 que la Brasserie a pris ce nom, en souvenir de deux garçons de café qui venaient de l'acheter.

Mais ensuite, comme l'indiquait l'historique qui accompagnait sa carte, « la politique, les arts, les lettres, la mode et le spectacle ont débarqué dans la salle ». On y croisait jadis Raimu, Jouvet, Mistinguett, André Maurois, Churchill, Picasso, Édith Piaf, Blaise Cendrars, Tino Rossi, Jean Cocteau, Darius Milhaud… Cézanne y passait volontiers trois heures avant d'aller dîner avec son camarade Zola. Et beaucoup plus tard, c'est là, dit-on que naquit l'idée de créer le Festival d'Art Lyrique.

Quand Reine arriva aux Deux G, peu avant 20 heures, la grande salle était presque vide. Les fumeurs s'étaient installés sur la terrasse, déjà chauffée en ce début d'automne. Elle prit tout son temps pour admirer le plafond décoré et ses frises, les dorures, les grandes glaces qui élargissaient l'espace, les nappes blanches des tables qui s'alignaient tout autour de la vaste pièce, sur le plancher de chêne sombre. Elle se souvint d'être venue là, avec Marc. Elle eut le cœur serré.

Lionel avait un peu de retard. Il la pria de l'excuser. Reine lui raconta comment elle avait trouvé son studio cambriolé, et il compatit. Pour la faire sourire enfin, il lui narra des anecdotes de son métier d'avocat, et les « perles » entendues au tribunal.

- Vous n'imaginez pas les bêtises qui sortent. Tenez, l'un de mes confrères, cet après-midi, n'a pas craint de poser cette question à un prévenu : « Étiez-vous présent quand on vous a photographié ? ». Si, si, je vous assure, c'est authentique. Ah, et puis cette histoire qu'on m'a racontée. Je n'y étais pas, mais on me l'a certifiée : ça se passait dans un prétoire, comme d'habitude, et un avocat interrogeait un médecin : « Comment pouviez-vous être certain que l'individu était mort quand vous avez pratiqué l'autopsie ? » Réponse : « Parce que son cerveau se trouvait dans un bocal sur mon bureau. » « Mais le patient n'aurait-il pas pu être en vie quand même ? » Le médecin, goguenard : « Il se peut bien qu'il ait été en vie, mais alors c'est qu'il était en train de pratiquer le droit quelque part… »

Reine ne put s'empêcher de sourire : - Non !

- Si, si, je vous assure. Que j'aime vous voir ainsi !
- Eh bien, pourtant, je n'avais pas le moral tout à l'heure. Cette photo, hier, et le cambriolage aujourd'hui…
- Ça va mieux ?
- Un tout petit peu. Et c'est grâce à vous.
- Ah ça, c'est gentil.

Ils dînèrent tout en devisant. Reine semblait moins triste. Souvent, une ombre passait sur son visage, mais Lionel s'appliquait à chasser les nuages. Il la raccompagna jusqu'à la place Miollis et dit en la quittant :

- J'aimerais tant vous aider.

Il avait l'air sincère. Il changea de ton :

- Ça vous dirait de voir mon atelier ? Ah oui, je ne vous ai pas dit : l'après-midi, je suis sculpteur. Sculpteur amateur, bien sûr, mais c'est ma passion.
- Ah ! Et vous exposez ?
- Pas encore. Avec quelques amis, chaque semaine, nous faisons venir dans mon atelier un modèle qui pose pour nous. Certains de mes amis sont peintres, d'autres sculpteurs comme moi. J'ai équipé une grange proche de ma maison, c'est très pratique. Nous sommes tous des passionnés, nous nous régalons, ce sont des moments fabuleux. Il faut que vous voyiez ça. Allez, demain matin, je viens vous chercher au train de 10 heures, et je vous y emmène ! D'accord ?
- Je ne sais pas. J'ai la tête ailleurs. Si vous y tenez...
- Mais bien sûr que j'y tiens ! Vous me donnerez votre avis. J'espère que vous ne serez pas trop sévère.

8.

Jeudi 5 octobre, près de Sorgues

La maison de Lionel était une ancienne ferme accrochée à un coteau. Elle surplombait une vallée où courait un ruisseau. En ce mois d'octobre, la forêt flamboyait. Lionel négocia habilement les virages d'une route caillouteuse qui montait entre les arbres jaunes, orange, verts et rouges. Reine se laissait bercer avec mélancolie par le roulis du 4X4. Ils se garèrent sur un petit parking recouvert de gravillons, face à la maison.

- Je vous offre un café ? Une tasse de thé ?
- Non merci, juste un verre d'eau.

Un peu plus bas s'élevait un grand bâtiment qui s'ouvrait par une porte monumentale. Elle donnait sur une vaste salle presque entièrement vide, au sol de terre battue, dont les murs étaient garnis d'une trentaine de tableaux.

- Ce sont vos œuvres ? je croyais que vous sculptiez…

Il sourit.

- Non, là ce sont les tableaux de deux amis qui peignent avec moi. Mais venez voir mon atelier.

Dans une pièce beaucoup plus petite, attenante, se dressait une estrade de dimensions modestes. Reine pensa qu'elle était destinée à accueillir le modèle. Dans un coin, un gros poêle devait réchauffer l'espace pendant l'hiver. Çà et là, des chaises étaient disposées en cercle au pied de l'estrade. Il y avait peu de meubles : à part les chaises, une malle posée sur le sol avait connu des jours meilleurs.

- C'est mon atelier, c'est là que mes amis et moi-même nous nous réunissons tous les jeudis après-midi.
- Vous travaillez toujours d'après modèle vivant ?
- Oh non, pas toujours. Parfois d'après des photos, ou en laissant courir notre imagination. Mais avec modèle, c'est beaucoup mieux.

Reine s'étonna :
- Je ne vois pas ce que vous avez sculpté. Vous cachez vos œuvres ?

Lionel sourit :
- Vous voulez tout voir ? Venez.

Il poussa une petite porte qui donnait sur une pièce adjacente : « Voilà mon antre ! » La jeune femme ouvrit de grands yeux. Devant elle, sur des socles, une vingtaine de statues en terre s'alignaient, des bustes pour la plupart, et quelques corps de femmes nues. Des seins, des torses, des mains ouvertes aussi, le tout de couleur chair. Cela formait un monde étrange, figé, oppressant.

Reine frissonna.

9.

Paris, février 1892

Camille Claudel s'est essuyé soigneusement les mains sur son tablier. Elle a repoussé sur la table les papiers qui l'encombraient et a choisi sa plus belle plume. Ce n'est pas tous les jours qu'on écrit au ministre des Beaux-Arts. Puis elle a pris une feuille de papier Vélin, sans grain, soyeuse et lisse et a écrit :

Monsieur le Ministre,

J'ai l'honneur de solliciter votre haute bienveillance. Ayant exposé au Salon depuis 1884 plusieurs bustes en plâtre et en bronze ; ensuite un groupe en plâtre intitulé « Çacountala, poème indou » qui m'a valu en 1888 une mention honorable, je suis encouragée à venir vous faire une demande.

J'ai terminé dernièrement un petit groupe demi-nature intitulé « Les Valseurs » qui a été trouvé bien par plusieurs artistes et notamment par monsieur Rodin. C'est de ce groupe, monsieur le Ministre, dont je voulais vous demander la commande en marbre, si votre jugement m'était favorable.

Veuillez agréer, monsieur le Ministre, l'hommage de tout mon respect.

Melle Camille Claudel
sculpteur
113 Boulevard d'Italie

Ouf ! La lettre est prête à être envoyée. Camille se sent plus à l'aise avec son burin qu'avec un porte-plume. Enfin, il n'y a pas de rature, pas de tache, tout va bien.

Dans son atelier – car maintenant, elle a son propre atelier, enfin ! - elle a installé bien en vue ses Valseurs. Ils sont nus, entièrement. Le groupe est un prodige de mouvement et de déséquilibre. La femme tient son buste légèrement cambré, en appui sur le bras qui le soutient délicatement. Sa main gauche effleure à peine l'épaule de l'homme ; de l'autre main elle frôle la paume de son danseur, au bout de leurs bras souplement tendus. Les deux corps ne se touchent pratiquement pas, et pourtant semblent parfaitement unis dans le tourbillon qui les emporte ensemble.

Cela fait plusieurs années que Camille travaille sur cette œuvre, commencée il y a trois ans. Trois ans déjà ... alors qu'elle songeait déjà à rompre avec monsieur Rodin. Pourtant, elle n'a pas rompu. Bien au contraire, elle y a mis tout son amour, toute sa sensualité, celle qui la faisait voler alors vers lui. Elle l'aimait comme une folle. Elle s'appuyait sur lui, comme sa valseuse prend appui sur l'homme qui se penche tendrement vers elle et la soutient.

Les formes sont parfaites. Les corps sont jeunes, sans défaut. L'homme est musclé et mince. Camille sourit. Elle a un peu idéalisé son amant, ça c'est sûr. Mais c'est plus l'image de l'Amour qu'elle a représenté que celui d'Auguste. Pourtant, la femme, c'est bien elle, avec son corps de 25 ans et sa minceur fragile. Souvent elle se demande comment elle a pu tomber amoureuse d'un homme qui a 24 ans de plus qu'elle ! Plus du double de son âge, à l'époque. Elle se souvient...

Elle s'était inscrite aux cours de l'Académie de la Grande Chaumière – l'École des Beaux-Arts était interdite aux femmes. Elle avait 18 ans, et louait un atelier rue Notre-Dame des Champs avec ses amies Amy, Emily et Jessie. De temps en temps, Alfred Boucher venait corriger le travail de ces demoiselles. Mais un jour, il leur a annoncé qu'il devait partir pour l'Italie. Pas grave, c'était son ami Auguste Rodin qui le remplacerait. D'ailleurs, il allait venir justement ce jour-là. Elles verraient, c'était un homme charmant, et un sculpteur d'avenir.

Charmant ? Camille ne l'avait pas trouvé tel. Pas du tout. Timide, gauche, massif, lourd, léonin, impressionnant, oui. Charmant, non. Il la fixait avec ses yeux de myope, étrangement, et son regard allait ensuite du buste qu'elle était en train de modeler à elle. Mais tout à coup, il s'est avancé sans mot dire, il a tendu ses mains vers le buste qu'elle croyait presque achevé – c'était celui de son frère Paul. Ah, ses mains ! Longues, fines, musclées, puissantes aussi. Les ongles étaient sales, c'était normal pour un sculpteur. Et puis il a parlé, de sa belle voix grave : « Pas mal. Mais là, on peut creuser un peu plus. Et là, la joue... elle manque de matière. Pour l'expression, c'est bien. »

Ses mains, sa voix... Camille frémit en se remémorant ses caresses, son corps qui se faisait braise sous la main rugueuse, et la voix qui chuchotait près de son oreille : « Ma petite, ma toute petite, ma princesse, mon indomptable, ma Camille à moi ». Il lui a écrit, plus tard : « Je t'embrasse les mains mon amie, toi qui me donnes des jouissances si élevées, si ardentes, près de toi mon âme existe avec force... »

Oui, monsieur Rodin l'a aimée à la folie, passionnément. Mais en même temps, il y avait toutes les autres. Et puis surtout cette Rose, la vieille sorcière qui s'accroche !

La pensée de Camille revient à ses Valseurs. Ceux-là au moins ne la tromperont pas. Monsieur Dayot, l'inspecteur des Beaux-Arts a promis de passer les voir dans son atelier. Cette fois, c'est sûr, elle aura sa commande en marbre.

Sinon, elle ira fracasser son plâtre sur la tête du ministre. Ou elle ira se jeter dans la Seine !

10.

Jeudi 5 octobre, Aix-en-Provence

En rentrant chez elle, Reine se prépara une tasse de thé. Elle était bouleversée. La photo de Chloé, la veille, c'était un coup de poignard. L'appel, un autre. Elle alla chercher une bouteille de rhum qu'elle avait rangée au fond d'un placard, sous l'évier, en se promettant de ne plus y toucher. Elle en versa une grande rasade dans son thé et s'étendit sur son canapé. Elle attrapa la photo de Chloé qui était posée sur une table basse, à côté.

Le cliché avait deux ans. Deux ans auparavant… Reine songea avec une infinie tristesse à cette période de sa vie qui l'avait anéantie. Était-il possible qu'elle ait connu ce bonheur, et maintenant, ce puits de désespoir ?

En ce temps-là, ils habitaient une jolie villa aux Pinchinats. C'était « le plus agréable séjour de la campagne aixoise ». Avant d'acheter la maison, peu après leur mariage, ils avaient appris que ce quartier rural situé au nord-est d'Aix-en-Provence tirait son nom du provençal « penchinats », les ateliers de peignage qui s'y étaient établis au Moyen-Âge à cause de l'eau abondante et pure qu'on y trouvait. La vie s'y écoulait comme une rivière, limpide et douce. Trop douce peut-être ? Reine avait commencé à trouver le temps long, à attendre Marc qui rentrait tard de son travail. Elle prit l'habitude de se servir un apéritif, puis un verre de gin, un cocktail planteur… De plus en plus souvent, Marc se rendait compte qu'elle avait les joues chaudes et l'haleine chargée quand il arrivait. Un jour, il s'était fâché. Reine avait pleuré, et promis d'arrêter. Dès lors, elle avait caché les bouteilles dans un cabanon, au fond du jardin. Elle n'avait pas cessé de boire. Pas même quand elle était tombée enceinte. Chloé était venue. Quand elle avait grandi, Reine avait repris ses mauvaises habitudes. Toujours en cachette.

Et puis, il y avait eu cet horrible jour de septembre.

Marc ne lui avait jamais pardonné. Ils avaient divorcé l'année suivante.

Reine contempla la photo de la petite fille rieuse dont les boucles volaient au vent de la balançoire. Elle revit le cliché qui lui était apparu brièvement au musée des Arcades. Avait-elle rêvé ? Et cette voix au téléphone, était-ce la sienne ? Si Chloé était toujours en vie - ce qu'elle voulait croire de toutes ses forces, où était-elle ? Reine aurait donné n'importe quoi pour avoir un signe, l'ombre d'un espoir.

Elle se resservit une grande rasade de rhum.

11.

Jeudi 5 octobre, près de Sorgues

Comme tous les jeudis après-midi, Lionel accueillait dans son atelier ses amis peintres et sculpteurs. Ils n'étaient jamais plus de six, rien que des hommes. Si l'un venait à se désister, Lionel faisait appel à Jacques, un ami d'Avignon rencontré à la collection Lambert. Jacques était un grand admirateur du peintre Robert Combas, artiste-phare de la figuration libre. Il le plaçait au même rang que Jean-Michel Basquiat, Keith Haring ou Miquel Barcelo.

Les autres compagnons de Lionel étaient Benoît de Mouza, Alain Salvet, Bernard Foucher, sculpteurs, Laurent Colombat et Pierre Diacomoni, peintres. Les modèles qu'ils convoquaient et dont ils louaient les services étaient exclusivement féminins, prêts à poser nus. « Vous devez vous sentir à l'aise pour poser nue sans rougir, sans vous recouvrir, ni essayer de ne montrer que les parties de votre corps les plus flatteuses, leur disait Lionel en préambule. En vous regardant, nous essayons de comprendre les nuances et la structure du corps humain. Nous ne recherchons pas nécessairement des modèles stéréotypés, des mannequins. Ce que nous voulons, c'est que vous nous aidiez à dessiner le corps humain. Pour ne pas vous fatiguer, nous vous ferons changer de pose toutes les dix minutes. »

Ce jour-là, c'était Flora qui se présentait, une jeune femme aux formes rebondies dont c'était la première expérience. Lionel l'avait recrutée par Internet. Son annonce était rédigée ainsi : « Je suis disposée à poser pour des peintres et des sculpteurs, éventuellement pour des photographes. J'oppose une limite au vulgaire et au pornographique. Pour les séances photos, je pose à visage dissimulé afin de préserver ma vie privée et professionnelle. » Lionel l'avait rassurée : pas de photos, rien que des sculptures et des peintures. Les hommes qui travailleraient autour d'elle étaient de véritables artistes et jouissaient d'une très bonne réputation. Sa qualité d'avocat avait emporté l'acquiescement de Flora, qui était quand même intimidée.

Alors que tous étaient installés, Lionel fit entrer Flora dans le petit atelier et lui indiqua un paravent derrière lequel elle pouvait se déshabiller. Elle s'y rendit, rangea soigneusement ses vêtements sur une chaise, enfila un peignoir et revint vers les cinq amis.

Lionel présenta successivement les cinq artistes, Benoît, Alain, Bernard, Laurent, Pierre, et dit à Flora : « Nous avons discuté du sujet d'aujourd'hui et nous souhaitons commencer par la position debout. Ça ne vous dérange pas, Flora ? Montez sur cette petite estrade, je vais vous aider à prendre la pose. »

La jeune femme obéit. Elle avait un peu de ventre et n'était pas du tout épilée. Un triangle sombre, épais et foisonnant, s'inscrivait au-dessous de son nombril. Elle avait de très belles épaules, parfaitement arrondies, et la peau de ses bras était légèrement bronzée. Les six hommes se disposèrent en demi-cercle face à elle.

« Voilà. Placez votre jambe gauche en avant, légèrement fléchie. L'autre jambe est droite, en arrière. Pied droit à plat, pied gauche en pointe. Attention : ça c'est le plus difficile, il faudrait que vous leviez le bras droit et posiez la main sur l'arrière du crâne, la tête un peu inclinée vers le sol. L'avant-bras pratiquement à l'horizontale, vous comprenez ? »

La voix était douce. Flora fronçait les sourcils et se concentrait sur les indications que Lionel lui donnait. « Allons, détendez-vous, n'ayez pas peur. Je vous l'ai dit, nous sommes là pour travailler. Nous étudions votre corps, c'est tout. Non, ne rentrez pas le ventre, laissez-le au naturel... »

La jeune femme se détendit. Les quatre sculpteurs, attaquèrent le kilo de glaise rouge placée devant eux. Laurent et Pierre affûtèrent leur crayon.

Lionel s'inquiéta : « Vous n'avez pas froid ? Pardonnez-moi, j'ai oublié de vous mettre un peu de chaleur. »

Il s'essuya les mains, passa dans la pièce d'à côté et revint avec un petit radiateur qu'il plaça près de Flora.

Au bout de dix minutes, la jeune femme bougea presque imperceptiblement. Son bras droit fatiguait. Elle poussa un soupir. Lionel comprit qu'il devait l'aider.

- Allez, on va changer. Flora, reposez-vous un moment, asseyez-vous.

Benoît, Alain et Bernard firent une grimace. Leurs blocs de glaise avaient pris une forme allongée, encore indistincte. Pierre et Laurent, au contraire, avaient déjà esquissé une silhouette.

La séance de pose dura deux heures. Lionel demanda successivement à Flora de prendre une position assise - pour qu'elle se repose un peu-, puis à nouveau debout. A la fin, elle laissa échapper un soupir de soulagement. Pendant qu'elle enfilait son peignoir, elle annonça qu'elle serait absente pendant quelque temps, un mois ou un mois et demi, parce qu'elle partait pour l'Italie voir sa grand-mère souffrante.

Lionel se dit : « Dommage, et si je demandais à Reine ? Elle n'a pas l'air de rouler sur l'or, elle a sûrement besoin d'argent. Mais accepterait-elle ? »

12.

Vendredi 6 octobre, Aix-en-Provence

Reine se réveilla avec un terrible mal de tête. Elle s'était affalée tout habillée sur son canapé. A ses pieds, la bouteille de rhum était vide.

Comment ai-je pu retomber comme ça ? Ah, tu es belle, ma vieille ! Si Marc te voyait ! Et surtout Chloé ! Mon enfant chérie, que j'ai perdue par ma faute.

C'était un vendredi, et elle avait cours à la faculté de Lettres. Elle prit une tasse de café fort, deux cachets d'aspirine, et une douche froide qui la remit d'aplomb. Elle enfila un jean, un pull bleu qu'elle aimait particulièrement, et se rappela qu'un serrurier devait venir vers onze heures. Elle était allée au poste de police la veille, déposer une déclaration de cambriolage et une plainte qui, elle le savait, n'aboutirait à rien. *Bon, je devrai être rentrée à temps pour accueillir le serrurier.*

Elle courut jusqu'à la fac. Elle réprima un frisson en pénétrant dans les couloirs d'un jaune sale, peu engageants, et s'assit pour écouter mademoiselle Vergnier, la prof qui venait tout exprès de Paris dispenser un cours sur la sculpture du XIXe siècle. Chaque fois, Reine manquait de s'endormir – *comment cette vieille fille pouvait être aussi revêche ?* - mais pas ce jour-là, car l'heure était justement consacrée à l'œuvre de Camille Claudel. SON sujet. Et pour une fois, le cours était passionnant.

« Quand Camille Claudel écrit au ministre des Beaux-Arts pour lui demander une commande en marbre des *Valseurs,* elle est encore en totale harmonie avec Rodin, expliquait la prof. Elle a appris la précision, l'intensité d'expression du grand maître, et elle y ajoute la force de ses propres sentiments. Notez, en plus, qu'elle a choisi d'adopter la taille « demi-nature », comme celle qu'il utilise pour sa *Porte de l'Enfer.* »

Le cours était agrémenté d'une projection sur les murs blancs-gris de la salle, et tous les étudiants purent contempler le groupe sculpté par Camille Claudel sous toutes ses faces. La version en plâtre, tout d'abord : Camille l'avait drapée pour répondre aux souhaits de l'inspecteur des Beaux-Arts, qui avait été choqué par ses valseurs nus. L'inspecteur, satisfait des transformations effectuées par Camille, écrivit ensuite, en janvier 1893 : « Ce ne sont plus deux vulgaires danseurs nus lourdement accouplés, mais un gracieux enlacement de formes superbes balancées dans un rythme harmonieux au milieu de l'enveloppement tournoyant des draperies. »

Reine observait rêveusement le couple, le déshabillait mentalement. Camille l'avait pensé nu, à l'origine. *Dieu que ces inspecteurs des Beaux-Arts étaient pudibonds !* Heureusement les « draperies » rajoutées par Camille étaient très légères. Finalement, le groupe était devenu encore plus érotique. On y voyait de la passion et de la fièvre –sans doute celles-là même qui dévoraient la sculptrice en ces temps-là.

A la fin du cours, Reine courut à nouveau pour ne pas manquer l'arrivée du serrurier. Bien entendu, il se présenta avec une demi-heure de retard. Les dégâts furent vite réparés, une solide serrure remplaça l'autre.

Quand elle rouvrit la porte, après avoir déjeuné d'une salade sous cellophane, un petit colis l'attendait sur le palier. Le facteur l'y avait déposé sans attendre...Qui pouvait l'avoir envoyé ? Sa mère peut-être ?

A l'intérieur du colis, il y avait un petit paquet soigneusement enveloppé dans un plastique à bulles, un flacon et une lettre brève. Reine lut :

Bonjour
Voici un cadeau que je vous prie d'accepter.
Cordialement vôtre.

La lettre n'était pas signée. Reine s'étonna. Ce devait être une blague. Soudain elle s'inquiéta. Quelqu'un connaissait son adresse, quelqu'un l'épiait peut-être ...

Avec une curiosité mêlée d'anxiété, elle déchira l'enveloppe à bulles. Des nouvelles de Chloé, peut-être ? A l'intérieur, dans un carton mince marqué *Freshlook* se trouvaient deux objets plats et ronds, que Reine identifia comme des lentilles de contact. D'ailleurs une notice les accompagnait.

Lavez-vous soigneusement les mains avant de poser, et rincez avec la solution ci-jointe. Placez la première sur le bout de votre index. Tirez votre paupière supérieure vers le bas avec le majeur de la main. Regardez en haut et placez sur l'œil. N'ayez pas peur, ça ne fait pas mal. Recommencez l'opération avec l'autre œil.

Qu'est-ce que cela signifiait ? Elle était sûre de n'avoir jamais commandé de lentilles de contact : ce qu'elle avait de plus joli, c'étaient ses yeux noisette. Du temps où il était très amoureux d'elle, Marc lui disait : « J'aime tes yeux. J'y vois une palette de vert, de brun et d'or, leurs reflets changent avec la lumière, et je m'y noie. »

Hélas, il ne s'y noyait plus. Sa colère était beaucoup trop forte.

Intriguée, Reine décida d'essayer ces lentilles tombées du ciel. Après quelques essais infructueux, elle parvint à en mettre une en place, et alla se regarder dans la glace.

Surprise ! L'un de ses yeux était bleu. D'un bleu marine, étrange et profond, de la couleur des raisins mûrs.

Comme ceux de Chloé, pensa-t-elle, en éclatant en sanglots.

13.

Vendredi 6 octobre, près de Sorgues

Dans son atelier, Lionel contempla les nouvelles photos fournies le matin même. Elles étaient bonnes. Il les aligna sur une rigole qu'il avait fabriquée exprès, au-dessus de sa table de travail. On voyait la fillette de face, de trois quarts des deux côtés, de profil, de trois quarts arrière, en plongée et en contre-plongée de face. Elle regardait bien droit devant elle, mais elle avait l'air absent.

Avant de s'emparer du gros bloc d'argile, il alla vérifier que la porte était bien fermée.

C'était essentiel. La fenêtre également était close, par prudence. Il jeta un coup d'œil au dehors. La forêt impénétrable et sombre s'étendait au pied de la bâtisse rustique. Tout cela lui convenait.

Il commença par arrondir le bloc, enfonça les pouces pour construire les orbites et les arcades sourcilières. Là, il était à son affaire.

Voyons. La forme des yeux, l'espace entre les sourcils, la base du nez...

Toc, toc, toc. *Un gêneur !* Lionel posa son stylet, entrouvrit la porte en ronchonnant. Ce n'était que Gugusse, son voisin, auquel il confiait de petits travaux et l'entretien de son atelier. C'était un homme trapu, aux traits épais et à la mâchoire solide. Tout en lui respirait la force. Sous de gros sourcils, le regard était simple, direct. Il s'adressa à l'avocat avec respect :

- Je ne vous dérange pas ?

- Si, un peu. A vrai dire, tu me déranges beaucoup. Qu'as-tu à me dire ? J'espère que c'est important…
- Pardonnez-moi, mais j'ai absolument besoin d'un pansement, d'un peu d'alcool et d'un cachet d'aspirine.
- Qu'est-ce qui t'arrive ? Tu t'es blessé ?
- Hmm… Rien de grave.
- Bon, eh bien, non, je n'ai rien de tout ça, et je n'ai aucune intention d'aller dans une pharmacie. Ni d'ailleurs de bouger d'ici. Tu ne vois pas que je suis occupé ? Oh, à propos, merci pour les photos. Elles me conviennent tout à fait.
- Vous en voulez d'autres ? Je peux…
- Non, non, ça va. Si jamais j'en ai besoin, je t'en demanderai. Ou bien je prendrai moi-même des photos. Tu m'amèneras la petite ?
- Si vous voulez.

Gugusse jetait des regards curieux à l'intérieur de la pièce et brûlait de l'envie d'entrer. Lionel faisait obstacle et ne le laissait pas pénétrer. L'autre changea de tactique.

- Ce soir, je peux venir vous voir ? J'aimerais qu'on reparle…vous savez de quoi.
- Ah non, pas ce soir. Je sors, j'ai un rendez-vous.

Gugusse sourit d'un sourire complice.

- Un rendez-vous galant ?
- Si on te le demande, tu diras que tu n'en sais rien.
- Ok, ne vous fâchez pas.
- Je ne me fâche pas, je suis occupé. Je te l'ai dit, je n'aime pas que tu me déranges en pleine journée.

- Vous avez commencé à faire la…le… ?
- Zut, Gugusse, tu m'embêtes. Fiche le camp, on se verra demain. Tu as lu le bouquin que je t'ai passé ?
- Ben, j'ai lu le début, mais c'est pas facile. Je me suis arrêté à la deuxième page, je m'endormais.
- Eh bien, recommence, et tâche de t'accrocher. C'est très très important pour ta formation. Je t'ai déjà expliqué tout cela.

Pensif, Lionel regarda Gugusse. Avec son air pas très futé et ses dents en piteux état, il lui inspirait un profond dégoût. Il l'avait connu lors d'une affaire qui avait mal tourné pour lui, et dont il l'avait tiré en arguant que le prévenu n'était pas assez malin pour avoir imaginé l'escroquerie. Depuis, Gugusse lui vouait une reconnaissance sans limites.

Il habitait une ferme délabrée, pas très éloignée de celle de l'avocat. C'était pratique.

14.

Vendredi 6 octobre, Aix-en-Provence

Reine avait refusé de passer la soirée avec Lionel. Elle le trouvait un peu « pot de colle » et, même si elle n'était pas insensible à son charme, préférait mettre une certaine distance entre elle et lui. « Non, impossible, j'ai promis à une amie de dîner chez elle » avait-elle déclaré au téléphone. C'était presque vrai. Elle s'empressa d'appeler Patricia sur son portable.

- Allô, Pat, c'est Reine. J'ai une proposition « malhonnête » à te faire : depuis le temps que tu m'invites à dîner, tu peux ce soir ?
- Je n'ai pas grand-chose dans le frigo, je comptais avancer dans mon mémoire, mais je préfèrerais passer la soirée avec toi.
- Ne t'en fais pas pour le repas. Je t'apporte une pizza et une bouteille de vin. J'ai besoin de te parler. A toi, je peux le dire. Il m'est arrivé quelque chose d'incroyable.
- Alors c'est d'accord ! Je prépare une salade, et j'ai des glaces au congélateur. Je t'attends. A ce soir.

Reine et Patricia étaient amies depuis l'année précédente. Elles s'étaient rencontrées sur les bancs de la faculté. Le jour de la rentrée, Patricia était venue vers elle, désignant la chaise libre à ses côtés : « Je peux m'asseoir ? ». Reine lui avait souri : « Bien sûr ». Elles ne s'étaient plus quittées de l'année.

Physiquement, elles ne se ressemblaient pas. Patricia était ronde, avait les yeux bleus et des cheveux roux. Reine était plus blonde, grande, longiligne, et quand elles étaient côte à côte, ce qui arrivait souvent, elles faisaient penser à une version féminine de Don Quichotte et de Sancho Pança. Ou, moins noble peut-être, à Laurel et Hardy. Ce qui ne les empêchait pas de s'entendre à merveille, bien qu'elles fussent en désaccord sur à peu près tous les sujets.

Patricia n'ignorait rien du drame qui avait brisé la vie de son amie. Quand elle la vit arriver, elle lui trouva un air étrange.

- Ça ne va pas, dis-moi ? Tu m'as parlé de quelque chose qui t'était arrivé ? Rien de grave ?
- Je ne sais pas. Des choses très étranges.
- Raconte.

Reine s'assit sur un canapé qui avait fait son temps, et que Patricia avait recouvert d'un grand châle multicolore. Elle poussa un soupir. Son amie la regarda, inquiète.

- Si je peux t'aider…
- Non, je ne crois pas. Depuis deux jours, je ne vis plus. Mardi, je suis allée à Avignon, au musée des Arcades, et alors que je regardais une statue de Camille, figure-toi…

Elle lui confia son effroi quand elle avait reconnu le visage de Chloé, sa course pour rattraper l'inconnu, sa chute, le monsieur qui l'avait aidée à se relever…

- Il est beau ?
- Pas mal. Mais j'étais tellement désemparée que je n'ai pas fait attention à son physique, je t'avoue.
- En tout cas, c'est un homme attentionné. Tu vas le revoir ?

- Je l'ai déjà revu. On a déjeuné et dîné ensemble le lendemain, et il m'a emmenée visiter son atelier hier.
- Son atelier ? Il est quoi ? Peintre ? Menuisier ? Serrurier ? Horloger ?
- Avocat. Mais il est sculpteur aussi. Il partage son temps entre son cabinet et son atelier de sculpture.

Patricia émit un sifflement d'admiration. « Eh bien, ma vieille, c'est une affaire qui marche. Tu m'as tout l'air de lui avoir tapé dans l'œil. Tu vas le revoir bientôt ?

- Je ne sais pas. Il m'avait invitée ce soir, mais j'ai refusé. Et ce n'est pas tout. Le soir du musée, j'ai eu un appel : une voix d'enfant qui me demandait si je l'avais vue. Oh, je crois que c'est Chloé. MA Chloé. Je n'arrête pas d'y penser.
- Mais c'est miraculeux ! Ça veut dire qu'elle est vivante ! Tu vas la revoir, j'en suis sûre. Oh ma Reine, c'est magnifique, j'en pleurerais.
- Moi aussi, mais j'ai du mal à y croire. Et Marc, il ne me croit pas du tout. Tu te rends compte, si c'est une blague ?
- Impossible qu'on te fasse une farce pareille. Ce serait abominable.
- Mais tu sais, il ne m'arrive que des choses bizarres ces jours-ci. Je crois que quelqu'un m'en veut, ou s'amuse à me torturer. C'est peut-être la même personne qui m'a envoyé le drôle de paquet que j'ai reçu ce matin.

Elle s'expliqua. Patricia ne comprenait pas plus que Reine qui pouvait lui avoir envoyé des lentilles de contact, et pourquoi.

- Tu as dû les commander, et tu as oublié.
- Non, j'en suis sûre. C'est un mystère. D'ailleurs, il y avait une lettre dans le paquet, anonyme bien sûr, qui me priait « d'accepter ce cadeau ».
- Alors c'est un admirateur. Peut-être ton chevalier servant du musée ? Bon, si on parlait un peu de ton mémoire. Je comprends que tu sois bouleversée par ce qui t'est arrivé, mais tu ne laisses pas tomber, dis ? Tu avances ?

Patricia travaillait sur Rodin. Plus précisément sur « le corps dans l'œuvre de Rodin ». C'était l'occasion de disputes entre les deux amies. L'une tenait Rodin pour un génie, l'autre pour un génie, peut-être, mais doublé d'un plagiaire et d'un salaud.

- C'était Camille, le génie, pas Rodin, s'écria Reine. Il a tout piqué à Claudel. Regarde, par exemple, « La jeune fille à la gerbe », qu'elle a faite en 1887, et « Galatée », de Rodin. D'accord, la première est une simple terre cuite, elle n'avait pas les moyens, alors que Rodin l'a sculptée en marbre. Mais celle de Claudel est beaucoup plus expressive, plus sensuelle, plus vivante. Celle de Rodin est froide…comme le marbre.
- Je te l'accorde, ce n'est pas la statue la plus réussie de Rodin. Mais tu ne peux pas juger toute son œuvre d'après celle-là !
- Et le fameux « Baiser », c'est pareil. Il ne vaut pas un clou en comparaison de Çakountala !
- Tu exagères.

Elles discutèrent ainsi jusque tard dans la nuit. Bien entendu, aucune des deux ne convainquit l'autre. Reine quitta Patricia en l'embrassant : « Ça m'a fait du bien de te raconter. Toi au moins tu ne me crois pas folle. »

15.

Samedi 7 octobre, Aix-en-Provence

Quand le réveil sonna, Reine soupira. Elle n'avait pas fermé l'œil de la nuit.

Elle prépara une tasse de thé, qu'elle dégusta en regardant par la fenêtre les feuilles des marronniers qui commençaient à jaunir, et l'agitation des passants, tout en bas, sur la place Miollis. Une grande journée s'annonçait, sans contraintes ni horaires.

Elle songea soudain que le courrier devait être arrivé, et dévala les étages jusqu'à sa boîte aux lettres. Il y avait des publicités, qu'elle négligea, et une missive portant le cachet de Metz : sa mère lui avait écrit.

Elle remonta dans son studio, ouvrit l'enveloppe. Sa mère s'était séparée de son mari quand Reine avait 17 ans. Elle n'avait que Reine pour enfant, et comme d'habitude, se plaignait de son éloignement. « Puisque tu n'es plus mariée avec Marc, pourquoi restes-tu en Provence ? Tu sais que je t'accueillerais volontiers dans mon appartement … »

Maman. Je t'ai protégée si souvent.

Pas envie de continuer maintenant que tu es âgée et qu'Il est mort.

Tu as été soulagée de ton fardeau. Tu vois, je m'en suis sortie, même si je n'ai rien oublié de ce que nous avons subi ensemble.

A ma façon, je n'ai pas fait mieux que toi : je suis divorcée moi aussi. Mais c'est de ma faute. La bouteille : le sale héritage de mon père. Et puis, surtout, j'ai perdu ma petite fille. Toi, tu m'as gardée…

Sa mère débitait des nouvelles qui n'intéressaient pas Reine. Elle parlait d'un tel et d'une telle, qu'elle avait rencontrés ou qui souffraient de petites affections. Tout à coup, une phrase attira son attention : « La semaine prochaine, j'irai avec Marianne - tu la connais, elle habitait deux étages au-dessus de chez nous - à l'exposition Rodin qui s'ouvre au musée Pompidou-Metz. Cela pourrait te plaire, à toi qui te passionnes pour Camille Claudel. A propos, où en es-tu de ton mémoire ? Si jamais tu as l'intention de venir voir l'exposition, je dirai à Marianne que nous irons un peu plus tard, quand tu pourras nous y accompagner… »

Quelle fine mouche, sa maman ! Elle savait trouver les arguments pour l'attirer. Aller vivre chez elle ? Non, il n'en était pas question. Elle tenait trop à sa liberté, à son indépendance. Mais passer quelques jours auprès de sa mère, visiter l'exposition Rodin, voir le musée Pompidou que les Messins surnomment par dérision « la maison des Schtroumpfs », oui, pourquoi pas ? *Maman serait si contente.*

Reine eut honte de ce qu'elle venait de penser. Quoi ! Il lui fallait l'occasion d'une exposition pour rendre visite à sa mère ?

Et puis elle songea à Chloé. Sa petite fille qui lui manquait tellement.

Mais ce n'est pas la même chose, quand même ! Moi je ne sais rien de Chloé. Même pas si elle est encore en vie. Cet appel, bien sûr… En tout cas, ce n'est pas du tout pareil. Je suis une adulte, je vis mon existence indépendamment de ma mère, c'est normal. Tandis que Chloé…

La verrai-je grandir ?

Le téléphone sonna quand elle était au milieu de ces sombres pensées. C'était Marc, peut-être ? Il regrettait de ne l'avoir pas crue, il venait aux nouvelles, ou il en apportait ?

C'était Lionel.

- Ça vous dirait une petite promenade sur la Sainte Victoire ? Le paysage doit être magnifique en cette saison.
- Depuis le temps que je me promets d'y aller ! Ok, mais c'est moi qui prépare le pique-nique.
- Si vous insistez... D'accord, et j'apporte une petite bouteille de derrière les fagots dont vous me direz des nouvelles.

Oubliant ses tristes pensées, Reine se mit en quête de jambon, de tomates et de radis.

*

La montagne Sainte Victoire s'étend sur dix-huit kilomètres de long et cinq kilomètres de large. Elle est sillonnée par un réseau de sentiers, les uns difficiles, les autres plus aisés. Lionel avait choisi d'emmener Reine sur un des plus fréquentés, le sentier des Venturiers, que les pèlerins empruntaient depuis des siècles pour monter jusqu'au Prieuré.

- Savez-vous d'où la Sainte-Victoire tient son nom ? demanda Lionel tandis qu'ils escaladaient la montagne.
- On dit que cela rappelle la victoire de Marius sur je ne sais plus qui... les Teutons, peut-être, ou les Gaulois, au début de la conquête ?
- C'est joli, mais c'est probablement une légende. Non, son nom en provençal est *Venturi* et il viendrait d'un mot indigène

antérieur à la conquête romaine. Frédéric Mistral l'a expliqué. A partir du mot Venturi, on a forgé le nom Santo Venturi, qui est devenu par la suite Sainte Victoire. N'importe, les Aixois croient dur comme fer à l'origine romaine. Et c'est pour ça qu'on trouve ici tant de petits « Marius ».

Reine regarda Lionel avec curiosité. Elle ne savait que penser de lui. Il avait belle allure avec son tee-shirt jaune assorti à un pantalon gris et des tennis jaunes et gris. Cette tenue faisait ressortir son bronzage. Il marchait à grands pas, apparemment sans effort. Reine suivait tant bien que mal, s'efforçant de ne pas le retarder.

- D'où tenez-vous ce savoir ?
- Oh, je me suis intéressé à cette montagne qui a inspiré Cézanne. Vous n'ignorez pas qu'il l'a peinte toute sa vie, près de quatre-vingts fois.
- Hélas, la plupart de ces tableaux se trouvent aux États-Unis.
- Il y en a beaucoup aussi en Russie, et même au Japon. Mais c'est la preuve que l'art français rayonne dans le monde.
- Il y a longtemps que vous vous passionnez pour les arts ?
- Pas tellement, une dizaine d'années peut-être. J'ai eu un choc en visitant la Galerie de l'Académie, à Florence…
- Je n'y suis jamais allée.
- Dommage, vous devriez. Je suis resté ébahi, paralysé, devant le David de Michel-Ange. Un quart d'heure sans pouvoir bouger. Le choc !

- Je ne l'ai vu qu'en photo. Bien sûr, je suis allée en voir la réplique par Santini, au Prado.
- Ce David adolescent est fascinant. Quelle violence contenue, quelle fierté, quelle noblesse ! Rodin admirait plus que tout autre sculpteur Michel Ange, et c'est lui qui lui a inspiré la puissance de ses formes.
- Rodin, Rodin, on ne me parle que de lui, aujourd'hui !
- Comment ça ?

Reine raconta alors qu'elle avait reçu le matin même une lettre de sa mère lui parlant de l'exposition Rodin au musée Pompidou de Metz.

- Mais c'est une super idée ! Vous allez vous y rendre ?
- Je ne sais pas. Depuis l'autre jour, je ne pense plus à faire des projets.
- Allons, allons, il faut vous reprendre. On pourrait y aller ensemble ? Je vous emmènerais en voiture.

Après plusieurs tournants en épingles à cheveux, ils étaient arrivés au mur d'enceinte, dont Reine admira la construction en pierres sèches.

- C'est magnifique !
- Vous n'avez encore rien vu. Vous pourrez contempler le paysage de là-haut.
- Je vous crois. Mais... si on faisait une petite pause ? Ici, la vue est magnifique. Oh, et puis, je vous ai assez fait souffrir. Nous n'irons pas plus loin.

Ils pique-niquèrent au pied de la chapelle, déballant le jambon, les tomates et les radis que Reine avait apportés, et qu'ils arrosèrent de plusieurs verres de rosé.

Ils gagnèrent ensuite le sommet, d'où la vue était splendide. Puis ils redescendirent. Reine, peu habituée à de si longues marches, goûta la descente qui lui parut facile. Comme elle avait transpiré en montant, elle frissonna dans la fraîcheur du soir qui arrivait. Lionel s'en aperçut et sortit de son sac une veste polaire. Ils atteignirent la voiture qu'ils avaient laissée sur le parking des Venturiers.

- Ça vous a plu ?
- Oui. J'espère que je ne vous ai pas trop embêté…je veux dire freiné.
- Mais non, quelle idée !
- Je n'ai pas votre entraînement. Vous seriez allé beaucoup plus vite sans moi.
- Mais c'est moi qui vous avais proposé cette petite balade ! Ne vous inquiétez pas, je me suis régalé.

Va-t-il me proposer autre chose ? Oser un geste, me toucher ? Peut-être un baiser ?

Mais ce qu'ajouta Lionel n'était pas du tout ce à quoi elle s'attendait :

- Si j'osais… Il y a bien quelque chose que je vous demanderais. La jeune femme qui vient poser pour notre petit groupe de peintres et de sculpteurs amateurs n'est pas libre pendant un mois. Accepteriez-vous d'être notre modèle pendant quelques séances ?

16.

Dimanche 8 octobre, Aix-en-Provence

Il plut tout le dimanche. Lionel ne téléphona pas. Devant l'air étonné de Reine, la veille, quand il lui avait demandé de poser pour ses amis et lui, il n'avait pas insisté. « Réfléchissez. Vous me donnerez votre réponse en début de semaine. Ça n'est pas super bien payé, mais c'est correct, vous verrez, cela peut être une expérience intéressante pour vous. Et surtout, vous nous rendriez grand service. »

Reine n'avait dit ni oui, ni non. Elle voulait peser le pour et le contre. Pour : la compagnie de Lionel était agréable, c'était un homme délicat, et ses amis étaient sûrement à la hauteur de son savoir-vivre. Et voir travailler des artistes dans un atelier, elle en avait toujours rêvé, sans imaginer qu'ils prennent son corps comme modèle. Contre : se retrouver en tenue légère - au fait, elle n'avait pas demandé si elle devait poser nue – au milieu de quatre ou cinq hommes habillés, cela ne la tentait pas *a priori*. Et puis, elle pensait sans cesse à Chloé. Elle hésitait à quitter son appartement. Peut-être que le téléphone allait sonner, encore une fois ?

Non, décidément, elle n'allait pas accepter la proposition de Lionel. D'autant qu'elle se trouvait quelques plis disgracieux sur le ventre, et qu'elle n'avait nulle envie de voir ces petites difformités reproduites sur une sculpture ou un tableau.

Elle enfila un manteau de pluie et sortit. Les rues étaient désertes en ce dimanche d'octobre, gris et maussade. Que faire ? Aller au cinéma ? Visiter un musée ? Attendre ce coup de fil qui ne viendrait pas ? Il valait mieux sortir que de broyer du noir, toute seule. Dehors, on verrait bien...

Ses pas la conduisirent devant le musée Granet, sur la place Saint-Jean de Malte. Juste en face du musée, il y avait une petite boutique tenue par un bouquiniste. Il était vieux, vêtu d'un pull sans forme qui lui descendait presque jusqu'aux genoux, et il l'accueillit avec un grand sourire édenté. La boutique était sombre, à peine éclairée par une lampe ancienne qui jetait un petit cercle de lumière au-dessus d'un bureau dos d'âne encombré de paperasses.

Sur cinq niveaux, les livres montaient jusqu'au plafond. Les plus lourds occupaient les rangées du bas, les « Poches » à mi-hauteur, et quelques collections poussiéreuses, tout en haut, n'avaient sans doute pas été consultées depuis belle lurette. Au sol, des revues attendaient de trouver leur place.

- Bonjour mademoiselle.
- Bonjour monsieur.
- En quoi puis-je vous aider ? Vous cherchez quelque chose de particulier ?
- Non, pas du tout. J'ai vu que votre magasin était ouvert, et comme j'adore les bouquins – excusez-moi, les livres...
- Ne vous excusez pas, ce sont bien des « bouquins ». Je les ai glanés au fil des ans, un peu partout. Mais je vous en prie, prenez votre temps, j'ai tout le mien.

Dans l'odeur des vieux papiers, Reine était à son aise. Elle déchiffra les étiquettes collées sur les planches, « Philosophie », « Histoire », « Policiers », « Littérature jeunesse », « Sciences humaines », « Poésie », « Science-fiction »...

- Vous avez beaucoup de choix ! Y a-t-il un coin pour les arts ? La peinture, la sculpture...
- Ah, j'ai affaire à une connaisseuse. Venez, c'est par ici.

Le rayon « Arts » s'élevait jusqu'en haut, mais rien n'était classé. Michel-Ange y côtoyait Maurice Denis, Degas flirtait avec Brancusi.

- Vous auriez un livre sur Claudel ?
- Claudel ? Dans la catégorie « Poésie », ou « Théâtre », peut-être.
- Pardonnez-moi, je voulais parler de Camille Claudel, la sœur du poète, la sculptrice.
- Camille Claudel ? Celle qui a fini ses jours à l'asile ? Oui, j'ai un ou deux livres sur elle. Et tenez, j'en ai rentré un, l'autre jour, qui pourrait vous intéresser. Il est tout petit, il date d'une dizaine d'années, et je vous le fais... allez, dix euros. C'est une affaire !

Reine n'aurait pas deviné que ce livre concernait Camille Claudel. Sur la couverture de carton rouge, entre deux dessins stylisés, était écrit un seul mot : « Confessions ». Elle l'ouvrit.

Dans un médaillon de couleur sépia, sur une photographie ancienne, figurait Camille. Une Camille jeune, sérieuse, pas du tout souriante, telle que la vit Auguste Rodin lorsqu'il la rencontra.

Reine poussa un petit cri : « Génial ! Bien sûr je vous le prends. » Elle régla et se dépêcha de rentrer chez elle pour le lire tout à loisir.

17.

Les réponses de Camille Claudel au questionnaire de Proust

Dans le livre que Reine venait d'acheter se trouvaient le questionnaire de Proust et les réponses qu'y fit Camille Claudel en 1888. Les questions étaient en anglais, les réponses manuscrites, de la main de Camille.

Votre vertu préférée : *Je n'en ai pas : elles sont toutes ennuyeuses*

La qualité que vous préférez chez un homme : *d'obéir à sa femme*

La qualité que vous préférez chez une femme : *De bien faire enrager son mari*

Votre occupation favorite : *De ne rien faire*

Votre principal trait de caractère : *Le caprice et l'inconstance*

Votre idée du bonheur : *d'épouser le général Boulanger*

Votre idée du malheur : *d'être mère de nombreux enfants*

Votre couleur et votre fleur préférées : *La couleur qui change le plus et la fleur qui ne change pas*

A part vous, qui voudriez-vous être ? *Un cheval de fiacre à Paris*

Où aimeriez-vous vivre ? *Dans le cœur de monsieur Wilson*

Vos écrivains préférés : *Monsieur Pellerin auteur des célèbres images*

Vos poètes préférés : *Celui qui ne fait pas de vers*

Vos compositeur et peintre préférés : *Moi-même*

Vos héros préférés dans la vie réelle : *Pranzini ou Tropmann (au choix)*

Vos héroïnes préférées dans la vie réelle : *Louise Michel*

Vos héros de roman préférés : *Richard III*

Vos héroïnes de roman préférées : *Lady Macbeth*

Votre plat et votre boisson préférés : *De la cuisine de Merlatti (l'amour et l'eau fraîche)*

Vos prénoms préférés : *Abdonide, Joséphyr, Alphée, Boulanger*

Vos bêtes noires : *Les bonnes, les cochers et les modèles*

Les personnages historiques que vous détestez le plus : *Ils sont tous désagréables*

Votre état d'esprit actuel : *Il est trop difficile de le dire*

Le défaut que vous tolérez le mieux : *Je tolère tous les défauts mais pas du tout* *ceux des autres*

Votre dicton préféré : *Un tiens vaut mieux que deux « tu l'auras »*

CamClaudel 16 Mai 1888.

18.

Dimanche 8 octobre, Aix-en-Provence

Reine calcula que l'artiste avait alors dix-sept ans et demi. L'âge de la révolte. Contre quoi Camille se révoltait-elle ?

Camille était féministe avant l'heure, sans nul doute. En témoignaient les réponses 3 et 4 : selon elle, la principale vertu d'un homme, était d'« obéir à sa femme », la vertu préférée d'une femme, de « bien faire enrager son mari ». Camille avait-elle pris modèle sur ses parents, Louis-Prosper et Louise Athanaïse ? Probablement pas. Ou plutôt : sûrement pas ! Car si Louis-Prosper était une bonne âme, qui avait toujours soutenu sa fille dans ses projets artistiques, Louise-Athanaïse était une femme engoncée dans ses principes. Un contre-exemple pour Camille, qu'elle n'avait jamais comprise, ni peut-être aimée.

Reine se souvint que Camille n'avait pas reçu une seule visite de sa mère pendant toutes les années où elle fut enfermée.

Son caractère ? Elle prétendait avoir comme occupation favorite de « ne rien faire ». Et s'avouait capricieuse, inconstante, orgueilleuse – son artiste préféré : « elle-même ! » Méprisante envers « les bonnes, les cochers, les modèles ». *Ça, ça ne lui ressemble guère. Elle a si bien sculpté la Vieille Hélène... Et elle n'avait que dix-sept ans alors, juste l'âge auquel elle a répondu à ce questionnaire*

Reine se remémora le buste d'Hélène, qui était une des servantes de la famille Claudel à Villeneuve. Elle revit la tête renversée en arrière, les rides creusant le visage, l'expression fière et légèrement ironique de la vieille femme : tout l'art de Camille était déjà là, dans ce buste prophétique !

Comment une artiste capable, si jeune, de créer un visage d'une telle intensité, d'une telle sensibilité, a-t-elle pu verser dans la folie ?

Cette pensée ramena Reine au sujet de son mémoire, « De la Création à la Folie ». Elle se dit qu'il n'avançait pas beaucoup.

Elle attrapa sur sa bibliothèque le petit livre du docteur Michel Deveaux, qu'elle s'était procuré au musée des Arcades, « Camille Claudel à Montdevergues » et relut le certificat établi le 7 mars 1913, à Paris, par le docteur Michaux. Ce médecin était le voisin de Camille, et il rédigea ledit certificat à la demande de Paul Claudel.

Quelle vie de recluse, ensuite ! Comment la jeune fille espiègle de 1888 a-t-elle pu devenir cette pauvre femme hagarde, sale, sauvage, en 1913, vingt-cinq ans après ?

Jeune, elle disait vouloir être « un cheval de fiacre à Paris » ! C'est beau, un cheval, c'est noble.

Reine s'endormit et rêva qu'elle voyait passer sur une allée du Bois de Boulogne un magnifique cheval arabe, monté par une jeune fille dont les cheveux flottaient au vent. Une jeune fille qu'elle reconnut : c'était Camille Claudel.

19.

Lundi 9 octobre, Aix-en-Provence

Le lendemain, le soleil était revenu. Reine se leva avec entrain. A 8 heures et demie, le téléphone sonna : c'était Lionel.

- Bonjour. Je ne vous réveille pas ?
- Oh non ! J'allais partir pour la fac.
- Alors, je ne vous retiens pas longtemps. Vous avez pensé à ma proposition ?
- Laquelle ? Poser pour vos amis et vous ?
- Oui, c'est ça.
- Mais Lionel, vous m'aviez dit que je pouvais y réfléchir…
- Bien sûr. Pardonnez-moi, je suis tellement impatient de connaître votre réponse.
- Eh bien, comme vous me le conseilliez, j'ai réfléchi. C'est non.

Un silence. A l'autre bout du fil, Lionel devait digérer la réponse.

- Définitivement ?
- Écoutez, je ne suis pas sûre. Mais pour l'instant, c'est non.
- Tant pis. Si vous changez d'avis…
- D'accord, je vous préviendrai. Maintenant, excusez-moi, mais il faut que j'y aille, je vais être en retard.

Reine courut jusqu'à la fac. Elle suivit un cours passionnant sur « la maîtrise des outils de recherche » en archéologie, et un autre sur les débouchés que lui offrait le master d'histoire de l'art qu'elle préparait durant l'année.

Hmmm... Un débouché qui me plairait ? Le métier de médiateur culturel, par exemple. Mais cela doit être très demandé, les places sont chères. Enfin, je verrai bien.

Quand elle revint à son studio, une lettre l'attendait dans la boîte métallique à son nom, au rez-de-chaussée. Intriguée, elle la prit et grimpa jusqu'au troisième. Cela la changeait des publicités habituelles. Elle l'ouvrit le cœur battant.

Elle était adressée à madame Reine Messager, place Miollis, Aix-en-Provence. L'écriture était presque enfantine. Le message était court :

Si vous voulais apprendre quelque chose d'estraordinaire sur quelqu'un qui vous intérese, venais mercredi 11 octobre à 20 heures devans le pannau du çentre hospitalier de Monfavet. Vous ne serez pas dessue.

Que signifiait cette lettre mystérieuse ? Était-ce une farce ?

Intriguée, Reine examina l'enveloppe. Elle avait été postée à Avignon, deux jours auparavant.

20.

Mardi 10 octobre, Aix-en-Provence

Patricia, comme souvent, était en retard ; le cours était commencé depuis dix minutes. Reine lui fit signe qu'elle avait gardé une place à côté d'elle. Quand Patricia s'installa et déballa ses affaires, Reine lui chuchota : « J'ai quelque chose à te raconter ». « Des nouvelles ? » « Non, hélas. Juste une drôle de lettre. »

Mais mademoiselle Vergniers leur jeta un regard incendiaire. Elles se turent.

Après le cours, Reine expliqua qu'elle avait reçu une missive bizarre, très mal écrite, qui lui proposait des révélations sur une personne qui l'intéressait.

- Et si c'était Chloé ? Non, ce n'est pas possible. Alors, quelle serait cette personne « à qui je m'intéresse » ? C'est peut-être Camille Claudel, le sujet de mon mémoire.
- Ouais… C'est bizarre, ton truc. Et d'abord, comment cette personne qui t'écrit a eu ton nom, ton adresse ?
- Tu as raison, c'est bizarre. Mais justement, ça m'intrigue…
- Non, Reine ! Ne me dis pas que tu as l'intention d'aller à ce rendez-vous !
- Ben, je ne sais pas. Je voudrais en avoir le cœur net.
- Tu es folle !
- Qu'est-ce que je risque ?
- Mais…de te faire enlever ! Ou violer ! Tu peux tomber sur un obsédé sexuel, un malade, un voyou, je ne sais pas moi. Donner un rendez-

vous un soir dans une rue pas très fréquentée – il fera nuit, à cette heure-là, tu te rends compte ?

- Justement. Je voulais te demander : tu ne pourrais pas venir avec moi ?
- Ah non, désolée, le mercredi, j'ai mon cours d'aquagym, il n'est pas question que je le manque. Demande à ton chevalier servant ?
- Tu as raison, je vais essayer.

Mais Lionel serait-il libre ? Reine lui téléphona. Il était navré, désolé, déçu au-delà de toute expression, il ne pouvait pas se libérer ce soir-là. Le lendemain peut-être ?

- Heu, non. C'est ce soir que je dois aller à Avignon, pas demain.
- Ce soir ? Pas moyen de différer ? C'est quoi, un rendez-vous ?
- Oui, en quelque sorte. Mais ce n'est pas grave, ne vous inquiétez pas. A bientôt, Lionel.

Reine remit son téléphone en poche, un peu déçue. Irait-elle ? N'irait-elle pas ? Patricia le lui déconseillait. Elle hésita à aller acheter un paralyseur-shocker électrique ou un pistolet lacrymogène. Mais d'une part elle ne savait pas où s'en procurer, d'autre part elle craignait de se sentir un peu ridicule.

Elle s'avoua que la curiosité serait la plus forte. Dans sa tête, Chloé et Camille se rejoignaient. Elle avait curieusement l'impression que l'une la rapprocherait de l'autre. Idée folle ? Mais la photo de Chloé dans la même attitude que *la Petite Châtelaine,* ce n'était pas une drôle de coïncidence ?

21.

Mercredi 11 octobre, Avignon

Dix-neuf heures quarante-cinq, avenue de la Pinède. Reine était un peu en avance. Dans la poche droite de son imperméable, elle serrait une torche. Dans l'autre, son portable, qui ne lui servirait probablement à rien. Une pluie légère faisait luire la chaussée. Elle frissonna.

Un panneau bas indiquait « Centre Hospitalier de Montfavet ». Pas de doute, c'était le lieu du rendez-vous que lui avait donné l'auteur du mystérieux message.

Dix-neuf heures cinquante-neuf. Rien à signaler. Vingt heures deux : une silhouette au bout de la rue. Impossible de savoir s'il s'agit d'une femme ou d'un homme. « Il » ou « elle » s'approcha. La « personne » était plutôt petite, vêtue d'un grand manteau sombre, tête nue malgré le crachin. Il appela : « Reine Messager ? »

C'était un homme.

- Vous êtes venue, c'est bien.
- Qui êtes-vous ?
- Peu importe. Appelez-moi Gérard.
- Je n'aime pas m'adresser à quelqu'un dont je ne connais pas le nom.
- Aucune importance. Regardez plutôt ce que je vous apporte. Attention, c'est fragile.

L'inconnu sortit de sa poche un petit objet enveloppé dans du papier journal. Il ouvrit le paquet. Reine, intriguée, dirigea son portable sur ce qu'il tenait entre ses mains. C'était rond et brun.

- Ça vous dit quéque chose ?

Reine leva la tête. L'homme souriait, d'un sourire édenté.

- Je peux prendre ? interrogea-t-elle.
- Tenez. Mais faites gaffe, c'est fragile. Ça casse.

Reine ouvrit la paume de sa main gauche, et y déposa la « chose ». C'était une petite sculpture en argile crue, qui représentait une tête. Elle la regarda attentivement. Il s'agissait d'un portrait. Sûrement un vieillard, car le front était plissé de rides très marquées. Ou plutôt non, c'était une vieille femme. Elle levait la tête, on distinguait nettement le visage coupé au couteau, le nez aquilin, le menton pointu, et en le tournant, Reine vit que la statuette portait un petit chignon bas. Pourquoi cette tête lui paraissait-elle étrangement familière ?

- Alors, ça vous dit rien ? répéta l'homme.
- Attendez… On dirait la copie d'une sculpture, un truc que je connais…

Elle eut un éclair :

- La vieille Hélène ! On dirait la vieille Hélène !! Mais ce n'est qu'une imitation, pas terrible d'ailleurs.

Elle leva la tête vers l'homme :

- Où avez-vous eu ça ?
  Ah, je vois que ça vous intéresse. Eh bien, j'en ai pas mal des comme ça.
- Des autres ?
- Oui, plein d'autres du même genre. Et puis des papiers, un tas de feuilles où y a des choses dessus, ça a peut-être de la valeur…
- Vous tombez mal, je n'ai pas d'argent. Mais si vous êtes d'accord pour me vendre cette petite statue, c'est combien ?

- Non, pour le moment, je ne veux pas la vendre. Je voulais juste vous la montrer, pour que vous la voyiez et que vous me disiez combien ça vaut.
- Ça dépend. Si je ne sais pas qui l'a faite, je ne peux pas l'évaluer.

L'homme eut l'air déçu. Soudain, il eut une idée :
- Le nom de Violette Barrère, ça vous dit quelque chose ? C'est peut-être elle qui a fait ça.
- Non, désolée, ça ne me dit rien.
- Ah, j'ai encore autre chose.

De sa poche, l'homme tira une feuille pliée en quatre et la tendit à Reine qui s'en saisit, l'éclaira avec son portable. C'était une sorte de schéma, une colonne qui comportait quatre inscriptions l'une en-dessous de l'autre. Reine voulut prendre une photo, l'inconnu lui arracha le papier. Elle avait eu le temps de le photographier mentalement. Voici les signes qui y figuraient :

L. M.
I
P.M.
I
P.M.
I
R.M.

- Bon, ça va pour ce soir. Vous n'êtes pas très coopérative, ma petite dame. Pourtant, moi je pensais que ça pouvait vous intéresser. Enfin, si vous changez d'avis… N'essayez pas de me suivre. C'est moi qui vous recontacterai.

Avant que Reine ait pu dire un mot, l'homme avait disparu dans la nuit.

22.

Vu l'heure tardive, il n'y avait plus de train ni de car. Reine se demandait si elle allait faire du stop quand elle vit deux voitures qui sortaient du parking de l'hôpital de Montfavet. Des visiteurs tardifs, peut-être ? Ou des soignants. Elle les arrêta et eut de la chance. La deuxième était conduite par un infirmier psychiatrique qui rentrait sur Aix. Il accepta de la raccompagner.

Lorsqu'elle fut arrivée dans son studio, elle se hâta de noter ce que lui avait révélé « Gérard » : le nom d'une certaine Violette Barrère, et le mystérieux schéma. Elle tapa « Violette Barrère » sur Google ; elle obtint de nombreux résultats approximatifs, mais aucun qui indiquât quoi que ce soit de précis.

Que voulait cet individu ? Visiblement, il ignorait la valeur de ce qu'il lui avait révélé. Et pourquoi s'était-il adressé à elle, Reine ? Qui lui avait donné ses coordonnées ?

Quant aux inscriptions, que signifiaient-elles ? L.M. : module lunaire (en anglais), ou lettre de motivation, ou encore L&M, marque de cigarettes ? P.M. : *post meridiem*, *post mortem*, pistolet mitrailleur ? Et R.M. : régiment de marche, raison médicale, retard mental ? Reine se perdait dans ces sigles. Rien ne lui parut être en rapport avec ce qui pouvait l'intéresser.

Elle était obsédée par la statuette de terre crue qu'elle avait tenue dans les mains, qui lui rappelait si fort *La Vieille Hélène.* Elle se plongea dans ses cours.

Hélène, lut-elle, était l'une des servantes de la famille Claudel à Villeneuve. Elle avait été, à côté de Paul, un des premiers modèles de Camille qui n'avait encore que dix-sept ans. Ce fut le premier portrait de vieillard sculpté par la jeune artiste – mais elle en fit bien d'autres. Reine se souvint alors que Camille avait réalisé cette sculpture à l'âge, tout juste, auquel elle répondait au questionnaire de Proust.

Que de coïncidences ! La photo de Chloé, le coup de téléphone, le questionnaire de Proust et les réponses de Camille, ce rendez-vous bizarre et maintenant une statue qui évoquait la Vieille Hélène ! Tout semblait tourner autour de Camille.

Tout se brouillait dans sa tête, mais ce qui lui semblait le plus important, c'était le visage de Chloé, qui revenait, obsédant. Sa petite châtelaine à elle. Pour noyer son chagrin, elle se versa une grande rasade de rhum. Puis une autre.

23.

Paris, le 7 mars 1913

A la demande de Paul Claudel, frère de Camille, le docteur Michaux qui est installé au 19 quai Bourbon, rédige un certificat médical :

« Je soussigné, docteur en médecine de la faculté de Paris, certifie que Mademoiselle Camille Claudel est atteinte de troubles intellectuels très sérieux; qu'elle porte des habits misérables; qu'elle est absolument sale, ne se lavant certainement jamais; qu'elle a vendu tous ses meubles, sauf un fauteuil et un lit; que cependant elle reçoit de sa famille, en plus du loyer de son appartement payé directement au propriétaire, une pension de 200 francs par mois qui serait amplement suffisante pour lui permettre de vivre confortablement; qu'elle passe sa vie complètement renfermée dans son logement et privée d'air, les volets étant hermétiquement fermés ; que depuis plusieurs mois elle ne sort plus de la journée, mais qu'elle fait de rares sorties au milieu de la nuit ; que d'après ses lettres écrites tout récemment à son frère, d'après ses propos tenus à la concierge, elle a toujours la terreur de la bande à « Rodin », que j'ai déjà constaté (sic)*chez elle à plusieurs reprises depuis 7 à 8 ans, qu'elle se figure être persécutée, que son état déjà dangereux pour elle à cause du manque de soins et même parfois de nourriture est également dangereux pour ses voisins et qu'il serait nécessaire de l'interner dans une maison de santé. »*

Paris, le 7 mars 1913
Docteur Michaux

Le 10 mars, huit jours après le décès de son père - dont elle n'a pas été prévenue-, et en réponse à la demande d'admission écrite par sa mère le 8 mars, Camille est internée en « placement volontaire » et en première classe (Dossier n°11S.3630) à l'asile de Ville-Evrard. Elle a quarante-huit ans. Son poids à l'entrée est de soixante-quatorze kilos.

24.

Jeudi 12 octobre

Quand elle se réveilla, Reine avait comme d'habitude la tête lourde, la bouche sèche et des nausées. *Nulle, je suis nulle !* se dit-elle, furieuse encore une fois. Elle attrapa son mobile, tombé sur le sol, et vit qu'elle avait un message de Patricia, qui disait simplement : HEL

Qu'est-ce que cela voulait dire ?

HEL. C'était pour « Hello » ? ou pour « Help » ? ou pour « Hélène » ? Elle ne voyait pas d'Hélène qui fût une connaissance commune… *Bon, cela devait être hello. Mais pourquoi m'envoyait-elle ce message ? Et au fait, à quelle heure ?*

Le mobile indiquait six heures quatorze. Une façon de lui dire bonjour, ou de savoir si elle était bien rentrée de sa rencontre de la veille ? Reine se promit d'éclaircir ce point dès qu'elle verrait son amie. Justement, elle avait cours à dix heures ce matin-là. Comme elle allait sortir, son téléphone sonna. *Zut, je vais encore être en retard. Je prends ou je prends pas ? Je prends.*

C'était Lionel.

- Bonjour Reine. Je ne vous dérange pas ?
- Bonjour Lionel, non, mais je suis ultra pressée. J'ai cours dans dix minutes.
- Alors, je serai bref. Voulez-vous dîner avec moi ce soir ?
- C'est gentil. Où ça ?
- Je passe vous chercher vers 19 heures 30. Je vous emmène, ce sera une surprise.

- D'accord. A ce soir !

A la fac, Patricia n'était pas là. Reine commençait à s'inquiéter. Son message bizarre l'intriguait. Elle l'appela sur son portable, mais n'obtint aucune réponse. Elle hésita à passer chez elle, et renonça. Elle tenterait à nouveau de la joindre dans l'après-midi.

Quand elle regagna son studio, un nouveau paquet l'attendait. Comme le premier, il était peu volumineux, entouré d'un papier bulle dans une enveloppe d'expédition blanche à son nom. Elle lut la lettre qui l'accompagnait.

Bonjour

C'est encore moi, voici un autre cadeau. Mettez-le, et n'oubliez pas le premier envoi.

Toujours cordialement vôtre.

Toujours pas de signature non plus. Intriguée, Reine défit le paquet. Il contenait une masse brune, qui se révéla être une perruque de cheveux foncés. Après les lentilles, une perruque ? Qu'est-ce que cela voulait dire ? Un admirateur secret, peut-être ?

Par jeu, elle la posa sur sa tête. La chevelure descendait jusqu'au milieu de son dos en boucles brillantes. Puis elle saisit les petites lentilles de contact qu'elle avait rangées dans le tiroir de sa table de nuit, se plaça devant son miroir et avec beaucoup de précautions les posa au centre de ses yeux, l'une après l'autre.

Elle se regarda. L'effet était saisissant. *J'ai l'air d'une gitane qui aurait des yeux bleus.*

Elle eut alors l'idée de relever ses cheveux en chignon au-dessus de sa tête. Ah, c'était mieux. Mais elle ressemblait alors…*à qui ?*s'interrogea-t-elle, perplexe.

25.

Lionel était précis. A 19 heures 30, il sonnait au studio de Reine.

- Où m'emmenez-vous ? demanda-t-elle en montant dans sa voiture.
- Chhhhttt ! Je vous ai dit que ce serait une surprise.

Ils roulèrent une petite heure, avant de s'arrêter près d'un bois. Lionel coupa le moteur et se tourna vers Reine. « Je vais te faire découvrir quelque chose qui va t'intéresser… que dis-je ? ça va te sidérer ! Mais avant je veux savoir : est-ce que je te plais ? »

Reine le regarda, stupéfaite par la question et par le tutoiement. Elle bredouilla : « Euh …oui, oui bien sûr. Tu me plais. Pourquoi ? »

Sans répondre, il posa sa main sur son genou. Puis il se pencha, l'embrassa dans le cou et comme elle le laissait faire, il s'enhardit. Elle sentit sa main se glisser sous son pull, remonter le long de son dos, passer sur le devant de son corps, presser doucement son sein. Elle s'abandonna au plaisir qui montait en elle. Elle ruisselait de miel quand il la pénétra.

Depuis combien de temps n'avait-elle pas fait l'amour ? Des mois, près de deux ans peut-être. Ils restèrent un long moment assoupis, comme engourdis. Lionel le premier se ressaisit, lui prit la main et dit : « Viens, je vais te montrer ce que je t'ai promis ». Elle remit son manteau et le suivit.

Ils marchèrent quelques minutes sur un sentier, à travers une forêt de cèdres assez mal entretenue. Lionel se servait de son mobile comme d'une torche et ne lâchait pas sa main. Ils arrivèrent à une barrière blanche et entrèrent dans un jardin. Tout près, elle distingua une maison basse aux volets clos. Pas un bruit, pas une lumière. Les propriétaires devaient dormir, ou être absents. Peut-être était-elle abandonnée ?

- Attends, Lionel, on est chez des gens, là, chuchota-t-elle.
- Ne t'inquiète pas, il n'y a personne. Viens, n'aie pas peur.

Au fond du jardin, qui était de taille modeste, Lionel s'arrêta et montra un monticule de terre surmonté d'une petite croix de bois. Juste derrière, il y avait un mur blanc haut d'un mètre cinquante environ.

- Ne bouge plus, dit Lionel en fouillant dans sa poche. Reine s'immobilisa.

Soudain, une grande photo apparut sur le mur. Lionel avait dû déclencher sa projection à l'aide d'une télécommande. Le cliché représentait une femme, debout dans un jardin, vêtue d'une longue robe noire, coiffée d'un petit chapeau incliné en arrière sur sa tête. Elle portait un tablier à carreaux à la mode des paysannes d'antan. Elle ne souriait pas. Elle regardait l'objectif avec sérieux, une main posée sur son ventre.

- Mais c'est Camille ! s'écria Reine. Oui, c'est Camille Claudel, je la reconnais bien.
- Exact, répondit Lionel. Et sais-tu où cette photo a été prise ?
- Je ne sais pas. A la campagne ? A Villeneuve ? Au château de l'Islette ? Non, elle paraît plus âgée.

- Elle l'était. On les voit à peine sur la photo, elle a déjà des fils blancs dans les cheveux. Alors, tu ne devines pas où elle se trouve ?
- Non. Probablement à Paris, mais je ne la croyais pas aussi soignée vers la fin de son séjour parisien. Elle est presque élégante…
- Tu n'y es pas du tout, pas du tout.

Avec un peu d'impatience, elle demanda :
- Alors c'est où ? Et pourquoi me montres-tu cette photo ? Qu'est-ce que je fais ici ?
- Tout doux, ma jolie, ne t'énerve pas ! Moi qui croyais te faire plaisir… Eh bien, regarde attentivement, cette photo a été prise ici, dans ce jardin. La végétation a poussé bien sûr, mais on reconnaît le chemin, et ce mur.
- Quoi ! s'écria Reine. Mais où sommes-nous ? Comment Camille a-t-elle pu venir ici ? Je croyais qu'elle était enfermée à l'asile de Montdevergues.
- Nous n'en sommes pas très loin. Et comme tu vois, elle est venue ici quelques fois. En cachette, évidemment.

Reine, abasourdie, détacha son regard de la photographie. Elle montra le monticule :
- Là, c'est quoi ?
- Encore une fois, tu ne devines pas ? Je t'ai mise sur la voie pourtant.
- C'est…
- Sa tombe, oui !

Sur la petite croix, il n'y avait que huit chiffres : 1864 -1943. Quelqu'un avait planté des brins de lavande qui cachaient presque l'inscription.

- C'est…c'est incroyable ! s'exclama-t-elle. Tout le monde pense qu'elle a été enterrée dans une fosse commune, à Montfavet. Si cela se savait…
- Je t'avais promis une surprise, la voilà. Je suis le seul à connaître cet endroit. Mais maintenant, on est deux. Et j'ai encore beaucoup à t'apprendre, tu verras.

26.

Asile de Ville-Evrard, Pâques 1913

Lettre de Camille Claudel à sa mère :

Ma bonne mère

J'ai bien reçu les objets que vous m'avez envoyés. Voilà-bien de l'argent dépensé. Avec le ¼ de cet argent-là, j'aurais vécu tranquille longtemps dans mon quai Bourbon où j'étais si bien. Ça va-t-il durer longtemps cette plaisanterie-là ? Y-en-a-t-il encore pour longtemps ? Je voudrais bien le savoir ?

Vous ne pourriez pas me donner quelques renseignements à ce sujet ? Je n'en serais pas fâchée ?

Je ne me doutais pas de ce qui m'attendait encore cette année, c'est une drôle de surprise ! Après avoir déjà tant souffert !

Drôle de fête de Pâques que vous me faites passer là.

Veuillez s.v.p. me faire savoir une réponse si vous le pouvez toutefois.

Camille

Cette lettre, non datée, mais faisant référence à la fête de Pâques 1913 qui tombait le 23 mars, ne fut jamais expédiée.

27.

Vendredi 13 octobre

Impossible, c'est impossible qu'il s'agisse de la tombe de Camille, se dit Reine en se réveillant le lendemain. Elle avait bien essayé d'en apprendre plus long de la bouche de Lionel, et surtout de savoir pourquoi il lui avait assuré qu'il avait « encore beaucoup de choses » à lui apprendre. Il avait refusé de s'expliquer. Il s'était montré tendre, mais lointain. Un peu comme s'il avait oublié ce qui s'était passé entre eux.

Réveillée tôt, elle se précipita sur son ordinateur pour faire des recherches. Celles-ci lui confirmèrent que Camille Claudel était morte le mardi 19 octobre 1943, à 14 heures 15, d'un « ictus apoplectique », c'est-à-dire qu'elle était tombée dans le coma à la suite d'une hémorragie cérébrale. L'abbé Félix Boutin, aumônier de Montdevergues, écrivit à son frère Paul qu'elle s'était éteinte « tout doucement après avoir reçu les sacrements ». Il ajoutait : « Ses funérailles ont été bien convenables. Tout en étant un peu gêné pout organiser un service religieux dans un établissement comme Montdevergues, j'ai eu avec moi un confrère, prêtre alsacien, qui l'a accompagnée au cimetière de Montfavet et quelques religieuses de la maison. »

Ce que ne précisait pas le bon abbé, c'est qu'elle avait été enterrée dans le « carré numéro 10» réservé aux pensionnaires de Montdevergues, une sorte de fosse commune. « L'inhumation ne devant être que provisoire, une simple croix, qui portait les numéros 1943-392, surmontait le tertre » d'après Jacques Cassar, auteur du Dossier Camille Claudel. On était en pleine guerre…

Quatre ans plus tard, Paul Claudel qui ne s'était pas déplacé pour son enterrement, s'inquiéta enfin de la sépulture de sa sœur. Il demanda qu'elle soit exhumée, mais les tarifs communiqués par le curé de Montfavet pour l'achat d'une concession, d'un nouveau cercueil, et la construction d'un tombeau firent apparemment reculer le poète ; il envoya cependant mille francs pour que l'on célébrât des messes à son intention.

Sept ans plus tard, le fils aîné de Paul fit une nouvelle démarche, auprès du maire de Montfavet cette fois : il souhaitait offrir à Camille « une sépulture plus digne de la grande artiste qu'elle était », et que sa dépouille soit ramenée à son village natal de Fère-en-Tardenois. Il lui fut répondu que le terrain où elle était enterrée avaient été « repris pour les besoins du service ». Il n'y avait plus de tombe. Camille avait à jamais disparu.

Et si Lionel disait vrai ? Si le corps introuvable de Camille reposait dans le jardin où il m'a emmenée ? Mais il faudrait pour cela que quelqu'un soit allé l'exhumer après la brève cérémonie rapportée par l'abbé. Or qui, en 1943, se serait intéressé assez à cette pauvre vieille folle pour déterrer son corps et le transporter dans une tombe particulière ?

28.

Comme la veille, Patricia n'était pas au cours. Reine tenta une nouvelle fois de l'appeler sur son mobile, et écouta le message de son amie pour la centième fois : « Patricia n'est pas là. Mais Patricia vous rappellera. ». Patricia ne rappelait pas.

Cette fois, Reine décida de passer chez elle. Elle sonna à son studio, personne n'ouvrit. Cela devenait inquiétant. Elle hésita à se rendre au commissariat de police. Mais pour dire quoi ? Qu'une jeune femme avait disparu ? Elle était libre, après tout. Peut-être avait-elle rencontré quelqu'un. Ou retrouvé un ancien amoureux.

Reine avait de trop mauvais souvenirs de ses visites au commissariat, cela lui rappelait les jours où elle avait perdu Chloé. Par sa faute. Les flics ne s'étaient pas fait faute de le lui dire et redire.

Aurait-elle raconté à Patricia ce qui s'était passé entre Lionel et elle ? Et parlerait-elle de la tombe de Camille ? Pas sûr. C'était tellement incroyable.

Justement, Lionel l'appelait, sur son mobile cette fois.

- Allô, Reine ? Comment ça va ? On peut se voir ?

Va-t-il me parler d'hier ? Reine ne savait plus où elle en était. Était-ce le début d'une liaison ? Elle continuait à être partagée entre attirance et répulsion. Elle se lança :

- Vous savez, euh…tu sais, j'ai fait des recherches sur la sépulture de Camille Claudel, eh bien, son corps est introuvable
- Bien sûr que non, puisque je t'ai montré sa tombe.

- Aucun livre ne parle de ça. Son corps aurait été volé, en quelque sorte ? Mais pourquoi, dans quel but ?
- Il n'a pas été volé. Il a été ré-cu-pé-ré.
- Récupéré ? De quel droit ?
- Du droit le plus juste et le plus naturel. Par l'homme qui l'avait aimée, et qui l'avait prise pour « épouse ». Si ce n'est devant les hommes, au moins devant Dieu.
- Quoi ??? Camille aurait été mariée ? Première nouvelle. C'est totalement impossible.
- Pourtant c'est vrai.
- De qui tenez-vous cette histoire rocambolesque ? Cette supercherie !
- De quelqu'un qui l'a bien connue. Pas directement, mais son témoignage est sûr.

Reine était sceptique, mais très intriguée. *Quelqu'un qui aurait « bien connu » Camille Claudel... Était-ce possible ?*

- J'étais certain que tu serais intéressée. Et si quelqu'un devait l'être, c'était toi, au premier chef. Tiens, je vais te donner un tuyau : tu as entendu parler de Violette Barrère ? Non ? Tu devrais te renseigner. Alors, on se voit quand ?

Elle bredouilla qu'elle avait beaucoup de travail, qu'elle le rappellerait. Un autre soir, peut-être. Elle avait besoin de réfléchir.

Quelle drôle d'histoire ! Ce nom : Violette Barrère, c'était celui qu'avait indiqué l'homme rencontré l'autre soir près de Montfavet, le fameux « Gérard ». Mais pourquoi cela devait-il l'intéresser « au premier chef » ? Parce qu'elle écrivait un mémoire sur Camille, ou pour quelque autre raison ?

29.

Elle s'apprêtait à sortir, quand le téléphone sonna à nouveau. Elle appuya sur le bouton réponse et entendit une voix inconnue : « Allô ? Vous êtes bien Reine ?

- Oui. Qui est à l'appareil ?
- Ici l'adjudant Reinhardt, de la gendarmerie de Sorgues. Bonjour madame, ou mademoiselle. Je vous appelle parce qu'on a trouvé une jeune femme, non identifiée. Dans un buisson proche, il y avait un papier roulé en boule, et dessus il était écrit : *Rappeler Reine,* avec votre numéro de téléphone. Nous pensons que le papier appartenait à la jeune femme. Pouvez-vous venir sans tarder à la gendarmerie ?

Reine fut abasourdie.

- Pardon ? Je ne comprends rien à ce que vous dites. Ce n'est pas une erreur ?
- Je ne crois pas, si vous êtes bien Reine, reprit le gendarme. Je suis désolé, mais vous nous aideriez en venant le plus vite possible. Où êtes-vous ?
- A Aix-en-Provence.
- Très bien. Pouvez-vous nous rejoindre ?
- Vous rejoindre ? Maintenant, à Sorgues ? Mais je n'ai pas de voiture !
- En ce cas, pouvez-vous vous présenter à la gendarmerie demain à la première heure ?
- Je vais essayer. Mais vous dites que vous avez trouvé une jeune femme. Dans quel état ? Elle n'a pas pu vous dire son nom ? Que lui est-il arrivé ? Elle est inconsciente, malade ?

- C'est plus grave que cela, madame. J'ai le regret de vous dire qu'elle est décédée. C'est un meurtre. Et nous avons besoin de vous pour nous dire si vous la connaissez.
- Un meurtre ?!?
- Je vais être plus précis : un assassinat.

Un silence. Reine était devenue toute pâle. Qu'est-ce que cela signifiait ? Qui avait son numéro ? Seuls quelques amis le connaissaient...

- Allô, madame ? Je suis désolé de vous apprendre une telle nouvelle.
- Mais de qui s'agit-il ? Pouvez-vous m'en dire un peu plus ?
- Hummmmmm.....

Le gendarme hésitait. « C'est particulier. Il s'agit sans erreur possible d'une femme, probablement jeune, mais le seul indice que nous possédons, c'est ce papier sur lequel est inscrit votre prénom, à deux ou trois mètres d'elle, et qui a dû échapper à son assassin. Elle est...comment dire ? On lui a coupé la tête et les mains, sans doute pour empêcher qu'on l'identifie. Ce que je peux faire, c'est vous envoyer une photo du papier : vous pourrez peut-être reconnaître l'écriture. Voulez-vous que je vous transfère cette photo ? »

- Oui, s'il vous plaît.

Reine éteignit son portable, bouleversée. Quelques minutes plus tard, un message arrivait. « Voici le papier que nous avons trouvé. Adjudant Reinhardt. » Une photo était jointe. Sur une petite feuille froissée était griffonné *Rappeler Reine,* et en-dessous, son numéro de téléphone. Avec horreur, Reine reconnut l'écriture de son amie de fac, Patricia.

Son texto de l'autre jour, c'était bien un appel au secours.

Pas question d'aller voir Lionel maintenant.

Elle lui téléphona qu'elle était prise toute la journée, qu'elle devait travailler.

30.

Samedi 14 octobre

Le lendemain, vers neuf heures, Reine se présenta à la gendarmerie de Sorgues. Le bâtiment était bas, protégé par des grilles. Reine sonna. L'adjudant Reinhardt, aussitôt prévenu, la fit entrer dans son bureau.

- Je vous remercie d'être venue. Vous allez beaucoup nous aider si vous reconnaissez l'écriture de ce billet.
- Oui, c'est celle d'une de mes amies. J'espère de tout cœur que cela n'a rien à voir avec…avec ce que vous avez découvert, je veux dire le corps.
- C'est possible. Encore que… Le billet n'était pas là depuis longtemps, il a plu il y a deux jours, et visiblement le papier n'a pas pris la pluie. Mais dites-moi : vous savez qui l'a écrit ?
- Je pense que c'est mon amie Patricia. Une de mes camarades, nous suivons ensemble des cours d'histoire de l'art à la faculté de Lettres d'Aix.
- Vous l'avez vue récemment ?
- Pas depuis deux jours. J'ai reçu un texto d'elle qui disait simplement HEL. Je ne savais pas trop quoi en penser.

Le gendarme notait sur un calepin ce que disait Reine. Il reprit :

- Vous souvenez vous de l'heure à laquelle vous avez reçu ce texto ?

- C'était jeudi matin, à six heures et quelques. Je m'étais couchée tard, j'ai cru qu'elle voulait me réveiller. Mais elle n'était pas au cours.
- Elle a écrit sur ce billet qu'elle devait vous appeler. Vous lui aviez téléphoné ?
- J'ai essayé, je suis toujours tombée sur son répondeur.
- Ce n'est pas un peu curieux qu'elle ait noté votre numéro de téléphone ? Elle devait l'avoir en mémoire sur son portable, si vous êtes amies.
- Non, ça ne m'étonne pas. J'ai changé récemment de numéro, elle n'avait pas encore dû le mémoriser.
- Hmmmm…Pardonnez-moi d'insister. Elle a écrit : *Rappeler Reine.* Pourquoi ?
- Je crois qu'elle voulait savoir comment s'était passée ma soirée de la veille. Une rencontre à laquelle elle n'avait pas pu m'accompagner. Vous n'avez rien d'autre sur son mobile ?
- Non, hélas. Le mobile a disparu. La jeune femme que nous avons trouvée était nue - du moins c'est ce que nous pensons, car le corps était presque entièrement carbonisé-, et il n'y a pas de traces de vêtement. Sauf une petite ballerine rouge qui n'a pas entièrement brûlé. Et comme je vous l'ai dit hier, le corps n'avait plus de tête ni de mains.

Reine frissonna. « C'est abominable. »
- Oui, mademoiselle. Abominable est le mot. Malheureusement, ce sont des choses qui arrivent, et pas seulement dans les romans. Excusez-moi : une ballerine rouge, ça vous dit quelque chose ?

- Peut-être. Patricia est extrêmement coquette. Elle assortit toujours ses chaussures à sa tenue. Et elle porte souvent des ballerines. Oh, c'est horrible de penser à elle en ces termes. Je ne peux pas y croire.

De grosses larmes coulaient sur ses joues, sans qu'elle y prête garde. L'adjudant lui tendit un mouchoir en papier.

- Pardonnez-moi, je voudrais que vous me donniez quelques renseignements sur votre amie. Pouvez-vous m'aider ? Vous sentez-vous en état ?
- Oui. Je vais essayer. Que voulez-vous savoir ?
- Son nom tout d'abord. Vous m'avez dit qu'elle s'appelait… ?
- Patricia. Patricia Léger.
- Vous la connaissez depuis longtemps ?
- Un an, ou un peu plus d'un an. Nous nous sommes rencontrées à la fac, et dès le premier jour…

Reine s'interrompit. Elle renifla. Ses souvenirs affluaient. Elle revit Patricia, qui était venue s'asseoir auprès d'elle le jour de la rentrée.

- Quel âge a-t-elle ?
- Vingt-sept ou vingt-huit ans, je ne sais pas exactement, peut-être trente.
- A-t-elle de la famille ?
- Oui, sa mère vit à Marseille. Son père, je ne sais pas. Je crois que ses parents sont divorcés.
- Vous avez l'adresse de sa mère ?

- Non, je sais qu'elle allait souvent la voir en week-end, mais elle avait pris un studio à Aix et ne vivait plus chez elle.
- Léger, Léger… C'est un nom assez courant. Vous connaissez le prénom de sa mère ?
- Non, je suis désolée.
- Ça ne va pas être facile de la retrouver. Pouvez-vous préciser l'adresse de votre amie à Aix ?
- Je suis allée parfois chez elle, je veux dire dans son studio. Elle habite rue des Cordeliers, mais je ne pourrais pas vous dire à quel numéro.
- Bon, nous allons téléphoner au secrétariat de la Faculté. Je pense qu'ils pourront nous donner de plus amples renseignements. Je vous remercie, mademoiselle.

Reine quitta la gendarmerie et alla s'asseoir sur un banc. Elle pleura longuement. Au bout d'un moment, ses larmes étaient épuisées. Elle se moucha et prit son téléphone.

- Allô, Lionel ? ici Reine. Je ne te dérange pas ?
- Reine, quelle bonne surprise ! Tu m'avais dit que tu avais beaucoup de travail ces jours-ci.
- Oh Lionel, c'est affreux ! Je viens d'apprendre une chose terrible.
- Que se passe-t-il ? Tu as une toute petite voix.
- C'est mon amie de fac, Patricia, je t'ai déjà parlé d'elle.
- Que lui est-il arrivé ?
- Elle est morte. On l'a retrouvée… elle a été assassinée.
- Quoi ! Où es-tu ?

- Je sors de la gendarmerie de Sorgues. C'est là que… Ce sont les gendarmes qui m'ont prévenue. Il y avait un papier près d'elle avec mon numéro de téléphone.
- Reine, écoute-moi. Je termine juste un dossier urgent, j'en ai pour quelques minutes, et j'arrive. Ne t'inquiète pas, la gendarmerie de Sorgues, je connais. Tu ne bouges pas, hein ? Je suis là dans vingt minutes.

31.

Reine avait les yeux rouges à force d'avoir pleuré. Elle se précipita dans les bras de Lionel dès qu'elle le vit. Il la tint blottie contre lui en lui murmurant des mots apaisants. « Là, là, pleure un bon coup, ça te fera du bien. »

Elle lui conta ce qu'elle venait de vivre : le coup de fil du gendarme, la veille, la photo du billet trouvé près du corps non identifié, l'horreur ressentie quand elle avait reconnu l'écriture de son amie. Une nuit coupée de cauchemars, et ensuite comment elle s'était hâtée de venir à la gendarmerie, le matin même.

- Ce sont peut-être des coïncidences. Rien ne prouve que le corps en question soit celui de ton amie.
- Mais le billet qui porte mon nom ?
- Elle (l'inconnue) a dû le ramasser quelque part, elle l'a gardé. Attends la suite, laisse les gendarmes mener leur enquête.
- Et le texto que j'ai reçu, HEL ?
- Il pouvait signifier n'importe quoi : hello par exemple.
- Oui, ou bien : HELP, au secours !
- Même si c'est vrai, qu'aurais-tu pu faire ?
- Je ne sais pas, moi. Prévenir les gendarmes…
- A six heures du matin ? Tu m'as bien dit que c'était l'heure à laquelle elle t'avait envoyé ce texto ?

Elle eut un geste de découragement : « Tu as raison, je ne pouvais pas faire grand-chose. Mais je ne comprends pas ce que Patricia est allée faire là-bas. Est-ce à cause de moi ? Je lui avais dit qu'un inconnu m'avait fixé un rendez-vous. Elle ne voulait pas que je m'y rende, je suis sûre qu'elle a voulu me rejoindre, parce qu'elle m'a crue en danger. Et c'est elle qui…Je frémis en pensant qu'elle a voulu me rappeler. Elle a fait une rencontre abominable, et moi… Tout est de ma faute !» Elle éclata à nouveau en sanglots.

- Allez, je vais te ramener chez toi, je crois que c'est le mieux.

Reine ne protesta pas. Elle se laissa entraîner vers la voiture de Lionel, et n'ouvrit pas la bouche jusqu'à Aix. Lionel se gara dans un parking souterrain tout proche, et déclara : « Je t'accompagne ». En passant devant la boîte aux lettres, ils virent qu'elle contenait une grande enveloppe jaune qui dépassait un peu. Reine la prit et ils montèrent jusqu'au troisième étage.

- Mais c'est très mignon chez toi, s'exclama Lionel.
- Ne fais pas attention au désordre, je suis partie ce matin sans ranger.
- Pas grave.
- Je te fais un café ?
- Avec plaisir.

Quand ils furent installés autour de leurs tasses de café, Reine songea à l'enveloppe qu'elle avait trouvée dans la boîte aux lettres. Elle l'ouvrit, et poussa un cri de surprise.

Sous ses yeux apparut la photocopie d'un article du Provençal daté du mois de mai 1992. Le titre s'étalait en grand :

VIOLETTE BARRERE : COMMENT J'AI SOIGNÉ CAMILLE CLAUDEL

32.

« Violette Barrère ! c'est bien la dame dont tu m'as parlé l'autre jour ? s'exclama Reine. Et quelqu'un d'autre m'avait cité son nom. Ainsi, elle a connu Camille, elle l'a soignée. C'est fou qu'on ait pu recueillir ses souvenirs – alors que Camille était pratiquement tombée dans l'oubli.

- Non, regarde la date de l'article : mai 1992. A cette date-là, Camille était déjà largement reconnue. Souviens-toi.
- Ah, c'est pour ça qu'un journaliste est allé l'interviewer.
- Sans doute.

Et Reine lut : « Aujourd'hui, Violette Barrère a 88 ans. Mais sa mémoire est encore intacte, et elle se souvient parfaitement des seize années où, infirmière à Montdevergues, elle s'est occupée de Camille Claudel. Elle travaillait au pavillon 10 où cette dernière était internée.

« Je suis entrée à Montdevergues comme infirmière psychiatrique en 1928. Je travaillais au pavillon 10, le service des contagieuses, réservé aux syphilitiques, tuberculeuses et poitrinaires. Le rez-de-chaussée était occupé par les personnes les plus atteintes. Camille Claudel était à l'étage. Pourtant elle n'était pas malade ! Plusieurs fois, on a voulu la changer de bâtiment, mais elle a toujours refusé en disant qu'elle avait ses habitudes chez nous. »

- Tu te rends compte ? s'interrompit Reine. Une infirmière psychiatrique reconnaît que Camille n'était pas malade. Si ce n'est pas un témoignage, ça !!! Elle dit clairement que cet enfermement n'était pas justifié !

- Hmmm, pas exactement. Elle témoigne du fait que Camille n'était pas atteinte d'une maladie contagieuse, je crois.

« Je l'ai côtoyée pendant 16 ans, et nous sommes devenues amies. Pour moi, elle n'était pas folle. C'était au contraire une femme très gentille, elle avait bon caractère. Ce n'était pas facile de l'aborder, elle vivait repliée sur elle-même, lisait beaucoup et parlait peu aux autres pensionnaires. Elle sortait rarement de sa chambre, sauf quand il faisait beau car elle aimait se promener dans le parc. Elle se plaignait rarement de la nourriture et mangeait tout ce qu'on lui apportait.

Ses journées se déroulaient toujours selon le même emploi du temps. Elle se levait à 8 heures et après avoir bu son café au lait, elle se lavait dans sa chambre.

Elle n'était pas souvent malade, sauf, je me souviens que pendant un mois – je ne sais plus en quelle année- elle a eu un abcès gros comme une orange au milieu du dos. Elle a dû rester couchée sur le ventre tout ce temps-là. Mais elle ne s'est jamais plainte. »

Reine était très émue en lisant cet article. Elle calcula : si Violette Barrère avait 88 ans en 1992, elle était née en 1904. Peu de chances qu'elle soit encore vivante…

La photocopie était déchirée, l'article s'interrompait brusquement.

- Comme j'aurais aimé rencontrer cette dame, soupira-t-elle. Je me demande bien qui m'a envoyé cet article. Oh, on dirait qu'il a été coupé. Quel dommage, il n'est pas signé. Je suis sûre qu'il en manque une partie.
- Regarde derrière la feuille, je crois qu'il y a quelque chose d'écrit.

Elle retourna la photocopie. Au dos de la feuille, quelques mots lui apparurent, en majuscules :

ALORS, ÇA VOUS INTERESE ?

SI VOUS VOULER EN SAVOIR PLUS, RENDER VOUS DEMAIN SOIR AU MÊME ENDROIT QUE LA DERNIERE FOIS, A 20 HEURES PRECISE.

ET VOUS AURER PEUT-ÊTRE DES NOUVELLES DE QUELQUUN QUI VOUS TOUCHE DE TRES PRES, TRES, TRES PRES….

Quelqu'un qui me touche de très très près ? Et dont je n'ai pas de nouvelles ????Je ne vois que Chloé…

Elle se sentit défaillir. La dernière vision qu'elle eut fut le visage de Lionel, inquiet, qui se penchait sur elle.

33.

Dimanche 15 octobre, 20 heures

L'endroit était toujours aussi désert et sombre. Il ne pleuvait plus comme l'autre soir, mais Reine frissonnait en attendant « Gérard ». Elle avait revêtu une parka et un bonnet de laine. C'était plus l'impatience que le froid qui la faisait trembler.

Cette fois, c'est elle qui appela « Gérard ? » en voyant la petite silhouette qui s'approchait. Tout de suite, elle l'interpella :

- Vous voyez, je suis venue.
- Ben oui, j'y comptais, grommela l'homme.
- Vous m'avez écrit que vous alliez me donner des nouvelles de quelqu'un. C'est pour ça que je suis là.
- Oh là, tout doux ma belle. Attendez un peu. Vous avez réfléchi à ce que je vous ai montré l'autre jour ? La statuette…
- Oui, je vous l'ai dit, elle ressemble beaucoup à celle d'une grande artiste qui a sculpté sa vieille domestique. Elle s'appelait Hélène.
- Qui ça ? La sculptrice ?
- Mais non, le modèle ! La sculptrice, comme vous dites, ça pourrait être Camille Claudel. C'était une femme extraordinaire, un génie. Elle a vécu dans la région.
- Donc, ça a de la valeur ?
- Si c'est elle qui l'a fait, oui, beaucoup. Mais ça ne m'explique pas comment cette…statuette est en votre possession. A ce que je sache, elle n'a

plus jamais sculpté à partir du moment où elle est venue en Provence. C'est du moins ce qu'on lit dans tous les livres qui parlent d'elle.

- Eh bien, ils se trompent, vos bouquins ! La preuve, c'est que je vous en ai apporté d'autres, des statues. Et je sais où il y en a encore tout plein.
- C'est passionnant, mais vous m'avez écrit que vous pourriez me donner des nouvelles de quelqu'un qui me touche de très près. C'est de cette dame, l'auteur des statues, que vous vouliez parler ?
- P'têt que oui, p'têt que non… Vous attendiez aut'chose ?

Reine était partagée entre la déception et la curiosité. Elle ne voulait pas avouer à cet inconnu louche qu'elle espérait avoir des nouvelles de Chloé.

- Bon, c'est pas tout ça. Puisque vous dites que la bonne femme qui a fait ces statues est quelqu'un de connu, ça a de la valeur, ces machins. C'est bien ce que je pensais. Dites, vous avez réfléchi à ce que je vous ai dit l'autre soir ?
- Je vous ai dit que je n'avais pas d'argent.
- Je sais, je sais. Mais vous devez bien en connaître, des gens qui ont du pognon ! Tenez, pour vous montrer que je suis bon prince, je vous en ai apporté une autre.

L'homme fouilla dans sa poche, et tira de sa poche un objet enveloppé comme la dernière fois dans du papier journal. Reine s'en saisit, ouvrit le paquet avec précaution. *Une autre statuette ?*

Elle actionna la fonction torche de son mobile. C'était bien une petite statue d'argile crue. Mais cette fois, elle représentait une fillette. Une petite fille qui évoquait étrangement le bronze de la *Petite châtelaine* que Reine avait regardée, subjuguée, au musée des Arcades. Même position de l'enfant qui lève la tête comme dans une interrogation, une attente, une espérance fiévreuse.

Et pourtant non. L'enfant ressemblait à la petite fille de l'Islette qu'avait sculptée Camille Claudel. Mais elle ressemblait plus encore à la photo que Reine avait entrevue au musée. A sa Chloé.

- Où…où avez-vous eu ça ? cria-t-elle éperdue.

L'homme prit peur. Il s'évanouit dans la nuit, l'abandonnant.

34.

Lundi 16 octobre, près de Sorgues

Ouf ! Sa journée de « boulot » était terminée. Ce que Lionel appelait le travail, c'était l'alimentaire, les dossiers qu'il était obligé de traiter au cabinet pour gagner sa vie. Depuis des années, il avait partagé ses journées en deux parties : le matin, il était à son cabinet d'avocat – il n'avait jamais voulu d'associé car il ne souhaitait pas que quelqu'un mette le nez dans ses affaires ; l'après-midi, il rejoignait son atelier et se livrait à son occupation favorite : la sculpture.

Depuis quelques jours, il avait la désagréable impression de ne plus avancer. *De stagner.* Ce buste, il n'arrivait pas à le finir. Bien sûr, la forme était là, la chevelure, l'attitude, le visage incliné vers le haut, mais l'expression restait absente. Le regard était vide. Et pourtant, sur les photos, l'enfant était expressive. Tendue, presque désespérée…

Qu'est-ce qui m'arrive ? J'ai perdu la main, ou quoi ? J'ai la tête ailleurs ? C'est cette femme qui m'obsède. Jamais je n'aurais dû provoquer cette rencontre. Tout allait bien, et j'étais sur le point de réussir un grand coup. C'était la fortune, la gloire, assurées.

Il me faudrait d'autres photos. Non, là n'est pas le problème. Le problème, c'est moi, c'est ce que j'ai dans ma fichue caboche. Je ferais mieux de laisser ce modèle et de tenter autre chose. Un Nu, par exemple. Voyons celui que j'avais commencé l'autre jour, avec l'autre gonzesse qui posait- comment s'appelait-elle, déjà ? Fleur ou Flora... Oui, Flora ! Dommage qu'elle ne puisse plus venir à l'atelier. Que vais-je dire aux copains ? Il faudrait que j'en trouve une autre. Et Reine, qui ne veut pas poser ! Ça y est, j'en reviens à elle.

Bon, après tout, je vais faire un Nu. Je n'ai qu'à me servir de ce que j'avais commencé la dernière fois, et puis je repenserai à Reine l'autre soir. Ça devrait m'inspirer. Ou m'aider à me libérer d'elle, qui sait ?

Lionel avait toujours besoin d'un support, d'un point de départ. Souvent, il regardait longuement une œuvre qui le touchait, il attendait que l'émotion l'envahisse et alors seulement, il était prêt à inventer sa propre sculpture. Il feuilleta avec attention le petit livre qu'il avait acheté au musée Rodin et qui s'intitulait « Rodin et l'érotisme » d'Aline Magnien. A la page 62, il trouva ce qu'il cherchait. Non pas un simple corps nu, mais un couple enlacé. L'homme, les jambes écartées et les muscles saillants, portait à hauteur de sa poitrine et de sa tête le corps frêle d'une jeune femme. Il se remémora les vers de Baudelaire qui étaient inscrits sur la tranche :

Je suis belle, ô mortels ! comme un rêve de pierre
Et mon sein, où chacun s'est meurtri tour à tour
Est fait pour inspirer au poète un amour
Éternel et muet ainsi que la matière.

Un rêve de pierre. C'était tout à fait ce qu'il lui fallait. Mais pas question de reproduire l'ensemble de la statue, non, c'était trop compliqué. Il allait se contenter de copier le corps de la jeune femme qui était presque accroupie dans les bras de son amant, et qui tournait la tête vers la droite, regardant au loin.

Et il lui donnerait le visage de Reine.

35.

Asile de Ville-Evrard, 1913

A la fin du mois de mars 1913, Camille Claudel, internée depuis près de trois semaines dans l'asile de Ville-Evrard, à dix kilomètres de Paris, écrit une nouvelle fois à sa mère. Le ton a changé. Il est ironique, il se veut plein d'humour, mais on devine la souffrance. Et même la colère. Rien que la façon de s'adresser à sa mère dit l'éloignement :

Chère madame Claudel

Je vous ai déjà écrit plusieurs fois sans recevoir de réponse, il en sera sans doute de même cette fois-ci mais enfin je me risque.

C'est une petite recommandation que je voudrais vous faire, pas grand-chose, mais enfin cela pourrait vous être utile tout de même.

Vous n'aurez plus besoin de vous déranger dorénavant pour envoyer de l'argent ici (ni argent ni habits). Ce n'est pas la peine, je connais des messieurs qui vont se charger de ça, vous n'aurez plus à vous en occuper.

De qui parle-t-elle ? Qui vise-t-elle ? La « bande à Rodin » bien sûr, dont elle est persuadée qu'elle veut la voler depuis des années, la déposséder de son œuvre et de ses idées. C'est à elle qu'elle attribue (à tort) son internement.

Ils ne demandent pas mieux (vous savez bien les messieurs, les messieurs qui m'ont pris mon atelier, ceux qui m'ont pris mon atelier, mes albums, mes esquisses etc.) ils sont si contents de ce qu'ils ont trouvé chez moi, ça leur a fait tellement plaisir qu'ils seront enchantés d'offrir à l'artiste qui leur a offert une si belle récolte, une pension toute trouvée.

Pour Camille, Rodin et ses sbires ont tout manigancé. Elle est loin de deviner que Paul et sa mère sont, en fait, les seuls responsables de son enfermement. Non, ce sont eux d'après elle, Rodin et sa bande, qui ont tout fait. Dans quel but ? Afin de s'emparer de ses dessins et de ses projets…

L'auteur de ces charmants albums, de ces esquisses merveilleuses qui les ont remplis d'enchantement ils veulent lui offrir quelque chose. Ils se sont cotisés pour lui payer des rentes tout en lui offrant le titre de fille et la manière de s'en servir.

Vous ne les connaissez pas ces messieurs-là : eh bien moi je les connais, je vous donnerai leur adresse si vous voulez (l'homme de génie qui habite le couvent du Sacré-Cœur pourra vous donner leur adresse).

Et de conclure, toujours très ironique :

Ne vous occupez plus de rien, la note en cours une fois soldée, ils seront là pour vous remplacer.

Tous mes compliments.

Au plaisir de vous revoir.

C. Claudel

Veuillez s.v.p. souhaiter le bonjour de ma part à Melle de Vertus (c'était une cousine éloignée de madame Claudel). *Vous lui direz pourquoi je n'ai pu continuer à lui faire de beaux marbres. Depuis que je suis folle, mes facultés intellectuelles ayant perdu leur équilibre.*

Madame Claudel reçut cette lettre, mais elle la retourna à la surveillante en ajoutant ce mot : « Madame. Je viens de recevoir la lettre ci-joint que je crois devoir vous communiquer. J'ai été très étonnée que ma fille ait pu la faire mettre à la poste. Si elle a la faculté d'écrire ainsi à qui elle veut elle va continuer de le faire à toutes ses connaissances et Dieu sait ce qu'elle est capable de dire… »

La mère de Camille Claudel répondit-elle à cette lettre ? Probablement pas plus qu'aux précédentes. On a cependant la trace d'une missive qu'elle envoya deux mois plus tard à sa fille ; car la lettre s'est perdue, mais Louise-Athanaïse l'évoque dans un message adressé au docteur Truelle le 28 mai 1913 : « Je joins à cette lettre une réponse à celle que j'ai reçue hier par votre intermédiaire, je crois, que je vous prie de transmettre à Melle Claudel, ma fille. Je vois que ses idées sont toujours les mêmes malgré les bons soins dont elle est l'objet. »

Louise Athanaïse Claudel, âgée de 73 ans, avait signé « une demande de placement volontaire » pour Camille dans la maison de santé de Ville-Evrard. Elle ne viendra jamais la voir. Ni à Ville-Evrard, ni à Montdevergues.

36.

Mardi 17 octobre

Reine était désemparée. Elle n'avait pas envie de se rendre à la fac, car elle craignait de retrouver la place vide de Patricia à côté d'elle.

Comment avoir des nouvelles ? Je vais appeler la gendarmerie. Ils ont peut-être réussi à joindre sa mère.

Les gendarmes avaient découvert l'adresse de la mère de son amie, qui avait identifié sa fille. Mais l'enquête piétinait. « Nous n'avons aucun élément nouveau, pas de piste. Sauf celle d'un rôdeur, peut-être. Un type qui se trouvait sur les lieux par hasard ?

- Mais Patricia : qu'est-ce qu'elle faisait là ? Elle m'a laissé un message de détresse à six heures du matin, je ne l'ai pas compris ! Oh comme je m'en veux.
- Non madame, il ne faut pas dire ça. Inutile de vous culpabiliser. Vous n'auriez rien pu faire de toute façon.
- Si ! Je vous aurais appelé, j'aurais pu essayer d'aller auprès d'elle !
- Pour que nous trouvions deux cadavres au lieu d'un ?

Elle raccrocha. Confusément, elle se demandait si cet assassinat n'avait pas un rapport avec elle. Il y avait trop de choses bizarres ces temps-ci. Et tout tournait autour d'Avignon, Sorgues et des environs. *Que diable Patricia allait-elle faire là-bas ? Oh, c'est trop horrible cette question. Elle l'a payé tellement cher. Plus jamais, plus jamais je ne la verrai. A-t-elle souffert ?*

Toutes ces pensées noires tournaient en boucle dans sa tête. La photo de Chloé, les drôles de courriers qu'elle avait reçus, la tombe de Camille dévoilée, les deux rendez-vous avec celui qui se faisait appeler Gérard, et maintenant …son amie ! Celle qui l'avait appelée au secours, et qu'elle n'avait pas pu aider, pas pu sortir de ce piège atroce qui s'était refermé sur elle. Elle se servit un grand verre de rhum. La chaleur se répandit dans son corps. Elle se mit à pleurer.

La sonnerie de son mobile se fit entendre. *Est-ce que ce sont les gendarmes qui rappellent ?* Non, c'était Lionel. Tout de suite il s'inquiéta.

- Tu as une toute petite voix. Ça ne va pas ?
- Non, c'est affreux. Je pense tout le temps à Patricia, à ce qu'elle a vécu.
- Bien sûr, c'est épouvantable. Tu la connaissais depuis longtemps ?
- Pas tellement. On s'était rencontrées l'année dernière. Mais cela me fait mal de penser à elle, je me sens si seule.
- Tu souhaites que je vienne ?
- Si tu veux. Mais…je crois que je suis un petit peu pompette. Tu ne m'en voudras pas.
- Ah ? C'est pas beau de boire comme ça en solitaire. Allonge-toi, prends un bouquin, et attends-moi, je serai là dans trois quarts d'heure.

Quand Lionel arriva, Reine s'était à moitié assoupie. Il frappa à la porte, elle se leva en sursaut, lui ouvrit et se jeta dans ses bras.

- Merci, merci d'être venu ! J'étais tellement triste !
- Tu as appris quelque chose ?

- Le corps qu'on a découvert est bien celui de Patricia. Sa maman l'a reconnue. Moi, je n'aurais pas pu. Je n'en sais pas plus, ni pourquoi elle se trouvait là, ni qui a commis cette abomination…
- Et ta rencontre de l'autre soir ? Tu y es allée ?
- Oui, mais comment sais-tu ?
- Souviens-toi. J'étais là quand tu as reçu la lettre et l'article du journal. D'ailleurs c'est quoi, cette histoire ? Pardonne-moi, mais ça avait l'air de te bouleverser.
- Eh bien oui, figure-toi que je m'étais imaginée que j'allais avoir des nouvelles de ma petite fille. J'ai été affreusement déçue.
- On t'a fait marcher, alors ? Encore un type qui profite du malheur des autres. Ils promettent des nouvelles qu'ils sont bien incapables de donner, les salauds !
- Non, non, ce n'est pas ça. Ça n'a rien à voir. C'était quelqu'un qui voulait me montrer des statuettes, et je crois qu'il voulait me les vendre.
- Et il avait besoin pour ça de te donner un rendez-vous secret dans le noir ?
- C'était un peu spécial. Je vais tout te raconter. Attends, je vais chercher quelque chose.

Elle disparut dans sa chambre et revint en tenant dans sa main la petite statue d'argile que « Gérard » lui avait abandonnée l'avant-veille.

Lionel regarda fixement la statue et s'écria d'une voix étranglée :

- Où as-tu eu ça ?

37.

Reine fixa Lionel, qui avait l'air furieux. Elle s'étonna à son tour :

- Mais qu'est-ce qui te prend ? Tu es fâché ? C'est moi qui suis bouleversée, pas toi ! Et j'ai une bonne raison pour ça !
- Ah oui ? Dis-moi laquelle.
- Eh bien, cette statuette...elle me fait penser terriblement à ma petite fille. Je t'en ai parlé, Chloé, ma fille dont je suis sans nouvelle depuis deux ans. C'est peut-être parce que je pense tout le temps à elle. Tu sais, parfois, j'ai affreusement peur. Ou je la vois partout, ou je crains d'oublier son visage, c'est horrible.

Lionel paraissait avoir retrouvé son sang-froid. D'une voix plus calme, il demanda :

- C'est ça qu'il voulait te vendre ? Mais qui est ce type ?
- Je ne sais rien de lui. Il m'a dit qu'il s'appelait Gérard. Mais c'est sûrement faux.
- Et tu es allée à un rendez-vous donné par un inconnu ! En plus, ce n'était pas la première fois ! Comment t'avait-il contactée ?
- Par une lettre. Je ne sais pas comment il a eu mon adresse. La première lettre, je l'ai reçue lundi de la semaine dernière. Je suis allée au rendez-vous : souviens-toi, je t'avais demandé si tu pouvais m'accompagner, mais tu n'étais pas libre. Patricia non plus - oh, la pauvre, c'était la veille du jour où elle a disparu !
- Ce rendez-vous, ça a donné quoi ? Tu as rencontré qui ?
- Un type bizarre, pas méchant, mais il n'avait pas l'air très futé. Il m'a montré une statuette qui

ressemblait étrangement à *La Vieille Hélène*, tu sais, une œuvre de jeunesse de Camille, qu'elle avait faite d'après la servante qui était chez ses parents, à Villeneuve. Elle avait été son premier modèle.

- Bon, ce devait être une copie faite par un amateur. C'est une des statues les plus célèbres de Camille Claudel. C'est tout ?
- Non, le type m'a dit qu'il en avait plein d'autres, et puis il m'a parlé de papiers, de feuilles, dont il ne savait pas grand-chose. Pas plus que la valeur de la statuette.
- Et pour toi, elle avait de la valeur, cette statue ?
- Je ne sais pas. Comme tu dis, ça paraissait être une copie, assez médiocre.
- C'est tout ?
- Non, il a ajouté : « Je vais vous donner un renseignement qui vous fera réfléchir. » Et il a cité le nom de Violette Barrère.
- Bizarre pour quelqu'un qui t'a paru inculte. En revanche, tous ceux qui s'intéressent à Camille Claudel ont entendu parler des « révélations » tardives de cette infirmière qui a connu Claudel. Il ne t'a rien dit de plus ?
- Non, cette fois-là, il m'a juste montré une liste de lettres à laquelle je n'ai rien compris. Je me suis empressée de la recopier quand je suis rentrée chez moi.
- Tu l'as toujours ?

Reine alla chercher dans sa table de nuit un papier sur lequel elle avait recopié :

L.M.
I
P.M.
I
P.M.
I
R.M.

- Tu y comprends quelque chose ? interrogea-t-elle.
- Non, pas plus que toi.
- J'ai essayé d'y intercaler des voyelles. Lim, Pim, Pim, Rim. Lam, Pam, Pam, Ram. Ou en changeant les voyelles Lam, Pem, Pim, Rom…Ça ne donne rien. Des noms de lieux, peut-être ?
- Bon, ça reste un mystère. Ce type, tu l'as revu ?
- Oui, dimanche soir.
- Tu lui as parlé de Camille Claudel ?
- Oui, je lui ai dit que la statue qu'il m'avait montrée ressemblait beaucoup à *La Vieille Hélène*, mais que ce n'était pas Camille qui l'avait sculptée puisqu'elle n'a plus voulu faire aucune sculpture une fois qu'elle a été internée à Montdevergues. C'est ce qu'on lit dans tous les livres.
- Et alors, qu'a-t-il répondu ?
- Que les bouquins devaient se tromper. Que lui, il en avait encore tout plein, ou qu'il savait où en trouver d'autres. C'est là qu'il m'a sorti cette tête. Celle-là, qui ressemble tant à Chloé, à ma petite fille. J'ai cru qu'il allait me révéler quelque chose sur elle.
- Et…?
- Il a disparu.

Elle éclata en sanglots. « Je ne peux pas le joindre. C'est lui qui me donne les rendez-vous. Je suis sûre qu'il sait des choses. J'espérais tant qu'il me parle de Chloé ! »

- Tu as raison. Il faut le retrouver, ce type. Tu peux le décrire ?
- Non, j'essaie de me souvenir. Un homme, pas très grand, je n'ai pas vraiment vu son visage. Il faisait sombre. Il portait un manteau sur une espèce de survêtement à capuche. Oh si, je me rappelle un détail : à un moment, il a souri, et il lui manquait des dents.
- Ouais, c'est un peu vague. On pourrait aller traîner dans le coin où il t'avait donné rendez-vous…
- Je ne suis pas sûre de le reconnaître, mais sa voix, si ! Il parlait assez vulgairement, sa voix n'était pas très distinguée.
- Écoute, tout ce que j'ai à te proposer, c'est qu'on aille faire un tour ce soir du côté de l'hôpital. On ne sait jamais. Bon, en attendant, essuie-moi ces larmes qui coulent sur ton visage. Je n'aime pas te voir pleurer. Va chercher un Kleenex.

Reine hocha la tête. « Non, pas de Kleenex, j'ai mieux que ça. » Elle prit dans un tiroir un mouchoir de batiste : « Regarde, c'est un mouchoir que Maman me brodait quand j'étais petite et que je partais en voyage de classe. C'est plus joli qu'un Kleenex, non ? »

Elle lui tendit le petit bout de tissu et soudain se tut, car une idée lui venait. Sur le mouchoir étaient brodées ses initiales : R et M.

R.M. Comme sur la liste de lettres qu'elle avait recopiée de tête d'après la feuille que l'inconnu lui avait montrée.

38.

- Tu en fais une tête ! s'exclama Lionel. Qu'est-ce qui se passe encore ?
- Je me suis dit …non, tu vas te moquer de moi.
- Dis toujours.
- Eh bien, les lettres au bas de la liste que je t'ai montrée, R.M. Ce sont mes initiales.
- Tu t'appelles Reine Messager. Oui, et alors ? C'est ton nom de jeune fille ou de femme mariée ?
- Mon nom d'épouse. Mais je n'ai pas changé d'initiales en me mariant, je m'appelais Morel. En voyant le petit mouchoir brodé par ma mère quand j'étais enfant, j'ai pensé que R.M., en bas du schéma, ça peut me désigner, moi.
- Et les lettres au-dessus ?
- P.M. ? Ça pourrait être mon père. Il s'appelait Patrick. Tu vois, ça correspond.
- Bizarre. Au fait, pourquoi pas ? Parle-moi de ton père.
- Oh, je n'ai pas grand-chose à te raconter. Ce n'était pas quelqu'un de très brillant.

Reine se leva et alla chercher un album de photos. « Regarde, je n'ai pas beaucoup de photos de lui, mais celle-ci date de son mariage avec ma mère. C'était en 1976, il avait 26 ans, et je suis née l'année suivante.

Elle poursuivit, rêveuse : « Il n'était pas mal, à l'époque. Je comprends que ma mère ait été très amoureuse. C'est après que ça s'est gâté. Il n'avait pas fait de longues études, juste deux ans après le bac. Il était employé de banque, modestement ; je crois qu'il s'est assez vite embêté dans son métier. Alors, il s'est mis à jouer, et surtout à boire. Je me souviens de disputes terribles avec ma mère quand il rentrait ivre le soir. Elle criait, il la battait. Il lui arrivait de lever la main sur moi, mais pas très souvent. Quand elle en a eu vraiment assez, elle a obtenu le divorce. J'avais 17 ans, j'allais passer mon bac l'année suivante. Je l'ai eu de justesse et j'ai cherché du travail. C'est comme ça que je suis devenue secrétaire, et ensuite secrétaire médicale.

- Tu ne voyais plus ton père ?
- Non. J'avais de ses nouvelles les premières années, plus après. J'en ai eu encore dans les années – attends que je réfléchisse : c'était vers 2008 ou 2009, il allait prendre sa retraite et nous avons appris qu'il s'était fourvoyé dans une sale histoire. Il a fait un peu de prison, mais ma mère qui avait repris son nom de jeune fille ne voulait plus en entendre parler. Je n'avais même pas le droit de citer son nom. Elle est repartie en Lorraine pour s'occuper de sa mère, et elle est restée là-bas.
- Et ton père, qu'est-il devenu ? Tu l'as revu alors ?
- Même pas. C'est l'époque où je me suis mariée, en 2009. J'avais honte de lui, Marc n'a pas voulu le voir.
- Marc, ton mari ?
- Oui. J'avais tiré un trait sur mon père. Tout allait bien, et j'ai eu Chloé l'année suivante. Chloé, mon trésor. Ma petite fille.

Comme toujours quand elle évoquait son enfant, Reine sentit ses larmes monter aux yeux.

- Il y a quelque chose que je dois t'avouer. Moi aussi, quelques années plus tard, j'ai…je me suis mise à boire. Et c'est comme ça qu'un jour où j'étais ivre, j'ai perdu ma petite fille dans un grand magasin. J'ai toujours pensé que cet alcoolisme, je le tenais de mon père. Tu crois que ça peut être héréditaire ?
- L'alcoolisme, une maladie génétique ? Ma foi, c'est possible. Je l'ai entendu dire parfois.
- Oh, c'est horrible. Je le déteste ! C'est horrible à dire, mais je déteste mon père.
- Je comprends que tu lui en veuilles. Pourtant il avait peut-être des excuses. Ses parents, eux-mêmes… Tu as connu ton grand-père ?
- Pas du tout. Je ne connais même pas leur prénom. Mon père n'en parlait jamais, je crois qu'il lui en voulait un peu de ne pas lui avoir fait faire des études. Ça lui aurait permis d'avoir une position sociale plus élevée, de s'en sortir.
- Qu'est-il devenu ?
- Il est mort à peu près au moment de la naissance de Chloé. C'est ma mère qui a été avertie de son décès. Bon, tu vois, ce n'est pas très gai tout ça.

Lionel prit la main de Reine, la serra, et préféra changer de conversation.

- Ta maman va bien ? Tu ne m'as pas dit qu'elle te proposait d'aller voir l'exposition Rodin à Pompidou-Metz ? Je t'ai même proposé qu'on y aille ensemble.
- Oh, tu as raison, j'avais oublié, avec tout ce qui s'est passé ces jours-ci. L'exposition Rodin, ça aurait fait drôlement plaisir à la pauvre Patricia. Je ne sais pas si j'ai envie d'y aller dans

l'immédiat, mais je vais téléphoner à ma mère, ça lui fera plaisir.

- D'accord, mais auparavant, je t'emmène dîner. Je ne sais pas si c'est ton cas, mais moi j'ai un sérieux petit creux.
- Entendu, je vais me refaire un brin de beauté et me changer. Attends-moi deux minutes.

Reine passa dans sa minuscule salle de bains, ouvrit son placard pour mettre un peu de fond de teint et souligner ses yeux noisette d'un coup de crayon. Elle aperçut la perruque de cheveux noirs et la paire de lentilles bleues qu'elle avait reçues par la poste la semaine précédente. Par jeu, elle enfila la perruque sur sa tête et s'appliqua à poser les lentilles sur ses pupilles. Lionel s'impatientait. « Tu en mets du temps à te faire belle ! Ce n'est pas la peine, tu étais très bien ainsi ! »

Amusée, elle voulut lui faire une surprise. Elle ouvrit la porte : « Comment tu me trouves ? »

Lionel la regarda, stupéfait. Il devint tout pâle, ouvrit la bouche pour répondre, et balbutia : « Tu es…tu es très bien ! Viens, on va dîner. »

39.

Mercredi 18 octobre

Le lendemain, Reine téléphona à sa mère. Elle s'enquit de sa santé, de ses occupations, des menus soucis qui constituent le quotidien d'une veuve âgée. Puis, sur un ton dégagé, elle lui donna de ses nouvelles à elle, tout en se promettant de ne pas l'inquiéter.

- Au fait, maman, j'ai reçu le compte-rendu de ma dernière prise de sang…
- Comment ça ? Tu as eu une prise de sang ? Tu es malade !
- Non, ce n'est rien, j'étais un peu fatiguée, et mon médecin m'en a prescrit une. En fait, ce n'était pas grand-chose, juste un peu de fatigue. Mais à l'analyse, le médecin a trouvé des chiffres trop élevés de glucose dans mon sang et il craint que je sois diabétique. Pas vraiment, pas gravement, mais quand même, il m'a conseillé de me surveiller. Et puis, il m'a demandé s'il y avait des diabétiques dans ma famille. Toi, je pense que tu ne l'es pas. Mais papa, l'était-il ?
- Oh bien sûr, du sucre, il devait en avoir. Avec la quantité d'apéritifs et de vin qu'il ingurgitait !
- Pour toi, ça ne devait pas être drôle…
- Pas vraiment. Surtout que ça lui est venu soudainement, ce besoin d'alcool.
- Tu te souviens quand ? Il y a eu un événement qui a déclenché ce besoin ?
- Je ne sais pas. Il avait eu une enfance difficile car son père n'était pas commode. Et puis, tu sais, c'était une drôle de famille. Ton papa en

parlait très peu, pour ainsi dire jamais, mais je crois que dans sa jeunesse il avait fait des recherches sur ses grands-parents – et il avait appris que son père était né de « mère inconnue ». Ça l'a travaillé toute sa vie.

- Dis-moi, son père, tu l'as connu ?
- Non, je l'ai entrevu seulement, une fois. Sa mère, oui, je l'ai mieux connue. C'est peut-être quand elle est morte qu'il a commencé à boire.
- Comment s'appelaient-ils ? Tu ne m'en as jamais parlé, mais leur nom doit figurer sur ton livret de famille.
- Ton grand-père s'appelait Paulin, Paulin Morel. Il était né en 1915, en pleine guerre, et il s'était marié en 1946 avec ta grand-mère Arlette. Ton papa est né en 1950.
- Oui, ça je sais. Mais Paulin et Arlette, ils ont vécu longtemps ?
- Oh oui, Paulin, assez longtemps. Il n'est mort qu'en 1995, je crois : il avait 80 ans. Ton papa qui ne le voyait plus depuis belle lurette a été appelé quand il était à l'agonie. C'est sans doute son père qui l'a fait venir en se sentant mourir. Je n'ai pas su ce qu'ils se sont dit, ton père n'a pas voulu m'en parler. Je me souviens qu'il est revenu avec une grosse malle qui s'est retrouvée au grenier, et que je n'ai jamais eu le droit d'ouvrir.
- Tu n'as pas essayé ?
- Non, ça aurait fait un drame. Ton père l'avait cadenassée et il avait caché la clef.
- Cette malle, tu l'as toujours ?
- Eh bien non, quand on s'est séparés, il l'a emportée et je n'ai pas su ce qu'il y avait dedans.

- Peut-être un trésor ? Ou un secret de famille ?
- Tu sais, je m'en fichais un peu. J'étais tellement contente qu'il s'en aille. Mais un trésor, non, je ne crois pas. Ses parents n'étaient pas riches. Son père était employé aux chemins de fer, il n'y avait pas de fortune dans la famille. Mais, dis-moi, nous avons assez parlé de tout ça. Ce qui m'intéresse, c'est toi. Tu vas venir bientôt ?

Reine assura qu'elle irait la voir – mais pas tout de suite, peut-être à Noël-, promit à sa mère de se soigner, l'embrassa et enfouit dans la poche de son pantalon son mobile. Elle était songeuse. Elle pensait au schéma que lui avait fait entrevoir « Gérard ».

R.M. ce sont mes initiales, ok. P.M., ça peut coller avec celles de mon père, Patrick Morel. Et les lettres P.M. au-dessus pourraient désigner mon grand-père, Paulin Morel, né en 1915 et mort en 1995 d'après ma mère. Mais alors qui serait ce mystérieux L.M. ? Le propre père de mon grand-père, mon arrière-grand-père ? Et comment se fait-il que mon grand-père ait été déclaré « né de mère inconnue » ? Peut-être parce que c'était la guerre...

Comment savoir ? Il faudrait que je fasse des recherches.

40.

19 juin 1913

Camille est internée à Ville-Evrard depuis le 10 mars au matin, cela fait un peu plus de trois mois. Elle ne comprend toujours pas ce qu'elle fait là. Ou plutôt si : la seule explication qu'elle a trouvée, c'est qu'elle est victime de « combinaisons machiavéliques » qu'elle impute à tort, non pas à son frère et à sa mère, mais à la bande de Rodin. Après sa lettre de fin mars, elle a encore écrit plusieurs fois à sa mère, en mai. Celle-ci lui a répondu, mais la lettre a été confiée au docteur Truelle, médecin de l'asile, afin qu'il la remette à Camille. Le 28 mai, madame Claudel avait écrit au docteur Truelle : « Je joins à cette lettre une réponse à celle que j'ai reçue hier par votre intermédiaire, je crois, que je vous prie de transmettre à Melle Claudel, ma fille. Je vois que ses idées sont toujours les mêmes malgré les bons soins dont elle est l'objet… »

En juin, une de ses anciennes camarades de collège lui écrit dans l'espoir d'être reçue par elle, avec sa fille. Marie Dazois, épouse Montavox, évoque les jeunes années de Camille. Elle ignore, bien sûr, dans quelle situation se trouve son ancienne condisciple.

Madame,

Avant de me rappeler à votre souvenir, voulez-vous que je vous dise combien votre image est présente à ma mémoire : je vous vois, comme si c'était hier, brillante élève des dames Dominicaines d'Epernay. Quand vous récitiez vos leçons d'histoire à mère Marie Colombe d'une manière si parfaite, déjà dans vos grands yeux on voyait des éclairs de génie. Je vous admirais et je me disais, comme elle est belle et bien douée. Puis c'était mère St Joseph, votre professeur de dessin, qui nous montrait à toutes, à son cours, les jolies têtes que vous faisiez déjà. Vous étiez bien jeune cependant douze ou treize ans, moi dix-sept. Nous parlions quelque fois ensemble pendant les récréations (...) Mariée depuis une trentaine d'années à un négociant, mère de trois enfants deux fils et une fille. Cette dernière très éprise d'art, puisque déjà comédienne, et qui voudrait tant vous connaître. Si souvent je lui ai parlé du grand sculpteur Camille Claudel. Voulez-vous, Madame, nous recevoir quelques instants, votre jour et votre heure seront les miens. Un grand merci d'avance de votre admiratrice

M. Montavox

Cette lettre ne fut jamais transmise à Camille. L'enfant géniale avait vécu.

41.

Jeudi 19 octobre

- Allô ? Reine Messager ?
- C'est moi-même. A qui ai-je le plaisir de parler ?
- Oh Reine, je suis contente de vous avoir au téléphone. Je suis…je suis la maman de Patricia. Ce sont les gendarmes de Sorgues qui m'ont donné votre numéro. Vous étiez très amie avec ma fille, je crois : c'est vous qui avez reçu son dernier SMS.
- Madame Léger ? Je vous présente toutes mes condoléances. Oui, nous étions amies, Patricia et moi. Si vous saviez combien je m'en veux de ne pas avoir répondu tout de suite à son texto. Mais j'avais éteint mon mobile, et j'ai oublié de le rallumer. Je m'en veux, je m'en veux ! J'aurais peut-être pu l'aider !
- Non, d'après les gendarmes, vous étiez beaucoup trop loin. N'ayez pas de remords. Je ne comprends toujours pas comment ma fille a pu se rendre en vespa dans cet endroit désert, mais les gendarmes recherchent son mobile. Si on le retrouve, on saura peut-être. Je suis allée…reconnaître le corps. C'était affreux.
- Comme je suis triste, et comme je vous plains ! Patricia était une fille adorable, nous passions souvent des soirées à discuter. Tenez, pas plus tard que la semaine dernière…non, je me trompe ! c'était le vendredi d'avant, puisque le 13, les gendarmes m'ont prévenue. Nous avons

bavardé toute une soirée. Nous n'étions jamais d'accord, mais c'est comme ça, les vraies amies.

- Reine – je peux vous appeler Reine, n'est-ce pas ? – j'aimerais tellement vous rencontrer et que vous me parliez de Patricia. Elle venait me voir à Marseille, bien sûr, mais je ne sais rien de sa vie d'étudiante à Aix.
- Quand vous voulez, madame.
- Appelez-moi Dany.
- D'accord. Moi aussi j'aimerais vous rencontrer. Patricia me parlait souvent de vous et elle vous aimait beaucoup.
- Cet après-midi, si vous pouvez ? Aux 2 G ?

Dany Léger et Reine se retrouvèrent vers 16 heures sur la terrasse du célèbre café-restaurant aixois. Les platanes du Cours Mirabeau s'étaient dépouillés de toutes leurs feuilles et tendaient vers le ciel de pâles moignons. Le ciel était d'un bleu léger, transparent comme c'est souvent le cas dans cette période faste qui, à Aix, mérite plus qu'ailleurs le nom « d'été indien ».

La mère de Patricia était une grande femme élégante, vêtue d'un Burberry négligemment noué à la taille. Elle arborait un foulard aux teintes d'automne, et Reine ne put s'empêcher de penser qu'elle représentait tout à fait le type de la dame B.C.B.G. *« Bon Chic Bon Genre », ou « Beau Cul Belle Gueule » ?* s'interrogea-t-elle en se remémorant la plaisanterie d'un copain carabin avant de se rappeler qu'il s'agissait de la mère de son amie morte.

Elles s'assirent sous une rampe de chauffage rendue inutile par la tiédeur de l'air et madame Léger dit d'emblée : « Parlez-moi de Patricia. » Reine raconta comment elles s'étaient rencontrées dès la rentrée de la fac, comment elles avaient tout de suite sympathisé, partageant les mêmes centres d'intérêt quoiqu'elles eussent des goûts en art un peu différents.

- Le dernier soir où nous avons dîné dans son studio, nous avons eu une discussion très animée sur Rodin et Camille Claudel. Patricia défendait Rodin, moi je soutenais qu'il devait beaucoup à Camille, et que ses œuvres n'étaient devenues sensuelles qu'à partir du moment où elle avait travaillé pour lui. Il faut dire que le sujet de son mémoire était justement Rodin, et le mien…Camille Claudel. Ces deux-là se sont évidemment influencés l'un l'autre.
- En dehors du travail, vous vous retrouviez souvent ?
- Oui, nous allions au cinéma, ou au théâtre. Parfois on allait simplement prendre une tasse de thé…

Elles bavardèrent un long moment. Dany Léger expliqua que les obsèques de sa fille n'auraient pas lieu dans un futur proche, à cause de l'enquête qui était en cours. « Hélas, les gendarmes n'ont aucune piste. Je ne sais même pas si…elle a subi des violences sexuelles. » Elle avait les larmes aux yeux. Elle se reprit :

- Parlez-moi un peu de vous, maintenant. Vous habitez Aix depuis longtemps ?
- Oui, j'y suis venue toute petite, mais je suis née en Lorraine. Mes parents se sont installés ici à cause du métier de mon père.
- Que faisait-il ?
- Il travaillait dans une banque, le Crédit Lyonnais : il s'appelait Messager- c'est mon nom de jeune fille.

- Ah ? Attendez. J'ai connu un monsieur Messager qui travaillait dans une agence du Crédit Lyonnais. C'est peut-être votre papa ? Mais l'agence était à Marseille, pas à Aix.
- Oui, ça pourrait être lui, bien que ce nom soit assez répandu. Il est parti pour Marseille quand il a divorcé d'avec ma mère.
- Je m'entendais bien avec lui, nous blaguions toujours. Et puis, un beau jour, il a disparu.

Reine sourit, un peu triste. « Il a été mêlé à une affaire assez ennuyeuse et il a dû quitter la banque. » Elle n'ajouta pas que l'affaire en question l'avait mené en prison. Mais madame Léger semblait être au courant : « Ce n'est pas la fameuse affaire Positonia ? Il m'avait proposé de mettre de l'argent dedans. Heureusement, je ne l'ai pas suivi. La dernière fois que je l'ai rencontré, il avait rendez-vous avec un avocat qui devait le tirer de ce mauvais pas. Je ne sais pas s'il a réussi. C'était un tout jeune avocat qui débutait. Tenez, je me souviens même de son nom : il s'appelait Boulanger. Même que nous avons plaisanté : « Avec un nom pareil, il va vous sortir du pétrin », lui ai-je dit.

Reine pâlit. « Boulanger, vous avez dit Boulanger ? Lionel Boulanger ?

- Ah ça, je l'ignore. J'ai retenu son nom, mais je ne connais pas son prénom. Maître Boulanger, quand on est dans le pétrin, c'est plutôt drôle d'avoir un avocat qui porte ce nom, vous ne trouvez pas ?

Reine sourit et acquiesça. Mais une question commença à la tourmenter, inquiétante, bientôt obsédante.

Maître Boulanger. Comme « mon » Lionel, celui que je connais. Est-ce une coïncidence ou un homonyme ? Cela est-il possible ? D'après ce que m'en dit madame Léger, ça pourrait coller. Mais il s'en serait souvenu, sûrement. Et il ne m'a jamais parlé de mon père !

42.

Reine prit congé de madame Léger en lui promettant de la revoir bientôt. Elle rentra dans son studio, perplexe. Que faire : interroger Lionel ? S'il avait défendu son père, c'était une coïncidence curieuse ! Mais surtout, pourquoi n'avait-il pas, lui, fait le rapprochement ? Reine venait d'entendre son nom presque par hasard. Sa mère était sûrement au courant des démêlés que son mari avait eus avec la justice. Elle eut envie de l'interroger.

- Allô maman, comment vas-tu ? Moi, ça va, mais j'ai une petite question à te poser. Quand papa a eu besoin d'un avocat pour l'affaire du Positonia, vous étiez séparés depuis quelque temps déjà. Il te parlait de ses ennuis ? De ce qu'il risquait ? De ses rendez-vous avec son avocat ?
- Oh là là ma chérie, ça n'a pas été la période la plus facile de ma vie. Oui, ton père m'avait prévenue qu'il y avait une enquête, et que je risquais d'être interrogée. En fait, un commissaire de la brigade financière est venu me voir un jour, mais je n'avais pas grand-chose à lui dire. Je n'étais pas du tout au courant des affaires de mon ex-mari. Même quand nous étions encore mariés, il ne me racontait jamais ce qu'il vivait à la banque. Il a toujours mis une barrière infranchissable entre le boulot et la maison.
- Donc, tu n'as jamais rencontré son avocat ?
- Jamais. Mais pourquoi cette question ?
- Figure-toi que j'ai fait la connaissance, il y a peu, d'un avocat, peut-être celui qui a plaidé pour papa. Ce n'est pas lui qui m'en a parlé, j'ai

appris son nom par hasard. J'aurais voulu savoir si tu l'avais vu, et si tu te souvenais de son nom.

- Son nom ? Je ne suis pas sûre qu'il me l'ait dit. Il m'en a parlé, pas souvent, mais je crois qu'il n'était pas très content de lui. C'était un tout jeune, qui avait été commis d'office, et je me rappelle qu'il râlait contre lui. Ce monsieur n'a pas été très efficace, d'ailleurs, puisqu'il n'a pas empêché ton père de faire de la prison. Mais pose-lui la question toi-même, puisque tu le connais. Il se souvient sûrement s'il a plaidé dans cette affaire : elle a fait tellement de bruit !
- Tu as raison, je vais le lui demander. Je voulais juste demander avant si tu te souvenais de son nom. A part ça, tout va bien ?
- Couci-couça. Tu me manques. Je t'ai parlé de l'exposition Rodin à Pompidou ? Tu m'as dit que tu viendrais peut-être la voir…Ça me ferait plaisir, tu sais.
- Oui maman, je sais. Mais j'ai des partiels bientôt. Si je peux venir, je te tiens au courant. Je t'embrasse.

Reine posa son mobile avec un soupir. Elle se sentait un peu coupable, mais n'avait pas le courage de discuter plus longuement avec sa mère, et encore moins d'aller la voir.

Pauvre maman, elle n'a pas eu beaucoup de bonheur dans l'existence.

43.

Le lendemain, Reine n'avait pas grande envie d'aller à la fac. Elle se força cependant à préparer ses affaires. Au bas de son immeuble, elle faillit rentrer dans un homme qui semblait pressé. Elle allait le gourmander quand elle l'entendit s'exclamer : « Madame Messager, quelle surprise ! » Elle reconnut alors le commissaire Bouchard, qui avait dirigé l'enquête sur la disparition de Chloé, deux ans auparavant.

Bouchard avait une bonne tête de flic de cinéma. Pas très grand, plutôt râblé, il arborait un visage rond orné d'une moustache qui lui donnait un vague air d'Hercule Poirot. « Oh, monsieur le commissaire, je suis contente de vous voir ! »

- Moi aussi, chère madame, c'est un plaisir. Je ne suis plus commissaire, je suis en retraite. Pourtant, je continue à suivre de près les évènements auxquels j'ai eu accès.
- J'imagine que vous n'avez rien de nouveau, sinon, vous m'auriez prévenue ?
- Hélas, l'enquête est pour ainsi dire « gelée ». Mais nous ne perdons pas l'espoir qu'elle aboutisse. J'aimerais tant vous apporter de bonnes nouvelles.
- Moi, en revanche, j'en ai peut-être du nouveau. Je ne vous ai pas contacté…
- Mais pourquoi ?!
- Je vais vous raconter : il m'est arrivé une suite d'évènements extraordinaires qui m'ont beaucoup touchée.
- Venez m'expliquer tout ça. Vous avez un moment ? On peut aller prendre un café ?
- Oh oui ! tant pis pour mon cours à la fac.

Aux 2G, dans un petit coin tranquille, Reine entama son récit : « Tout a débuté il y a 13 jours, au musée des Arcades, où je m'étais rendue pour voir l'exposition sur Camille Claudel. J'avais reçu une invitation pour la visiter gratuitement ; cette invitation ne m'a pas surprise car je travaille un mémoire sur ce sujet, et j'ai contacté un certain nombre de spécialistes de Claudel au cours de mes recherches. J'ai pensé que l'un d'eux me l'avait envoyée… »

Et Reine, soulagée, énuméra la cascade de péripéties qui l'avait tant troublée : la photo qui ressemblait si fort à Chloé - mais était-ce elle ? elle arrivait à en douter ; le coup de téléphone qui avait suivi, peut-être sa fille « Vous vous rendez compte ? Si c'est elle, ça veut dire qu'elle est vivante ! Mon mari ne m'a pas crue. Et si c'est une farce, c'est odieux ! » Le commissaire l'écoutait attentivement, sans émettre de commentaires. Il savait bien, lui, que les parents d'un enfant disparu reçoivent des coups de fil de ce genre, émanant de psychopathes cruels.

Reine ne parla pas de Lionel, sauf pour dire qu'un monsieur aimable l'avait aidée à se relever dans le musée quand elle était tombée à terre et qu'il l'avait réconfortée. En revanche, elle évoqua les curieux envois qu'elle avait reçus : les lentilles de contact et la perruque. « Mais cela n'a rien à voir avec la disparition de Chloé » affirma-t-elle. Puis elle évoqua les rendez-vous que lui avait donnés un certain « Gérard » pour lui montrer des statuettes qui ressemblaient à celles de Camille Claudel, et surtout le message où il promettait de lui révéler quelque chose sur « quelqu'un qui devait l'intéresser de très près ». Elle avait cru qu'il s'agissait de Chloé. Et surtout, surtout, la dernière statuette qu'il avait produite était le portrait absolu de sa fille. Enfin, elle raconta la terrible nouvelle de l'assassinat de Patricia, comment la gendarmerie l'avait prévenue, comment elle avait reconnu l'écriture, et comment on avait identifié le corps de son amie.

« Je ne comprends plus rien à rien, avoua-t-elle. Je ne sais que deux choses, aussi horribles l'une que l'autres : ma petite fille n'a pas été retrouvée, je crains pour elle tout en gardant l'espoir qu'elle est toujours vivante. Et puis, j'ai perdu une amie chère dans des circonstances épouvantables. Le reste m'est bien égal. »

- Eh bien, ma petite dame, il y a de quoi être secouée ! s'exclama le commissaire. Ce qui m'étonne le plus, c'est la statuette que vous a montrée ce fameux « Gérard », et qui semble être le portrait de votre petite fille. On dirait que tout tourne autour de lui. Il faudrait le retrouver. Voyons, que savez-vous de lui ?
- Son nom, « Gérard », mais je crois qu'il est faux. D'ailleurs, il m'a dit « Appelez-moi Gérard ». Ça prouve bien que ce n'est pas comme ça qu'il s'appelle, non ?
- A quoi ressemble-t-il ?
- Il est de taille moyenne, je n'ai jamais bien vu son visage. Ah, attendez ! Il ne parle pas très bien, il s'exprime de façon vulgaire, et je crois me souvenir qu'il a un sourire édenté. Et puis, visiblement, il ignore tout de la valeur des objets qu'il m'a montrés.
- Bon, mais tout cela ne nous avance guère. Vous dites qu'il vous a donné rendez-vous devant le musée des Arcades ?
- Oui, à Montfavet, deux fois.
- Il habite peut-être dans le coin…On pourrait chercher. Je vais contacter les gendarmeries des alentours. Si jamais il vous fait signe à nouveau…
- Bien sûr, je vous appelle tout de suite !

Reine, un peu réconfortée, décida de se rendre à la fac. Elle avait manqué le premier cours, mais elle arriva à temps pour le deuxième, qui portait sur la sculpture du XXe siècle.

44.

Le cours avait été passionnant. Reine se promit de relire les notes qu'elle avait prises. Elle avait découvert que Rodin avait eu une aventure avec sa dernière élève, bien après Camille Claudel. Il s'agissait d'une Lyonnaise, sculptrice de talent elle aussi, une femme indépendante et engagée, nommée Jeanne Bardey. Elle était belle, douée, intelligente *–tout comme Camille,* se dit Reine. *Ah, le vieux cochon !*

Elle eut envie d'en savoir plus. Jeanne était née en 1872, et elle avait donc 32 ans de moins que Rodin, 8 ans de moins que Camille. Fille d'un marchand de meubles de Lyon, elle avait épousé en 1893, à 19 ans, un peintre décorateur aujourd'hui oublié, Louis Bardey, et lui donna une fille l'année suivante. Elle devint en 1907, à 35 ans, l'élève du peintre François Guiguet, qui l'encouragea à pratiquer la sculpture et la recommanda à Rodin. En 1909, celui-ci l'accepta à son tour comme élève…et sans doute en fit sa maîtresse aussitôt.

Ce qu'il y avait de curieux, et qui ne manqua pas de surprendre Reine, c'est que Jeanne Bardey réalisa sous l'œil vigilant du maître des masques de fous et des portraits d'aliénés en asile.

Pourquoi des fous ? Songeait-elle à la pauvre Camille, qui serait internée bientôt ? Voyons : ces masques et ces dessins, quelle idée ! D'aucuns disent que c'est Rodin lui-même qui aurait demandé à Jeanne de les faire…

Comme Camille à ses débuts, Jeanne est en grande admiration devant l'auguste sculpteur. En décembre 1912, elle lui écrit :

Depuis le jour où j'ai eu le bonheur de vous voir et d'obtenir ***un regard sur mon faible travail****, j'ai éprouvé comme autrefois* ***cette grande émotion qui me fit orienter***

ma vie pour le seul culte de la beauté. *Lorsque vous eûtes la bonté de bien vouloir diriger mes premiers essais de dessins, je vous disais qu'au sortir de chez vous, l'âpre sol de Paris et les duretés de la vie se changeaient* ***en rayons de soleil.*** *Vous avez été pour moi* ***si bon*** *que je n'ose par moments croire à la réalité des faits, je crois encore rêver ! Toute ma vie ne sera* ***qu'un élan de reconnaissance pour vous (…)***

Votre œuvre à elle seule ***relève notre siècle*** *et* ***enorgueillit notre patrie*** *; seul contre tous votre marbre résistera ; et si dans des siècles, un jour notre sol est dévasté comme celui de l'antique Grèce, votre nom gravé dans le bronze dira aux puissances futures* ***la gloire et la puissance de votre talent.***

Et moi pauvre grain de sable jeté à Paris j'ai entendu le grand A. Rodin dire en souriant devant un petit pied que timidement je présentais : « pas mal, pas mal ». Aux petits est réservé le vrai bonheur car ***le vrai bonheur vous me l'avez donné****.*

Voulez-vous me permettre d'aller vous voir samedi 7 décembre à 5 heures, je vous porterai le torse de la statuette dont vous avez vu les abatis. Si vous préfériez venir chez moi, je serai heureuse de vous recevoir à déjeuner le jour qui vous conviendrait le mieux.

Permettez que je fasse des vœux pour votre santé et bonheur et pour ***des affections toujours dignes de vous.*** *Votre toute dévouée, Jeanne.*

A la même époque, pendant que Rodin roucoule avec Jeanne Bardey, Camille Claudel qui sera internée trois mois plus tard, écrit à sa cousine Henriette Thierry une lettre dont le ton est bien différent…

« Je me trouve du jour au lendemain sans ressources, c'est la bande à Rodin qui a travaillé la tête de maman pour obtenir ce résultat (...) Aussitôt que je sors, Rodin et sa bande entrent chez moi pour me dévaliser. Tout le quai Bourbon en est infesté ! Aussi, maintenant ma maison est transformée en forteresse : des chaînes de sûreté, des mâchicoulis, des pièges à loup derrière toutes les portes témoignent du peu de confiance que m'inspire l'humanité... »

Pauvre Camille, songea Reine en comparant ces deux lettres. Elle était en plein délire de persécution. Son frère et sa mère n'allaient pas tarder à intervenir. Et de façon si cruelle !

Elle chercha sur Internet une photographie de Jeanne, telle que la vit Rodin. Elle la trouva belle :

45.

Quand elle sortit pour s'acheter de quoi déjeuner, elle jeta un coup d'œil sur sa boîte aux lettres. Elle n'attendait rien d'intéressant. Mais justement, la boîte était pleine d'une épaisse enveloppe brune qui en débordait un peu. Intriguée, elle la fourra dans son panier et se dépêcha de faire ses emplettes, puis remonta en hâte les trois étages de son studio.

Elle reconnut l'écriture qui figurait sur l'enveloppe – c'était la même que celle des deux premiers colis, qui contenaient des verres de contact et une perruque. Mais cette fois, le paquet était beaucoup plus gros. Elle l'ouvrit et en tira une robe longue, d'un brun foncé presque noir.

Qu'est-ce que cela veut dire ?

Un mot accompagnait l'envoi : ESSAYEZ LE TOUT !

Reine obéit à cette injonction : elle alla chercher sur sa table de nuit les verres de contact bleus, et enfila la robe, avant de poser sur sa tête la perruque brune. Puis elle se regarda dans la glace. Elle était métamorphosée. La robe tombait jusqu'à ses pieds, elle avait de larges manches bouffantes et la vieillissait un peu.

Elle se contemplait, perplexe, se demandant pourquoi on lui avait envoyé ce costume qui la transformait en une femme du début du siècle dernier. Ça ne lui allait pas si mal, après tout. Elle ressemblait ainsi à… ?

Soudain, elle entendit le bruit d'un léger frottement. Sous l'entrée de son studio, quelqu'un venait de glisser une enveloppe. Reine se précipita pour voir qui était derrière la porte. Mais, peu habituée à marcher avec ce genre de vêtement, elle se prit les pieds dans les plis de la robe, et s'étala sur la moquette. Dans l'escalier, c'était une cavalcade : l'inconnu descendait en courant.

Zut ! je vais le manquer !

Le temps qu'elle se relève, il était parvenu en bas de l'immeuble. Elle alla se pencher par la fenêtre du palier et à son grand désappointement vit disparaître au coin de la rue une silhouette qui lui sembla vaguement familière. Elle ouvrit fébrilement l'enveloppe, qui ne contenait qu'un papier blanc sur lequel il était écrit :

ALORS, ÇA Y EST ? VOUS AVEZ COMPRIS ? REGARDEZ BIEN, ÇA NE VOUS FAIT PENSER A PERSONNE ?

Quelle blague idiote !

Reine était furieuse. Des larmes de rage lui montèrent aux yeux. De qui se moquait-on ? En plus, elle se sentait épiée, traquée. Devait-elle prévenir la police ? Mais pour raconter quoi ? Qu'un inconnu qui ne signait pas ses papiers s'amusait à lui expédier de quoi se déguiser ?

Elle arracha la perruque de sa tête et défit la robe. Mais, réflexion faite, elle la rangea dans sa penderie. Elle allait raconter ça au commissaire Bouchard, cela devrait l'intéresser…

46.

Samedi 21 octobre

Le lendemain, elle appela le commissaire pour lui expliquer l'étrange colis qu'elle avait reçu. Il se montra aussi étonné qu'elle.

- Mais, dites-moi madame Messager… L'expéditeur a peut-être commis une erreur qui va nous permettre de retrouver ce fameux Gérard. Vous m'avez bien raconté que le deuxième colis, celui qui contenait une perruque, vous proposait aussi un rendez-vous ?
- Oui, l'article parlait d'une certaine Violette Barrère, qui aurait été infirmière à Montfavet et a bien connu Camille Claudel. Mais l'article était incomplet, déchiré et non signé. Et il était accompagné d'un message qui me donnait rendez-vous « au même endroit », disait-il, que la fois précédente, c'est-à-dire devant l'hôpital de Montfavet. Surtout, il indiquait qu'il pouvait me communiquer des nouvelles de quelqu'un qui me touchait de « très, très, très près ». J'ai pensé à Chloé, bien sûr. Pourtant je ne vois pas le rapport entre cet hôpital et ma petite fille !
- C'est bien mystérieux en effet. Mais ce rapport, il doit exister…Vous avez gardé l'article ?
- Évidemment.
- La date y figure ? De quel journal s'agit-il ?
- Du Provençal, édition de Vaucluse.
- Vous avez la date ?
- Attendez, elle figure, écrite à la main, au-dessus de la photocopie de l'article. Ce n'est pas facile

à lire. L'article est du… 13 ou 15 mai 1995, je crois.

- Eh bien, la partie de l'article qui vous manque - puisqu'elle paraît avoir été déchirée -, nous allons la retrouver aux archives départementales. Il suffit d'aller les consulter. Nous aurons ainsi le nom de l'auteur de l'article, et peut-être d'autres renseignements, qui sait ? Qu'en pensez-vous ?
- C'est une bonne idée. Je ne sais pas si cela nous mettra sur la piste de « Gérard », mais on peut toujours essayer.
- Et puis, n'oubliez pas : ce « Gérard » comme vous dites a quelque chose à voir avec votre fille. Il vous a bien présenté un petit buste en terre cuite qui la représentait ?

C'était un samedi matin. Ils prirent rendez-vous pour la semaine suivante. Bouchard dit qu'il viendrait la chercher en voiture mardi (le lundi, c'était fermé) afin d'aller consulter les archives départementales de Vaucluse, au premier étage du palais vieux de Benoît XII à Avignon.

- Vous verrez, la salle de lecture est magnifique !
- Merci en tout cas de me consacrer votre temps.
- Ne me remerciez pas, pour moi c'est un plaisir.

47.

Reine se sentit un peu rassérénée par la gentillesse du commissaire. Mais elle avait grande envie de retrouver « Gérard » qui devait en savoir beaucoup plus qu'il ne l'avait dit. Comment s'était-il procuré l'article sur Violette Barrère, l'infirmière qui avait soigné Camille Claudel ? Comment était-il en possession de statuettes qui ressemblaient si fort à celles de l'artiste ? Comment avait-il acquis le portrait de Chloé ou un petit buste tellement troublant qu'elle avait cru y reconnaître sa fille ? Et surtout, pourquoi la poursuivait-il tout le temps ? Était-ce lui qui avait envoyé les trois colis, les verres de contact, la perruque et la robe ?

D'autres questions plus graves encore la tourmentaient : qui avait tué Patricia ? Où était Chloé ? Qui l'avait enlevée ? Était-elle vivante ? Toutes ces interrogations se bousculaient dans sa tête. Et puis, elle était troublée par la personnalité de Lionel : pourquoi ne lui avait-il pas dit qu'il connaissait son père, qu'il avait été son avocat ? Sur qui pouvait-elle compter désormais ? Sur Marc, son ex-mari ? Non, il était en train de refaire sa vie. Sur Lionel ? Elle n'avait plus une totale confiance en lui.

Patricia n'était plus là. Elle frissonna en pensant à ce qui lui était arrivé et se demanda si l'assassinat de son amie avait un rapport avec elle. Patricia était sur le point de la rappeler, quand, se souvint-elle…

Tempête sous un crâne. C'était trop, beaucoup trop pour elle. Elle alla chercher sous l'évier une bouteille de rhum qu'elle avait gardée en réserve, et en remplit un grand verre qu'elle avala d'une traite. Puis un autre… Encore un autre.

Ses idées se brouillèrent. Elle prit dans le tiroir de sa table de nuit une photo de Chloé et se mit à pleurer. A ce moment-là, le téléphone sonna. Reine hésita à répondre. Et puis non, tant pis, elle laissa sonner l'appareil qui finit par se taire. Elle s'endormit.

L'après-midi était déjà bien avancé quand elle entendit qu'on frappait à la porte de son studio. C'était Lionel, il l'appelait. Elle se leva en chancelant et lui ouvrit.

- Alors, on ne répond pas ? On boude ? Que t'arrive-t-il ? Mais dis donc, tu as une haleine chargée ! Tu as bu ?

Il aperçut la bouteille de rhum presque vide, et comprit. Il alla chercher dans la salle de bain une serviette qu'il mouilla et posa toute dégoulinante sur la tête de Reine. Il la gronda : « Ce n'est pas possible de se mettre dans un état pareil ! Attends, je vais te faire du café. » Elle le laissait faire, soulevant avec peine les paupières, et soudain tout lui revint. Elle s'exclama avec colère : « Pourquoi tu ne m'as pas dit que tu avais connu mon père ? Quel jeu joues-tu avec moi ? »

- Comment ? Quoi ? Ton père ? D'où tiens-tu que je l'ai connu ?
- « Maître Lionel Boulanger », jeune avocat dans les années 90 au barreau d'Aix-en-Provence, il n'y en a pas trente-six, dis ? Tu ne t'es pas occupé de l'affaire du Positonia ?
- Si, je crois. Non ..., je ne crois pas, j'en suis sûr. Ce fut une de mes premières grosses affaires, un sacré morceau pour un débutant, d'ailleurs. Mais je pense que je m'en suis bien tiré, répondit-il avec un petit sourire de satisfaction.
- Oui, eh bien, c'est cette « grosse affaire », comme tu dis, qui a envoyé mon père en prison.

Il eut l'air de se troubler, de fouiller sa mémoire.

- Il s'appelait comment, ton père ? Quel était son nom, son prénom ?

- Patrick. Patrick Morel.
- Ah ! Je ne pouvais pas savoir. Je ne connaissais pas ton nom de jeune fille. Mais tu ne m'as pas dit que tu étais divorcée ?
- Si, mais j'ai gardé le nom de mon mari. Je ne voulais plus porter celui de mon père.
- Alors, je réfléchis…Ça y est, ça me revient. Oui, j'ai défendu Patrick Morel, il était employé de banque, et il était mouillé dans l'affaire du Positonia. Mais dis-moi, c'est extraordinaire ! C'était ton père !?
- Ben oui. Mes parents étaient déjà séparés, mais ils n'avaient pas encore divorcé. Ensuite, ça n'a pas tardé. Ma mère a demandé le divorce quand il était en prison.
- Je regrette pour lui. Il n'était qu'un petit rouage dans l'escroquerie, mais il a payé pour d'autres.
- N'aie pas de regrets. Moi, je n'en ai aucun. Ce n'était pas un personnage très intéressant. Il battait ma mère, et je n'ai que de mauvais souvenirs de lui.
- Je me rappelle : je suis même allé chez lui. Oh ce n'était pas luxueux ! Une petite mansarde en vieille ville. Il y avait quelques meubles…
- Tu te souviens s'il y avait une grande malle ?
- Une malle ? Non, je ne me rappelle pas. Pourquoi ? C'est important ?
- Non, je ne crois pas qu'elle ait eu beaucoup de valeur. Mais ma mère dit qu'il y tenait beaucoup, et il l'a emportée quand il a quitté la maison. Bon, oublions tout ça. Je ne t'en veux plus de ne pas m'avoir parlé de mon père : c'est vrai, tu ne pouvais pas imaginer…
- Comme tu dis, oublions ça. Je t'emmène dîner ?
- Non, tu es gentil, mais je suis fatiguée.

Lionel n'insista pas. « Je te laisse te reposer. Mais tu ne fais pas de bêtises, hein ? Le rhum, c'est fini ! Promis ? »

- Promis ! D'ailleurs j'ai tellement mal au cœur que je n'ai plus envie de boire. Plus jamais !

Lionel sourit. « Tu sais ce qu'on dit : *promesse d'ivrogne...* »

- Non, je te jure. En tout cas, pour aujourd'hui, c'est vrai ! »

Il partit. La nuit était tombée. Elle frissonna car la température s'était rafraîchie, et la pluie se mit à battre contre les carreaux. *L'automne est là, et bien là,* pensa-t-elle. Rien de mieux à faire que de se blottir sous les couvertures. Elle prit un livre et se coucha. Une pensée la tracassait sans qu'elle sache exactement pourquoi. Un détail essayait de remonter à sa mémoire - mais quoi ?

Elle chassa cette idée et s'endormit sur son livre, lumière allumée.

48.

Lettre de Camille Claudel à Henriette de Vertus, automne 1913

A Mademoiselle de Vertus
22 rue de Téhéran
Paris
Faire suivre

Ma chère Henriette

Vous avez sans doute déjà entendu parler de mes aventures funambulesques et de ce qui s'en est suivi. Pour terminer j'ai été enlevée par un cyclone moi et mon atelier, mais par un singulier effet de la tornade, mes plâtras ont filé directement dans la poche de Rodin et consorts, tandis que mon infortunée personne s'est trouvée transportée délicatement dans un enclos grillagé en compagnie de plusieurs aliénés. Je fais mon possible pour figurer honorablement dans cette aimable corporation : je n'y fais pas mauvaise figure ! Si vous voulez constater par vous-même ce qu'il en est vous n'avez qu'à prendre le métro jusqu'à St Mandé puis le tramway de St mandé à Ville-Evrard, (maison spéciale de santé). Je vous attends derrière la grille. N'oubliez pas de m'apporter une livre de chocolat Menier je vous la rendrai (deux mots raturés) avec beaucoup de choses que je vous dois déjà. Jeanne et Marguerite doivent être devenues de grandes jeunes filles, je voudrais bien les voir ainsi que Jean. Venez donc tous en famille par ce bel automne cela vous fera une belle promenade !

Pauvre Henri ! s'il était là il ne manquerait pas de venir voir sa cousine !

Vous êtes riche, vous qui avez une place du gouvernement, ce n'est pas comme moi !!!
Votre regrettée ?

Camille

En marge, verticalement, d'une autre main : Mr Henri Thierry 43 r. de Saintonge Paris

Henriette de Vertus était une cousine et amie de Camille. Le ton de la lettre est badin, ironique, presque léger. Camille semble prendre son internement avec le sourire. Mais quelques remarques à la fin, trahissent sa tristesse…

La lettre ne fut jamais expédiée.

49.

Mardi 24 octobre

Le week-end avait semblé interminable à Reine. Le dimanche, elle était restée couchée, ne se levant qu'au soir. Les arbres du cours Mirabeau perdaient leurs dernières feuilles qui tombaient à terre en une valse triste. Une petite pluie fine habillait de larmes les trottoirs luisants.

Lundi, elle alla au cours de la faculté, et son cœur se serra quand elle vit la place vide de Patricia à ses côtés. Le soir, le commissaire Bouchard lui téléphona et lui fixa un rendez-vous, le lendemain, pour l'emmener aux archives départementales de Vaucluse, à Avignon.

Les archives occupaient une aile du Palais des Papes, dans la chapelle de Benoît XII. Ils gravirent un escalier assez pentu, laissèrent leurs effets personnels à la consigne, pénétrèrent dans la grande salle et s'inscrivirent comme lecteurs. Au bout d'un temps qui leur parut infini, un employé leur apporta ce qu'ils avaient demandé : les exemplaires du journal Le Provençal du mois de mai 1992. Ils retrouvèrent sans peine l'article qui parlait de Violette Barrère. Cette fois, ils purent le lire en entier- Reine n'en avait reçu qu'une photocopie partielle.

Violette Barrère racontait la triste fin de Camille Claudel : *« Elle ne recevait que très peu de visites. Quand son frère Paul venait, il était reçu en grande pompe par le directeur. Mais Camille restait dans sa chambre, il l'y rejoignait. Comme c'était la guerre, à la fin, on souffrait beaucoup de privations, il y avait jusqu'à 15 ou 16 morts par jour. Les fossoyeurs étaient débordés, souvent le jardinier devait leur donner un coup de main. Camille est morte d'un accident cérébral, je crois. La veille de sa mort, elle était très faible, j'étais auprès d'elle et je lui tenais la main. Elle voulait parler, j'avais du mal à la comprendre, mais elle m'a confié quelque chose qu'elle n'avait jamais dit à personne. J'étais tellement bouleversée que je l'ai quittée ensuite. Mon service était fini. Je n'étais pas là quand elle s'est endormie pour de bon. Ah, c'est affreux qu'on l'ait enterrée dans la fosse commune. Je n'ai même pas pu assister à son inhumation. »*

Reine lut avec émotion ce récit. Ils déchiffrèrent le nom du journaliste qui avait recueilli les propos de la vieille dame, un certain Yvan Charvet.

Elle se tourna vers Bouchard :

- Vous croyez qu'on peut retrouver cet homme ? La vieille infirmière parlait d'un secret ; il sait peut-être de quoi il s'agit ?
- Eh bien, on va essayer. Si nous avons de la chance, il habite encore Avignon. De toute façon, c'est un localier. Et après tout l'article n'est pas tellement ancien. Pourvu qu'il soit en vie !

L'agence de La Provence de Vaucluse leur confirma qu'Yvan Charvet était toujours vivant, mais en retraite depuis une dizaine d'années. Il habitait en plein cœur de la vieille ville, au 11 de la rue de la Banasterie, un immeuble qui avait presque l'âge de son illustre voisin, le Palais des Papes. Sur la façade en pierre de taille, une statue de la Vierge à l'enfant regardait les passants avec indulgence.

Yvan Charvet ne paraissait pas son âge, que Reine et Bouchard évaluèrent à 75 ans environ, à cause de la date de sa retraite. Petit, plutôt rond, il arborait un sourire jovial et reçut les visiteurs avec un plaisir évident :

- Vous savez, je n'ai plus tellement de visites, moi qui courais de-ci de-là au temps où j'étais journaliste. Je fréquentais un tas de monde et je connaissais « mon Avignon » sur le bout des doigts.

Le commissaire exposa l'objet de leur visite : « Nous avons lu l'article que vous avez écrit en 1992 sur une vieille dame qui avait connu Camille Claudel. Elle s'appelait Violette Barrère. Nous aimerions que vous nous en parliez.

- Violette Barrère ? Je me souviens très bien. J'avais eu le tuyau par le médecin qui la soignait. Je suis allé la trouver, elle était presque impotente, mais elle avait une mémoire infaillible. On a passé un bon moment, tous les deux. C'est un des reportages qui m'a le plus marqué. Et pourtant, j'en ai vu des vedettes, des stars du cinéma et du théâtre, qui venaient au Festival d'Avignon, l'été. Tenez, en 1970, j'étais tout jeune, j'ai interviewé Maria Casarès, une grande dame, je vous assure. J'étais assez impressionné…

Le commissaire Bouchard l'interrompit :

- Excusez-moi, cette interview était sûrement passionnante, mais nous aimerions que vous nous parliez de Violette Barrère.
- Oui, oui, excusez-moi. Madame Violette Barrère ? J'y reviens. Comme je vous l'ai dit, c'est un de mes amis médecins qui m'avait raconté qu'elle était infirmière à l'hôpital de Montfavet à l'époque où Camille Claudel y était internée. Vous savez, cette artiste était complètement tombée dans l'oubli, personne ne savait dans les années 30-40 qu'elle avait été un grand sculpteur - on dit sculpteur, ou sculptrice, pour une femme ? Enfin, peu importe. Ce qui

compte, c'est que Violette Barrère, qui était jeune dans ces années-là, s'était prise d'amitié pour cette malade très tranquille qui paraissait si triste. Elle était devenue en quelque sorte sa confidente. Et, je vous rappelle, on ne savait pas qu'elle avait été célèbre, ni surtout qu'elle le redeviendrait ! Non, c'était une pauvre vieille dame que la jeune Barrère avait prise en sympathie.

- Vous dites qu'elle était devenue sa confidente. Vous vous souvenez de ce qu'elle vous a raconté ? Des détails sur Camille Claudel ?
- Elle me l'a surtout décrite : une petite vieille habillée en noir, bien sage, bien réservée, qui parlait à peu de gens – sauf à elle, bien sûr ! Et encore... Mais tout le monde l'aimait bien, parce qu'elle n'était pas gênante, elle ne se plaignait jamais.
- Oui, ça, vous l'avez dit dans l'article. Vous ne vous rappelez rien d'autre ?
- Je cherche...Je suis resté près de trois heures chez elle, elle était heureuse de parler. Vous comprenez, Camille Claudel était en train de devenir une vedette, il y avait eu le film avec Adjani et Depardieu trois ou quatre ans auparavant, qui avait eu beaucoup de succès. Alors madame Barrère, ça lui plaisait de « devenir une vedette » à son tour.
- En trois heures, elle a dû vous raconter bien des choses.
- Peut-être, je ne me souviens pas de tout. Mais attendez : j'ai pris des notes ce jour-là comme je faisais toujours, je suis de la vieille école : pas d'enregistrement ou de ces trucs-là, juste un petit carnet ! Et ces carnets, je les ai gardés, je

les ai classés par année, et rangés sur des rayons de ma bibliothèque, soigneusement. Je suis très « bordélique » - passez-moi l'expression – pour beaucoup de choses, mais pas pour mon boulot. J'ai tout gardé. Bientôt, ça n'intéressera plus personne…

Le vieux journaliste était devenu rêveur. Il se ressaisit : « Je suis sûr de pouvoir retrouver le carnet où j'ai noté tout ce qu'elle me disait. Vous comprenez, je n'ai pas tout écrit dans l'article, il doit y avoir des choses qu'elle m'a racontées et que je n'ai pas rapportées. Vous dites que l'article date de quand ?

- De mai 1992.
- Ah, j'écrivais beaucoup en ce temps-là ! J'étais dans la force de l'âge. J'ai beaucoup de carnets des années 80-90, et j'ai sûrement celui qu'il faut.

Yvan Charvet disparut quelques instants et revint en brandissant triomphalement un carnet jauni qui avait connu des jours meilleurs. « Ça y est, je l'ai trouvé. Mai 92… Je crois que c'était un samedi matin, vers le 8 ou le 9. Voilà, j'y suis. Bon, comme je vous disais, elle m'a raconté plein de choses, je les ai notées et ensuite j'ai fait le tri. »

Reine et le commissaire écoutaient avec attention le vieux monsieur qui avait chaussé une paire de lunettes et tentait de se relire.

- Bon, là, elle me raconte sa vie, comment elle est arrivée à Montdevergues, son travail d'infirmière et comment elle a connu Camille Claudel. Elle insiste sur le fait que c'était une petite dame assez insignifiante, mais gentille.

Elle dit même qu'elle était « la gâtée du service ». Comme elle ne venait jamais prendre ses repas au réfectoire, on les lui portait dans sa chambre. Souvent, c'était Violette Barrère qui s'en chargeait, à la place d'une aide-soignante. Elle en profitait pour s'attarder auprès d'elle. Elle essayait de lui apporter quelques douceurs : une pomme, un bout de gâteau. Camille était restée gourmande, c'était un de ses seuls plaisirs. Elle ne recevait plus depuis longtemps de colis de sa sœur et de son frère. Elle disait : « ma famille m'a oubliée ». Et c'était vrai.

- Son frère est venu la voir, pourtant, l'interrompit Reine.
- Vous avez raison, reprit le journaliste. Violette Barrère se souvenait de l'avoir vu un mois avant qu'elle meure. Mais cela faisait trois mois qu'il avait reçu une lettre le prévenant qu'elle était très faible. Bon, je continue. Madame Barrère préférait évoquer sa patiente du temps où elle était encore valide. J'ai noté qu'elle la décrivait avec une grande précision : elle était vêtue presque toujours de la même robe noire – elle en avait deux pareilles – et portait un petit feutre noir, lui aussi. Elle se souvient que le moment de la toilette était difficile : Camille ne s'y prêtait qu'avec réticence.
- Oui, le film de Bruno Drumont, avec Juliette Binoche, le montre bien.
- En revanche, elle aimait se promener dans le jardin et passait de longs moments avec le jardinier de l'hôpital. C'était le seul être humain qu'elle fréquentait, à part Violette bien sûr.

- A quoi passait-elle ses journées ?
- Ah là, Violette s'étendit longuement : elle me raconta l'emploi du temps de Camille à l'hôpital. Levée à 8 heures tous les matins, elle buvait le café au lait qu'on lui portait et ensuite restait dans sa chambre. Qu'y faisait-elle ? Mystère. Elle n'avait pas le droit de s'y enfermer, bien sûr, mais on la laissait tranquille, et cela l'arrangeait. Parfois, elle a tenté de bloquer la porte de sa chambre avec une chaise, on appelait alors le directeur pour la raisonner et au bout de discussions, elle finissait par ouvrir. Sa chambre, c'était son univers. Violette Barrère se la rappelait fort bien, et me l'a décrite dans ses moindres détails.
- Vous avez noté la description qu'elle en faisait ?
- Oui, c'était une chambre comme celle de tous les pensionnaires, ça ressemblait plutôt à une cellule. D'ailleurs Camille se plaignait, l'hiver, du froid qui y régnait. Et c'est vrai qu'il ne devait pas y faire chaud !
- Il n'y avait pas de chauffage ? Même pas un petit poêle ?
- Non, vous savez, c'était meublé très simplement. Il y avait un lit de fer, avec des draps et une couverture, un petit bureau sur lequel elle écrivait, elle faisait son courrier. On lui avait fourni du papier, une plume, une chaise bien sûr pour s'asseoir. Elle s'était fait envoyer quelques livres, aussi.
- Pour ranger ses vêtements, une armoire ?
- Non, madame Barrère ne parlait pas d'une armoire. Camille accrochait son manteau et

son chapeau à un porte-manteau, sur le mur. Ah, il y avait aussi une petite étagère où elle disposait son missel, son chapelet, et un vase. Elle aimait les fleurs, c'est Violette Barrère qui lui en apportait quelquefois, ou elle allait en cueillir dans le jardin de l'hôpital.

- Et c'est tout ?
- Presque. Elle avait aussi une vieille malle en cuir – tenez, c'est peut-être là qu'elle rangeait sa seconde robe ?
- Vous savez ce que sont devenues ses affaires ?
- Non, elle n'était pas là quand elle est morte, je vous l'ai dit. Et puis, on était en pleine guerre, on avait d'autres soucis. Elle croyait que c'était le jardinier qui était venu débarrasser la chambre, elle ne savait pas ce qu'il en avait fait. Elle m'a dit qu'il avait dû jeter le tout, comme d'habitude.
- Ce jardinier, avec lequel Camille discutait parfois, Violette Barrère vous a dit son nom ?
- Oui, c'était son seul ami avec elle. Violette se souvenait qu'il s'appelait Lucien, tout le monde disait « monsieur Lulu », mais elle n'a pas pu me donner son nom de famille.
- Donc, sa correspondance, ses pauvres affaires, tout cela a disparu ?
- Pas tout à fait. Madame Barrère se rappelait qu'on avait retrouvé quelque temps après, dans un meuble désaffecté, des objets ayant appartenu à Camille: un album photo, des photos, des lettres. Elle pense que cela a été envoyé à son frère Paul.
- Et la malle ?
- Ah ça, c'était trop gros. Qui sait ce qu'elle est devenue ? Elle a dû être vidée, et jetée, ou

peut-être réutilisée ? Ça sert toujours, une malle !

- Et le fameux « secret » que Camille Claudel aurait confié à Violette Barrère, elle ne vous en a pas parlé ?
- Ah non. J'ai bien essayé d'en savoir un peu plus. Mais elle a refusé : « Un secret, c'est un secret » m'a-t-elle dit. Elle l'a emporté avec elle.

Le vieil homme accusait un peu de fatigue. Reine et Bouchard pensèrent qu'il était temps de le laisser. Ils le remercièrent chaleureusement. Yvan Charvet s'excusa de ne pas pouvoir leur en dire davantage :

- C'est tout ce qu'elle m'a raconté. J'espère que ces petits détails vous suffiront. Au fait, vous ne m'avez pas dit pourquoi vous vous intéressiez à mon interview de madame Barrère ? Vous préparez un livre ?

Reine hésita. Ce fut Bouchard qui répondit : « Oui, en quelque sorte. Vous avez été bien aimable de nous consacrer une partie de votre temps, et d'avoir retrouvé pour nous votre carnet de notes...

- Vous savez, le temps, ce n'est pas ce qui me manque ! Et dans votre livre, vous citerez mon nom ?

Ils l'assurèrent qu'ils n'y manqueraient pas et prirent congé.

50.

Le soir tombait quand ils revinrent à Aix. Avec tout cela, le long moment passé auprès d'Yvan Charvet, ils avaient négligé de déjeuner. Le commissaire demanda avec un sourire :

- Vous n'avez pas une petite faim ?
- Oh, pardonnez-moi, j'avais complètement oublié. Je pensais à tout ce que ce brave monsieur nous a raconté.
- Alors, vous êtes satisfaite ?
- Je ne sais pas. J'ai été bouleversée par l'évocation qu'il a faite de Camille, de la cellule dans laquelle elle a vécu, de sa tristesse, de la détresse et de la pauvreté qu'on devinait. Cela me serre le cœur.
- Eh bien, ça va vous aider pour le mémoire que vous écrivez, non ? Vous m'avez bien dit que vous vous intéressiez à cette partie de la vie de Camille, celle où on l'a considérée comme « folle » ?
- Oui, oui, sans doute.

Reine se retint d'ajouter *mais cela ne me rend pas ma Chloé. Je ne sais pas pourquoi j'ai le sentiment que le sort de ma fille est lié à celui de Camille Claudel.*

- Vous avez été super gentil de m'accompagner, de me consacrer votre journée. Comment puis-je vous remercier ?
- Si vous m'invitiez à prendre un petit en-cas ?
- Avec plaisir. Mais ce sera jambon-beurre-biscottes et fruits. C'est tout ce que j'ai.
- Pas de problème. Ça me va très bien !

Elle l'introduisit dans son studio, l'installa sur le canapé-lit pendant qu'elle préparait un frugal repas qu'il engloutit avec appétit. Reine y toucha à peine, mais but plusieurs tasses de thé.

- Ça vous convient, commissaire ?
- C'était parfait. Tout ce que j'aime. Mais faites-moi plaisir, appelez-moi par mon prénom...
- Bien sûr. Quel est-il ?
- Ne riez pas, ne vous moquez pas de moi. Il est un peu désuet : je m'appelle Alphonse. Mes parents m'ont donné ce prénom en souvenir d'un grand-père de ma mère.
- Alphonse ? Mais c'est très joli ! Ça me rappelle Daudet, Alphonse Allais, Lamartine, les rois d'Espagne... C'est très romantique, au fond.
- Ouais...Et puis Al Capone. N'en jetez plus. A l'école, les copains se moquaient de moi et m'appelaient Fonfon.
- Moi, j'aime bien. D'accord : Alphonse, un café maintenant, ou un thé ?
- Un café, s'il vous plaît. Ça ne m'empêche pas de dormir. Mais dites, si vous me montriez ces fameux objets que vous avez reçus, et dont vous m'avez parlé ?
- Les lentilles de contact, la perruque, la robe ?
- Vous avez gardé les emballages ?
- Bien sûr, et les lettres qui allaient avec. J'ai tout conservé. Je ne sais pas pourquoi on m'a envoyé tout ça, ce doit être le mystérieux « Gérard ». Ou plutôt celui qui se fait appeler ainsi...

Reine alla chercher la perruque et la robe qu'elle avait enfouies dans sa penderie, les lentilles de contact, et les disposa sur une table basse, en face du canapé sur lequel était assis le commissaire. Son portable sonna à cet instant. Elle s'excusa auprès de son invité :

- C'est mon mari. Mon ex-mari.
- Je vous en prie.

Marc avait un ton joyeux :

- Comment vas-tu ? C'est fini, ces idées noires de l'autre jour ? Je t'appelle pour t'annoncer une bonne nouvelle. Enfin, je ne sais pas si cela va te réjouir, mais je voulais te dire que je me remarie.

Reine ouvrit de grands yeux et resta interloquée. Après quelques secondes, elle se reprit :

- Ah ! Avec qui ? Je la connais ?
- Non, c'est une collègue de mon lycée, qui s'appelle Ombline. Tu ne l'as jamais vue.
- Eh bien…

Elle hésitait, ne sachant que dire. Finalement, elle opta pour les mots qu'il devait attendre :

- Bien, je te félicite. Je te souhaite beaucoup de bonheur. C'est gentil de me prévenir.
- Non, c'est normal. Je ne voulais pas que tu l'apprennes par quelqu'un d'autre.

Elle reposa le portable et s'assit. « Il m'annonce qu'il va se remarier » dit-elle au commissaire.

- Et ça vous ennuie ?
- Oui, un peu. J'ai l'impression qu'une page de ma vie se tourne. Mais ça devait arriver.
- Vous êtes restés mariés pendant combien de temps ?
- Presque dix ans. Non, onze. Nous avons divorcé un an et demi après la…disparition de Chloé.

- Oui, je me souviens de lui. Il semblait très fâché contre vous. Il vous en voulait.
- Il avait raison.

Elle éclata en sanglots.

- Excusez-moi. Cette nouvelle, et puis cette période si horrible que nous avons passée ensemble…
- Ne vous excusez pas. C'est bien naturel. Vous voulez que je vous laisse ?
- Oh non, Alphonse, je vous en prie, restez. Ça va aller.

Elle s'essuya les yeux, se moucha et interrogea :

- Ces trucs, là, vous en pensez quoi ? fit-elle en désignant ce qu'elle avait disposé sur la petite table.
- Bizarre. C'est peut-être un amoureux caché qui vous les a envoyés. Vous les avez essayés ?
- Oui. D'ailleurs, il y avait un mot dans le dernier paquet, celui de la robe, qui me disait de le faire. Tenez, voici la lettre qui l'accompagnait. Et juste après, quand j'ai mis le tout, une autre lettre a été glissée sous la porte. Regardez, c'est écrit en lettres capitales :

« ALORS, ÇA Y EST ? VOUS AVEZ COMPRIS ? REGARDEZ BIEN, ÇA NE VOUS FAIT PENSER A PERSONNE ? »

- J'ai eu drôlement peur. J'ai tenté de voir qui était venu m'apporter ça, mais je me suis pris les pieds dans cette foutue robe, je suis tombée, et je n'ai pas pu le voir. J'ai pensé que quelqu'un m'avait fait une blague stupide.

- En tout cas, il avait de la suite dans les idées, alors. Trois paquets et quatre lettres, pour une blague, c'est une sacrée blague. Et cette question, ça ne vous a pas intriguée ? Je pense que le mystérieux expéditeur des colis veut effectivement que vous pensiez à « une personne ». Si cela ne vous embête pas, vous pourriez les mettre, pour que je voie si, moi, ça me fait penser à quelqu'un ? Je devinerai peut-être.
- Ok, soupira Reine. Elle saisit le tout et partit dans la salle de bain.

Cinq minutes plus tard, elle était de retour, métamorphosée.

- Le plus dur, ça a été les lentilles de contact. J'ai pas l'habitude.

Le commissaire la contempla, interdit : « Vous êtes belle, avec les yeux bleus, cette perruque brune et cette robe. Ça vous va bien, vous savez. Mais on vous reconnaît à peine. On dirait …que vous sortez d'un catalogue de la Belle Époque ! »

- Eh bien, je plains les femmes qui devaient porter ce genre de robe. Ce n'est pas pratique du tout pour marcher. D'ailleurs c'est pour ça que je me suis cassé la figure.
- C'est sûr, ce n'est pas très pratique. Mais cette tenue est très féminine, elle a son charme.
- Bon, mais dites-moi : je vous rappelle quelqu'un ? Qu'est-ce qu'il voulait, celui qui m'a envoyé ces machins ?

- Il avait certainement en tête une idée précise. Laquelle ? Je l'ignore. N'empêche que vous êtes très jolie comme ça.
- Sérieux ? Je vous plais ?

Bouchard rougit : « Oui. Pour ça, vous me plaisez. Même sans ces machins, comme vous dites. »

Reine le regarda, intriguée.

Ce n'était pas une déclaration ?

51.

Après le départ de Bouchard, Reine décida de noter sur un carnet l'essentiel de ce qu'Yvan Charvet leur avait appris. Elle se remémora la triste existence de Camille Claudel à Montdevergues, sa solitude, son désespoir. Elle voyait sa petite silhouette sombre qui errait dans le jardin de l'asile, poussant parfois jusqu'au potager. Seule. Sans ami. Entourée d'étrangères, démentes ou demeurées, simplettes, avec lesquelles elle n'avait guère d'échanges.

Sauf avec Violette Barrère qui s'était prise d'amitié pour elle. Et aussi avec le jardinier, ce monsieur Lulu dont l'infirmière se souvenait comme de son unique ami, à part elle. Camille avait toujours aimé les plantes, les arbres, les fleurs. C'est sûrement pour cela qu'elle allait le voir et discuter avec lui. Lulu, c'est un diminutif. De quel prénom ? Lucien peut-être ? C'est curieux que les livres qu'on a écrits sur elle n'en parlent pas. Mais le monde l'avait oubliée, on l'a même dite morte. S'il n'y avait pas cet article de Charvet, où Violette Barrère a évoqué la patiente qu'elle a soignée pendant plusieurs années, on ne connaîtrait pas grand-chose de sa vie à l'asile. On n'aurait que sa correspondance et les rapports médicaux, toujours succincts.

Mais comment est-il possible qu'elle ait renoncé à sculpter, elle dont c'était toute sa vie ??????

Et…si jamais ces statuettes que m'a montrées celui qui se fait appeler Gérard était de sa main ?

Elle rêvait. Elle se figurait Camille encore jeune, peu après son internement, allant ramasser de l'argile dans le jardin, en faisant de petites boules qu'elle façonnait ensuite, dans le secret de sa chambre. *Mais pourquoi les aurait-elle cachées, en ce cas ?*

La réponse à cette question s'imposa à son esprit comme une évidence : Camille craignait qu'elles lui soient volées. Par qui ? Par la « bande à Rodin », bien sûr ! Ceux, croyait-elle, qui s'introduisaient nuitamment dans son atelier du quai Bourbon, à Paris, pour lui dérober ses œuvres et ses idées. Ceux qui la persécutaient. Ceux qui l'avaient fait interner : « Ces messieurs (Rodin et Cie) se sont servis de vous pour me séquestrer, écrit-elle au docteur Truelle. Maintenant ils vont essayer de vous détruire... »

Tout se tient, se dit Reine. Il est bien peu probable que Camille ait abandonné brutalement sa passion de la sculpture. En revanche, il est tout à fait logique qu'elle ait refusé de montrer ce qu'elle continuait à créer. Dans son esprit malade, obsédé par la persécution dont elle se croyait victime, elle a dû détruire ses figurines - qui étaient sûrement petites, car dans cet asile, elle ne pouvait pas réaliser de grandes sculptures. Ou, si elle ne les a pas détruites, elle les a cachées.

Alors, ce que m'a montré « Gérard », ce sont peut-être les dernières œuvres, inconnues, de Camille Claudel !

52.

Soudain, elle repensa au schéma que lui avait fait entrevoir « Gérard » lors de leur première rencontre. Fébrilement, elle rechercha le papier sur lequel elle l'avait noté pour ne pas l'oublier. Elle le retrouva :

L. M.
I
P.M.
I
P.M.
I
R.M.

L !!!!! Elle eut une illumination. Si c'était une liste d'initiales, comme elle l'avait pensé, L., cela pouvait désigner Lulu, Lulu le jardinier dont parlait la vieille infirmière. Cela signifiait qu'il y avait un rapport direct entre cet homme et elle. Cela se tenait : L=Lulu, P=Paulin, P=Patrick, son père, R=Reine, elle-même.

Qu'est-ce que cela voulait dire ? Quelle sorte de lien existait-il entre ces personnes ? Comment savoir ?

Il fallait absolument en découvrir plus sur ce fameux Lulu. Un site pouvait l'aider : celui des archives départementales de Vaucluse. Elle tapa sur son ordinateur : Vaucluse, archives départementales. Chic : on lui proposait le site d'État Civil, avec 1736 530 actes ! C'était un miracle. Reine eut une pensée émue pour les informaticiens, les statisticiens, ou les obscurs employés qui avaient numérisé plus d'un million et demi d'actes civils.

Ce site était une bénédiction du ciel. Sur l'écran, s'inscrivirent ces phrases :

Facilitez (vraiment) vos recherches généalogiques grâce au Club Premium Filae. Passez à la vitesse supérieure avec Filae : retrouvez vos ancêtres en quelques clics à partir d'un simple nom de famille et accédez aux actes originaux.

Au-dessus, dans un cadre, on pouvait inscrire un nom de famille, un prénom, et choisir deux dates, probablement celles de la naissance et de la mort de la personne qu'on recherchait.

Comment choisir un nom de famille pour accoler à « Lulu » ? Reine opta pour celui de son père et de son grand-père : Morel. Elle tenta une recherche sur « Lucien Morel ». Elle trouva quatre résultats, dont l'un était cité par… Paul Claudel.

Curieuse coïncidence !

Poursuivant sa recherche, elle nota les dates de naissance et de mort des quatre hommes.

1820-1878 pour le premier, 1854-1944 pour le deuxième, 1912-1990 pour le troisième, 1954-2016 pour le quatrième. Hélas, les archives ne donnaient aucun renseignement de plus, sauf la ville ou le village où il était né et décédé. D'après les dates, seul le deuxième pouvait être son aïeul. Reine imprima l'acte de décès qui ne précisait pas quel métier il avait exercé. Il avait été enterré à Villeneuve-lès-Avignon.

Comment savoir s'il s'agissait bien de son arrière-grand-père ?

53

Mercredi 25 octobre

Après une nuit agitée, Reine téléphona à Alphonse Bouchard, vers huit heures.

- Allô, Alphonse ? C'est Reine. Je ne vous dérange pas ?
- Pas du tout. Vous ne me dérangez jamais. Mais qu'est-ce qui me vaut ce coup de fil …hmm ! matinal ?
- Vous vous souvenez du schéma que m'a montré « Gérard », avec des lettres unes au-dessus des autres ? On dirait des initiales.
- En effet. En ce cas, ça désignerait votre papa, et votre grand-père si j'ai bonne mémoire.
- Eh bien, figurez-vous, j'ai pensé que les lettres tout en haut pourraient être les initiales de … attendez que je compte ! du père de mon grand-père. De mon arrière-grand-père, donc.
- Bon, pourquoi pas ? mais quel intérêt ?
- Si c'est une filiation de père en fils, ils gardent le même nom de famille, non ?
- Pardonnez-moi, chère Reine, mais je ne vois pas où vous voulez en venir.
- Mais c'est tout simple. Mon père s'appelait Patrick Morel. Mon grand-père, Paulin Morel. S'il s'agit de son père, c'est encore un Morel. Un Morel dont le prénom commence par L. Ça ne vous dit rien ? L. Morel, vous ne voyez pas ?
- Franchement non.
- L comme Lulu.
- Ah, monsieur Lulu, dont parlait le journaliste ?
- Oui, L comme Lulu, probablement Lucien.

- Ok, votre arrière-grand-père, dont vous ignorez tout apparemment, s'appelait peut-être Lucien Morel. Et ça vous mène à quoi, cette découverte ?
- Figurez-vous que j'ai eu l'idée de chercher dans le site généalogique des archives de Vaucluse si je trouvais la trace d'un certain Lucien Morel. J'ai toujours entendu dire que ma famille venait d'Avignon, ou de ses environs.
- Et vous l'avez trouvé ?
- Plutôt quatre fois qu'une ! J'ai découvert quatre Lucien Morel.
- Je ne vous suis toujours pas.
- Quatre Lucien Morel, mais un seul dont les dates correspondent parfaitement à celui qui pourrait être mon aïeul : 1854-1944. Il est enterré au cimetière de Villeneuve-lès-Avignon. Ça collerait.
  C'est un peu tiré par les cheveux. Mais qu'en concluez-vous ?
- J'en conclus qu'il serait intéressant d'aller voir au cimetière s'il est toujours là…
- Oui, y a des chances. Pardonnez-moi. Mais ça vous avancera à quoi ?
- Je ne sais pas. Peut-être aurai-je une indication. De toute façon, ça m'intéresserait de voir la tombe de mon aïeul.
- Alors là, je vous vois venir. Vous êtes en train de me proposer d'aller jusqu'à Villeneuve, de chercher la tombe de votre hypothétique arrière-grand-père, et de me recueillir avec vous en espérant qu'il s'agit de lui ?
- Tout pile, Alphonse. Vous avez tout compris !
- Eh bien, comme je ne sais rien vous refuser, c'est d'accord. Quand partons-nous ?

- Oh, Alphonse, vous êtes un amour. Que ferais-je sans vous ?

Ils prirent rendez-vous pour l'après-midi même.

54.

Il faisait déjà frais, vers 16 heures, quand ils garèrent la voiture de Bouchard devant l'entrée du cimetière de Villeneuve. On apercevait, tout près, la haute silhouette du palais du cardinal de Griffon. Le chemin de la Samaritaine était désert en cette fin du mois d'octobre. Près du portail, se dressait un grand micocoulier qui jaunissait et dont les feuilles virevoltaient en tombant jusqu'au sol. « Un vrai temps de cimetière, pas vrai ? » interrogea le commissaire avec un sourire. Il avait enfilé une parka marron qui lui donnait tout à fait l'allure d'un « flic ». Cela ne dérangeait pas Reine, au contraire. Auprès de lui, elle se sentait rassurée.

Ils arpentèrent les allées du cimetière. Çà et là, des pins avaient poussé et semblaient les gardiens des tombes.

- Par où allons-nous commencer ? demanda Bouchard.
- Je ne sais pas trop. Pas par les tombes les plus anciennes, mais pas par les plus récentes, non plus. La tombe que nous cherchons est de 1954. Soixante ans, ça en fait des tombes.
- Ah, là, tenez, j'en tiens un qui a été enterré en 1945 !

Reine se rapprocha de Bouchard. « Oui, je pense que ça doit être dans le coin.» La Toussaint étant proche, déjà de nombreuses tombes étaient fleuries. Certaines étaient de pierre grise, d'autres de marbre noir, gris ou rose.

« Jules Ruffin, 1860-1945 » : sur la tombe étaient disposées de petites plaques funéraires, noires et blanches : « A notre papa chéri. Et en dessous : Tu nous manques beaucoup », « Les Anciens Combattants de Villeneuve ». L'une d'entre elles portait en médaillon le portrait d'un homme déjà âgé, moustachu, avec cette inscription « Tu resteras à jamais dans mes pensées et dans mon cœur. Ton épouse qui te pleure ».

Reine pensa à cette veuve qui avait dû disparaître à son tour…mais oui ! en lettres dorées, une autre inscription sur la tombe indiquait « Andrée Ruffin, née Cardel, 1895-1973 ».

Pas de Lucien Morel en vue. Reine resserra le col de son caban qui ne la couvrait pas assez et elle allait se décourager, quand elle entendit Bouchard s'exclamer : « Je crois que je tiens le bon ! ». Elle s'approcha.

La tombe était de pierre grise, mangée de larges taches blanches qui s'épanouissaient comme des fleurs sur le dessus. Une inscription était gravée : Lucien Morel 1854-1944.

- Génial ! Alphonse, vous êtes génial !

Reine était ravie, en même temps qu'un peu émue. La tombe aurait eu besoin d'être entretenue. Visiblement, elle n'attirait plus grand monde. Pourtant, elle portait elle aussi une petite plaque cerclée de métal ouvragé sur laquelle figuraient une pelle à demi enfoncée dans la terre, un arrosoir stylisé et, au milieu, ce qui ressemblait à une fleur ou une plante, avec cette inscription à moitié effacée, que Reine eut du mal à déchiffrer : « A Lulu, le personnel de l'asile de Montdevergues reconnaissant »

- Montdevergues, c'est bien l'asile où fut internée Camille Claudel et qui fait partie aujourd'hui du centre hospitalier de Montfavet ? interrogea Bouchard.
- Il n'y a pas de doute, voilà celui que nous cherchions, murmura Reine sans répondre à la question. Regardez, l'arrosoir, la fleur, la pelle, ça montre qu'il était jardinier, non ? C'est de lui que parlait Violette Barrère. Elle ne se souvenait

plus de son nom de famille, elle se rappelait simplement qu'on l'appelait Lulu. Mais c'est bien lui. Le papa du papa de mon papa. Mon arrière-grand-père, dont on ne m'a jamais parlé dans ma famille. Et c'est moi qui l'ai retrouvé !

55.

- Vous vous rendez compte, Alphonse ? Je descends du jardinier qui a bien connu Camille Claudel, et qui était sans doute son ami ?

Reine était remontée dans la voiture de Bouchard, tout excitée.

- C'est extraordinaire ! Je comprends maintenant pourquoi je me passionne depuis des années pour cette pauvre Camille. En fait, j'ai dans le sang quelque chose de l'intérêt que lui portait mon arrière-grand-père Lucien.
- Bon, je suis content pour vous, assura le commissaire. Mais cela ne nous explique pas tout ce qui vous est arrivé récemment : la photo de Chloé, les envois par la poste, les rencontres avec Gérard, etc. Surtout, cela ne vous aide pas à retrouver votre petite fille.

Le commissaire se mordit les lèvres après avoir prononcé cette phrase. Il s'en voulait de ternir la joie de Reine. Celle-ci s'assombrit aussitôt : « Hélas, vous avez raison. Mais je ne sais pas pourquoi, j'ai l'impression que tout est lié. N'oubliez pas que ça a commencé au musée des Arcades : c'est là que j'ai vu la photo de Chloé, comme un écho de *La Petite Châtelaine* sculptée par Camille Claudel il y a plus de 120 ans !

- Oui, c'est bizarre. Très bizarre. Vous êtes sûre de ne pas avoir rêvé tout ça ?
- Mais non Alphonse ! Vous avez vu la perruque, la robe, les lettres que j'ai reçues ! Il y a quelqu'un qui me recherche, ou cherche à me faire souffrir. Même la disparition affreuse de

mon amie Patricia, je me demande si je n'en suis pas responsable quelque part !

- Alors là, vous exagérez. Vous n'y êtes pour rien. C'est un malheureux…

Il ne put achever. Ce fut Reine qui compléta : « …un malheureux concours de circonstances, oui ! Son corps a été retrouvé près de Sorgues, pas loin d'un endroit où j'avais rendez-vous. C'est mon numéro de téléphone qu'elle avait inscrit sur un billet qui a permis aux gendarmes de l'identifier. Elle voulait m'appeler. Avouez qu'il y a de quoi se faire du mouron. »

- Bon, revenons à votre ancêtre. Vous avez merveilleusement mené votre enquête, et ce «Lulu » est très probablement le jardinier de l'asile, et sans doute votre arrière- grand-père. Mais pardonnez-moi encore, ça vous avance à quoi ? Que savez-vous d'autre sur lui ? Il a écrit quelque chose ? Il a légué des papiers, des objets à ses enfants ? Des souvenirs de Camille Claudel, peut-être ?
- Non, pas que je sache. Mais…attendez ! Il y a bien cette fichue malle, dont ma mère m'a dit que son mari - mon père- l'avait emportée au moment où ils se sont séparés, et qu'on n'a jamais retrouvée. Ma mère ne savait pas ce qu'elle contenait, mon père avait caché la clef.
- Cette malle, vous l'avez vue ?
- Une fois, au grenier. J'étais enfant. Mon père n'était pas content que je sois montée au grenier sans sa permission. Moi, je cherchais un de mes vieux jouets. Je le lui ai dit, mais il m'a grondée.
- Et vous ne savez pas ce qu'elle est devenue ?

- Aucune idée. Quand il est mort, ma mère a déclaré qu'elle n'avait plus rien à voir avec lui, elle a demandé aux compagnons d'Emmaüs de débarrasser ses affaires. Elle leur a tout donné. Il n'avait presque plus de meubles. Après être sorti de prison, il a vécu très pauvrement. Peut-être y aurait-il moyen de contacter les compagnons d'Emmaüs pour savoir ce qu'ils en ont fait ?
- Il est mort quand, votre père ?
- En 2000.
- Il y a plus de seize ans, c'est trop loin, ils ne l'ont sûrement pas gardée.

Reine essayait désespérément de rassembler ses souvenirs. Elle n'avait pas osé parler à Bouchard de la tombe que Lionel lui avait montrée, en affirmant que c'était là que Camille Claudel était enterrée, ni de ce qui s'était passé entre Lionel et elle.

La malle ? Elle tenta de se la rappeler, elle s'était approchée et avait même essayé de l'ouvrir. En vain : elle était fermée avec un gros cadenas. Bien sûr, ça, elle ne l'avait pas avoué à son papa. Il était déjà assez en colère. Il était ivre comme d'habitude et l'avait giflée violemment. Inutile de le dire au commissaire. Elle reprit :

- Je vous ai raconté que « Gérard » - mais je n'arrive pas à croire que c'est son vrai nom- assurait qu'il avait en sa possession plusieurs statuettes comme celles qu'il m'a montrées ? Elles ressemblaient à des petits bustes sculptés par Camille Claudel, du temps où elle était jeune, à Paris. En moins bien, mais ça ressemblait.

Le commissaire réfléchissait. « Si c'était votre aïeul qui les avait faites ? Peut-être a-t-il appris que la dame qui venait le voir au jardin de l'asile avait été un sculpteur célèbre, peut-être a-t-il vu des photos de ce qu'elle avait réalisé du temps de sa splendeur, et a-t-il voulu en faire autant ?

- Non, je ne crois pas qu'un modeste jardinier ait pu tenter une chose pareille. D'ailleurs, très peu de gens à l'asile savaient qu'elle avait été célèbre. Elle était déjà tombée dans l'oubli. Quant à Lulu, il devait être illettré, et pas très cultivé. Je le vois mal partir à la recherche des journaux qui avaient parlé de Camille. Souvenez-vous, on est en pleine guerre quand elle arrive à Montdevergues.
- D'accord. Alors, il y a plusieurs solutions : ou ce « Gérard » a menti, et il n'y en a pas d'autres. Ou celles que vous avez vues sont des faux. Ou alors…
- Ou alors Camille Claudel, qui redoutait que « la bande à Rodin » ne s'empare de ses œuvres, a continué à sculpter, en cachette, et avec les maigres moyens dont elle disposait.
- Ce serait incroyable !... mais relativement logique. Personne n'a tenté de lui proposer de sculpter à nouveau, et de poursuivre son œuvre ?
- Si, bien sûr, dès son internement à Ville-Evrard. Elle a toujours refusé, elle voulait retrouver son atelier. Surtout, je vous l'ai dit, elle craignait que Rodin et sa bande lui volent ses idées.
- Eh bien, ma petite Reine, j'en viens à me demander si votre arrière grand-papa ne s'est pas retrouvé à la tête d'un trésor : imaginez que

Camille lui ait confié quelques sculptures faites dans le plus grand secret à Montdevergues ?

- Vous l'avouerais-je Alphonse ? J'y ai déjà songé.

56.

Épuisée par ces émotions, Reine déclina l'invitation de Bouchard qui proposait d'aller dîner en ville : « Merci, Alphonse, vous avez été adorable, mais je préfère rentrer. » Il la déposa en bas de son studio. Elle rentra chez elle, se prépara une soupe en sachet, et dès qu'elle l'eut avalée, se coucha. Le sommeil vint aussitôt.

En rêve, elle se retrouva dans l'atelier de Lionel. Il la suivait de près, elle entendait sa voix juste dans son dos: « C'est gentil de venir me voir, je suis ravi ! J'allais justement me mettre à sculpter cet après-midi, et je manquais de modèle. Alors, ça y est, tu t'es décidée ? Tu verras, c'est très agréable de poser. Tu vas commencer par te déshabiller, et pendant ce temps-là, je préparerai tout ce qu'il me faut. Oh, dis-moi, ça ne te dérange pas si quelques amis débarquent ? C'est le jour où nous travaillons ensemble. Mais vas-y, mets-toi à ton aise. Inutile que tu passes derrière le paravent, on se connaît, n'est-ce pas ? Tu peux ranger tes vêtements à cet endroit, là. »

Reine retira son manteau, déposa son sac, et regarda autour d'elle. L'atelier lui parut plus vaste que dans ses souvenirs. Ce n'était pas la pièce où il retrouvait d'habitude ses amis, c'était la pièce contiguë qu'il lui avait montrée, où il entassait ses sculptures personnelles. Il ne la regardait pas. Il était en train de choisir un bloc d'argile de belle taille.

Elle fit passer son pull au-dessus de sa tête et se retrouva en soutien-gorge. Elle frissonna. « Attends, je vais mettre un peu de chauffage, ce sera plus agréable ! » Reine pensa qu'il était aux petits soins. Il mit en marche un petit appareil électrique et Reine sentit aussitôt une douce tiédeur l'envahir. Elle fit glisser à terre sa jupe, qu'elle plia soigneusement sur une chaise. Elle ôta ses chaussures, ses bas, ça y est, elle était en « tenue légère ». Lionel l'encouragea : « Bon, maintenant, tu enlèves le reste. On a besoin de voir ton corps, tu comprends ? » Elle dégrafa son soutien-gorge, ses seins s'échappèrent libres. Il ne restait plus que sa petite culotte en dentelle noire, qui rejoignit bientôt le reste de ses vêtements sur la chaise.

« Très bien, tu es parfaite. Ah, voici mes copains, venez, venez vite, j'ai une surprise pour vous. Je vous présente Reine, qui sera notre modèle aujourd'hui. C'est une amie. Je vous demande d'être aimable avec elle. »

Reine, gênée de se trouver nue devant des inconnus, fit un signe de tête et murmura : « Bonjour ». Avec des éclats de rire, ils s'installèrent. Combien étaient-ils ? Elle n'osait pas les compter. Cinq, six peut-être. Elle avait envie de se réfugier derrière le paravent, ou de saisir un vêtement pour cacher son sexe, sa poitrine, mais Lionel veillait. « Tu vas monter sur cette estrade, et quand je te le dirai, tu prendras la pose. Qu'est-ce que vous en dites, les amis ? C'est pas une jolie surprise ? Je vous l'offre… »

Finalement, ce n'était pas si terrible, de poser nue devant tous ces hommes. Elle se sentit bien, admirée, presque plus gênée. Elle monta sur l'estrade et attendit, droite, que Lionel lui indique comment elle devait se tenir. Soudain, un liquide chaud se mit à couler le long de sa jambe. Catastrophe ! C'était du miel, une sécrétion qui s'échappait de son vagin, irrépressible. Elle allait jouir devant ces hommes qui la regardaient, ébahis. Tout à coup, l'ambiance changea, les visages prirent une expression ironique, puis cinglante.

« Mais c'est qu'elle aime ça, la salope ! s'écria l'un d'entre eux. Lionel, tu ne nous avais pas dit ça ! » Un à un, ils s'approchèrent de l'estrade. Lionel, souriant, l'attrapa par la main et la fit descendre. « Eh bien oui, je vous ai dit que je vous l'offrais. En fait, c'est pas seulement pour la regarder, vous allez tous pouvoir en profiter. Vous verrez, c'est une chaude. Tâtez, caressez, prenez ce que vous voulez, les seins, le sexe, c'est à vous. Mais ne vous bousculez pas, un par un, il y en aura pour tout le monde… »

Reine sentit des mains qui la palpaient, la serraient, la caressaient. Son miel coulait à flot, elle tenait à peine debout. Mais Lionel s'interposa : « Non, vous vous y prenez mal, je vais vous montrer. Et puis, c'est moi qui l'ai fait venir, c'est bien à moi de commencer, non ? » Il la prit par le coude, et la poussa contre une malle : « Assieds-toi là. Tu vas me sucer. Montre ce que tu sais faire. »

Quelle horreur ! Reine se réveilla en sursaut. Elle avait rêvé, ce n'était qu'un cauchemar. Il était probablement dû à la proposition que lui avait faite Lionel, quelques jours auparavant. Et au malaise qu'elle avait ressenti en visitant son atelier. Elle avait imaginé tout le reste.

Pourtant, tout était net, précis, le décor tout à fait semblable à celui que Lionel lui avait fait voir ce jour-là. Jusqu'à la malle…

LA MALLE ! Reine se dressa dans son lit, stupéfaite. Cette malle, elle l'avait effectivement vue dans l'atelier de Lionel. Mais ce n'était pas la première fois qu'elle la voyait. Elle l'avait découverte le jour où, enfant, elle était montée au grenier et où elle avait tenté de l'ouvrir. C'était la même, c'était elle, elle en était sûre. Son souvenir était trop bien ancré dans sa mémoire, cette malle lui avait coûté assez cher, elle se rappelait la gifle que cela lui avait valu. Elle n'était pas près de l'oublier. La certitude l'envahit : c'était le détail qui la chiffonnait depuis plusieurs jours, celui qui l'obsédait et venait de remonter à sa mémoire. Elle ressentait presque encore la brûlure de la gifle que son père lui avait donnée.

Mais qu'est-ce que cette malle, si c'était elle, faisait chez Lionel ??

57.

Jeudi 26 octobre

Reine se leva encore bouleversée par son rêve. Il était incroyablement clair dans son esprit, au point qu'elle s'aperçut qu'elle avait taché ses draps. Cette malle, elle l'avait vue deux fois : la première dans le grenier de ses parents, la seconde chez Lionel, dans son atelier. Elle ne pouvait pas confondre : c'était une malle ancienne, un bagage comme on en faisait à la fin du XIXe siècle, portant deux petits fermoirs de part et d'autre de la serrure rouillée. Elle était ceinte de quatre lattes de bois et sur la face supérieure, il y avait trois étiquettes collées de façon irrégulière. L'une était assez grande, un peu déchirée, l'autre rouge, petite, imprimée, et la troisième indiquait une adresse. Mais pas de nom, dans ses souvenirs de fillette.

Comment peut-on se rappeler de manière aussi précise un objet ? Cette malle avait dû frapper son imagination d'enfant. Que s'était-elle figuré alors ? Que c'était une malle magique, comme dans les contes ? Qu'elle recelait un trésor ? Des pièces d'or ?

Quoi qu'il en soit, c'était incroyable. Cette malle, c'était celle que son grand-père avait confiée à Patrick, son père, en mourant, ainsi que sa mère le lui avait raconté. Et son père y tenait très fort, puisqu'il l'avait emportée en quittant le foyer conjugal. Que faisait-elle chez Lionel ? Il avait à peine reconnu qu'il connaissait Patrick Morel – ce qui était pourtant bien avéré par les propos de la mère de Patricia. Et ce client dont il se souvenait vaguement lui aurait confié ce à quoi il tenait le plus, ce que son propre père lui avait légué ?

Impensable, jugeait Reine. *Lionel m'a menti. Mais s'il m'a menti sur ce point, il m'a certainement menti sur d'autres. Je ne peux ABSOLUMENT pas lui faire confiance. Et d'abord, il faut que j'aille revoir cette malle. Je suis curieuse de savoir comment Lionel expliquera sa provenance !*

Elle appela Lionel sur son portable. Il parut ravi, et lui proposa de venir déjeuner au restaurant avec lui, à Avignon.

- Je suis en pleine charrette, mais si tu peux attendre treize heures ou treize heures trente pour déjeuner, pour moi ce sera parfait. A cette heure-là, je connais un petit resto sympa qui nous acceptera. Tu veux que je retienne ?
- Non, non, ne change rien à ton programme. Qu'avais-tu prévu ?
- Eh bien, franchement, je comptais me contenter d'un sandwich ou d'un steak haché à la maison…
- Cela m'ira tout à fait. Je serai heureuse de revoir ton atelier, sais-tu ?

Encore plus que tu ne peux le croire.

Ils convinrent que Reine prendrait le train et le rejoindrait à son cabinet vers treize heures.

58.

Les grands arbres avaient encore jauni depuis la dernière fois. Reine se souvint qu'il s'agissait de chênes pubescents, qui ne perdraient leurs feuilles qu'au printemps, quand de jeunes pousses les chasseraient. Quelques pins égarés croissaient dans cet environnement touffu. Curieusement, Reine trouva les abords de la ferme de Lionel moins sinistres qu'à sa première visite.

- Bon, tu connais les lieux, je ne te fais pas visiter

Lionel semblait d'excellente humeur. Un peu fatigué, peut-être, des cernes bleuâtres au bord des yeux, mais Reine attribua sa petite mine à la matinée de travail qu'il venait d'effectuer. D'ailleurs il soupira : « Ouf, ça fait du bien de se poser. J'ai traité une affaire sacrément délicate, mais j'espère m'en être bien sorti. » Reine ne posa pas de questions, cela relevait du secret professionnel et ne la regardait pas.

Il accrocha sa veste de cuir à un porte-manteau, aida Reine à retirer son trois-quarts et la fit pénétrer dans l'atelier contigu à la pièce de réception. « Ça ne t'ennuie pas de pique-niquer dans mon antre ? C'est là que je me sens le mieux. »

- Pas du tout. Je t'en prie, fais comme chez toi, sourit Reine.
- Attends, je vais voir si j'ai quelque chose de correct à t'offrir.

Il disparut un moment, et revint en brandissant un long saucisson, une tomme de chèvre entamée et une bouteille de vin ; vu la poussière qui l'entourait, la bouteille devait avoir quelques années. « C'est tout ce que j'ai trouvé. On ne fera pas un festin, mais je peux te garantir que c'est du bon ! » s'exclama-t-il joyeusement. Reine avait profité de ces minutes de répit pour inspecter l'atelier. Déception : la malle avait disparu. Une éraflure brune sur le mur blanc marquait son emplacement, qui était vide.

- Tu n'as rien changé ici ? demanda Reine sur un ton qui se voulait léger. J'ai l'impression que ce n'est plus pareil.
- Oh, j'ai juste fait faire un peu de ménage. Tu tombes bien, ça date d'hier. Et je peux te dire que ça en avait besoin !

Reine cacha son désappointement, et s'apprêta à déguster le maigre repas. « Excuse-moi, j'ai oublié le pain. » Lionel s'absenta à nouveau et réapparut avec un sachet de pain de mie qui affichait : à consommer jusqu'au 24 août. On était à la fin du mois d'octobre. Ils éclatèrent de rire et furent d'accord pour se passer de pain.

- Au moins, pour ce vin, il n'y a pas de date de péremption, déclara Lionel. Au contraire : plus il est vieux, meilleur il est. Tu vas m'en dire des nouvelles. C'est un Châteauneuf du Pape 1993, une bonne année ! Je le gardais pour une grande occasion ; la grande occasion, c'est toi.
- Merci, tu es trop gentil, fit Reine en trempant les lèvres dans le vin qui était effectivement délicieux, charpenté à souhait.

Soudain, un coup de feu retentit, tout proche. Reine lâcha son verre dont le contenu se répandit sur la table.

- Zut, c'est encore ces maudits chasseurs, s'écria Lionel, furieux. Je leur ai pourtant interdit de chasser si près de chez moi. Mais je t'en fiche, ça leur est bien égal. Ça ne va pas se passer comme ça, mes gaillards.

Reine, confuse, regardait le vin qui faisait une grosse tache sur le bois. « Je suis désolée, un si bon vin… »

- Oui, c'est dommage, convint Lionel. Mais pour la table, ne t'en fais pas, elle en a vu d'autres. Attends, je vais essuyer.

Il quitta la pièce, encore une fois et revint avec une éponge et un chiffon. « Là, là, ça va s'arranger. Quel gâchis ! mais ce n'est pas de ta faute, ce sont ces chasseurs ! Allons, ne t'en fais pas je te dis, tu vois un petit coup de chiffon là-dessus et on n'y verra plus que dalle ! »

Reine ne quittait pas le chiffon des yeux. Elle paraissait figée, interdite, stupéfaite. C'était un petit bout de tissu à fleurs, du type Liberty, où les marguerites voisinaient avec de minuscules roses. Des motifs qu'elle reconnaissait : elle en avait fait une robe pour la poupée de Chloé qui lui servait de doudou. Chloé l'emportait partout. Y compris le jour où elle avait disparu dans le supermarché, deux ans auparavant.

59.

Après la découverte du chiffon, qu'elle avait identifié à coup sûr, Reine s'était rapidement excusée, prétextant un mal de tête soudain pour cacher son trouble. Lionel avait accepté de la raccompagner à la gare d'Avignon, un peu déçu. « Je me faisais une joie de ce pique-nique, mais je comprends » avait-il assuré en lui ouvrant la portière, galamment.

Reine n'avait aucun mal à paraître bouleversée, en un état second. Les interrogations se pressaient dans sa tête, affolantes. Elle aurait pu questionner Lionel sur la présence de ce chiffon dans sa maison, mais elle avait pressenti un mystère inavouable : était-ce lui qui avait enlevé Chloé ? pourquoi ? qu'en avait-il fait ? l'avait-il supprimée ? et pourquoi s'obstinait-il à fréquenter la mère de sa victime ? Lionel lui apparaissait tout à coup comme un monstre. Elle n'avait qu'une hâte : le fuir. Retrouver ses esprits.

Dans le train qui la ramenait à Aix-en-Provence, elle ressentit un immense désarroi. Elle songea à appeler Marc pour lui raconter : mais que lui dire ? que l'homme qui était devenu son amant était peut-être l'assassin de Chloé ? ou tout au moins son ravisseur ? *Non, c'était impossible !*

Encore une fois, il allait dire qu'elle avait rêvé, et la traiter de folle.

Mais à qui s'adresser ? Elle pensa alors au commissaire Bouchard. Ce cher Alphonse qui la croyait, lui, et lui prêtait une oreille attentive. Elle avait son numéro de portable, elle allait lui écrire un texto.

Bonjour Alphonse. Besoin de vous voir de toute urgence. Évènement incroyable s'est produit, j'ai peut-

être du nouveau sur la disparition de Chloé. Pouvons-nous nous voir ce soir (je reviens d'Avignon par le train, je serai à Aix vers 17 heures, chez moi un quart d'heure plus tard). Pardonnez-moi, mais je suis vraiment ...

Elle hésita sur la formule à employer et conclut :

au bord du gouffre. Je n'espère plus qu'en vous.

Et elle signa : **Reine.**

Dix minutes après, la réponse arriva : **Je serai chez vous à 18 heures précises. Tenez bon. A tout à l'heure. Alphonse.**

60.

Septembre 1913

Le 19 septembre 1913 paraît dans « L'Avenir de l'Aisne » un article qui fait l'éloge de Camille Claudel, « cette étonnante artiste que le destin a meurtrie avec une incessante férocité. Il raconte : *« Chose monstrueuse et à peine croyable,* (alors qu'elle était) *en plein travail, en pleine possession de son beau talent et de toutes ses facultés intellectuelles, des hommes sont venus chez elle, l'ont jetée brutalement dans une voiture malgré ses protestations indignées et, depuis ce jour, cette grande artiste est enfermée dans une maison de fous. »*

Le 11 décembre de la même année, un quotidien parisien, « Le Grand National » publie intégralement l'article de « L'Avenir de l'Aisne ». Sous la plume de Paul Vibert (1851-1918), son rédacteur en chef, on trouve cette déclaration : *« Nous sommes résolus, mes amis et moi, à arracher cette infortunée et grande statuaire aux griffes de la maison d'aliénés où l'a fait enfermer sa famille. »* Le 17 décembre paraissent dans le même quotidien des lettres écrites par Camille en mars, après son internement, à son cousin Charles Thierry, et Paul Vibert conclut : *« C'est donc à lui* (Paul Claudel) *de faire cesser une odieuse séquestration qui n'a déjà que trop durée* (sic) *et qui a tout l'air d'une vengeance cléricale, à démasquer le complot infâme et à faire punir les coupables quels qu'ils soient. »*

Paul Claudel ne répondra pas. Il se contente de noter dans son *Journal*, en 1913 : *« Atroces calomnies contre nous à propos de l'internement de Camille à Ville-Evrard, de Lelm et des Thierry dans l'Avenir de l'Aisne et diverses feuilles de chantage, dénonçant un « crime clérical ». (...) J'ai reçu tant de louanges injustes que les calomnies sont bonnes et rafraîchissantes : c'est le lot normal d'un chrétien. »*

Pendant ce temps-là, Camille entame son neuvième mois à l'asile de Ville-Evrard. Huit mois plus tard, le 2 août 1914, éclate la première Guerre Mondiale. Le 5 septembre, on procède à l'évacuation de l'asile. Les malades payants sont dirigés vers l'asile de Montdevergues près d'Avignon, où ils arrivent, en compagnie de leurs médecins et infirmières, le 7 septembre.

Camille, qui pesait près de 75 kilos en arrivant à Ville-Evrard, ne pèse plus que 50 kilos. Elle a perdu 25 kilos pendant ses dix-sept mois d'internement.

61.

Jeudi 26 octobre, en soirée

- Vous êtes sûre que c'était le même tissu ?

Le commissaire Bouchard avait du mal à croire ce que lui annonçait Reine. Après deux ans de recherches infructueuses, cet indice semblait miraculeux, trop peut-être. A force de se remémorer des détails, Reine avait fini par en être obsédée : « Souvenez-vous, je vous avais parlé de ce doudou qui ne la quittait jamais. Je vous l'ai décrit : une sorte de poupée à qui j'avais taillé une robe dans un bout de tissu qui me restait.

- Ok, Reine, je me rappelle. Mais c'est peut-être une coïncidence, un tissu qu'on trouve partout. Vous rappelez-vous où vous l'avez acheté ?
- Sur Internet. Il m'avait plu, et je l'avais choisi pour en faire une nappe ronde. Bien sûr, j'ai eu des chutes. L'une d'elles m'a servi pour la robe du doudou.
- Eh bien, s'il était en vente sur Internet, n'importe qui pouvait se le procurer.

Reine fixa le commissaire avec insistance. Il souriait, face à elle. Elle sentait la colère la gagner. « Alphonse, dites-moi sérieusement, vous ne jugez pas que ça fait beaucoup de « coïncidences », comme vous dites, depuis quelque temps ? Moi je n'en peux plus, je crois que je perds la tête. Tout ce qui me tombe dessus… »

- Pardonnez-moi, chère amie. C'est vrai que beaucoup d'évènements se sont produits qui vous ont bouleversée. Tenez, je vous propose quelque chose : avec votre aide, je vais établir la liste de tout ce qui vous est arrivé depuis…disons un mois. Ça vous convient ? Nous y verrons peut-être plus clair.

- Depuis un mois, dites-vous ? C'est exactement ça. Ça a commencé, attendez, …le mardi 3 octobre, le jour où je suis allée visiter l'exposition sur Camille Claudel au musée des Arcades. Je me rappelle bien la date, elle était précisée sur l'invitation, ainsi que l'heure à laquelle j'aurais droit à une entrée gratuite.
- Si quelqu'un vous avait donné rendez-vous, il ne s'y serait pas pris autrement…
- Vous croyez ? Je n'avais pas songé à cela. J'ai pensé que l'invitation était liée au sujet de mon mémoire, ou aux recherches que j'avais entreprises auprès de différentes institutions, des musées, des bibliothèques. A mon abonnement à une revue d'art, peut-être ?
- Oui, sans doute. N'empêche que celui qui voulait vous contacter était presque sûr de vous trouver là, à cette heure, et à cet endroit. Rappelez-moi : que s'est-il passé ? Qui avez-vous rencontré ?
- Deux personnes : un mystérieux inconnu qui s'est enfui après m'avoir fait entrevoir une photo que j'ai prise pour le visage de Chloé - ensuite, j'ai eu des doutes à ce sujet, mais le même soir, j'ai entendu une petite voix qui me disait « Dis, tu m'as reconnue ? ».
- Et l'autre personne, c'était qui ?
- Lionel, qui se trouvait là par hasard, et qui m'a aidée à me relever, puis qui m'a réconfortée.
- Par hasard, dites-vous ? qu'est-ce qui vous fait penser que le hasard y est pour quelque chose ?
- Je ne sais pas. C'est ainsi que je l'ai ressenti ce jour-là.

- Passons. Vous êtes donc rentrée chez vous, assez secouée, j'imagine. C'est tout pour la soirée ?
- Non, il y a eu le coup de fil d'une petite fille qui me parlait comme je vous l'ai dit, et puis j'ai essayé de contacter mon mari, qui m'a traitée de folle et m'a conseillé d'aller me coucher.
- Cette fois c'est tout ?
- Oui, le lendemain, mercredi 4 octobre, mon studio a été cambriolé. Mais on ne m'a rien volé, à part quelques papiers sans importance.
- Ensuite ?
- Le vendredi 6, je crois, j'ai reçu le premier paquet. On me priait d'accepter un « cadeau » qui était une paire de lentilles bleues. J'ai cru à une farce, ou à une erreur.
- Mais votre adresse figurait bien sur l'envoi ?
- Ben oui, c'est ce qui m'a étonnée.
- Entre-temps, vous aviez revu « l'inconnu » du musée, celui qui vous avait réconfortée ?
- Lionel ? Oui, il m'avait retrouvée grâce au carnet que j'avais perdu dans sa voiture.
- Hummm. Bizarre.
- Vous trouvez ?
- Et puis ?
- Le dimanche, j'ai découvert un livre sur Camille, chez un bouquiniste. Mais ça, ça n'a rien à voir.
- Rien d'autre ?
- Non, c'est le lendemain, lundi 9 octobre, que j'ai reçu une lettre qui me donnait rendez-vous le surlendemain, mercredi 11 au soir, devant l'hôpital de Montfavet. On me promettait des renseignements sur quelqu'un qui m'intéressait. J'ai pensé qu'il s'agissait de Camille Claudel.
- Et vous êtes allée à ce rendez-vous ?

- Bien sûr, j'étais intriguée. J'ai bien essayé d'y entraîner mon amie Patricia, ou Lionel, mais ils n'étaient pas libres. Je m'y suis rendue toute seule.
- Et alors ?
- Un certain « Gérard » m'a montré une statuette qui ressemblait à une œuvre de jeunesse de Camille, et un papier sur lequel figurait le schéma dont je vous ai parlé : L.M., P.M., P.M., R.M. Je n'y ai rien compris.
- Sur le moment, certes. Mais ensuite, vous avez eu l'intuition que ces initiales pouvaient représenter vos ancêtres…
- …et c'est ce qui m'a permis de remonter par Patrick, mon père, et Paulin, mon grand-père, jusqu'à ce fameux Lulu, Lucien Morel, mon arrière-grand-père…
- …qui se trouve avoir été le jardinier de l'asile de Montdevergues et probablement le seul ami de Camille Claudel.
- Si l'on en excepte Violette Barrère, beaucoup plus tard. Son nom m'a été communiqué deux fois, si ma mémoire est bonne : une fois par « Gérard », une fois par Lionel.
- Et cela ne vous a pas étonnée ?
- Non, c'est de notoriété publique. Cela figure même sur les sites Internet consacrés à Camille, ce n'est pas un secret !
- Revenons au déroulé de ce mois. Nous en étions où ? Au 11 octobre ? Décidément, ce mois a été fertile en évènements. Que vous est-il arrivé ensuite ?
- Ah, le 12, ça a été une drôle de journée. D'abord, j'ai reçu un message de mon amie Patricia, qui m'écrivait HEL. Je ne sais toujours

pas ce que cela signifie. Mais je crains que cela ait été un appel au secours, car la suite a été horrible, dramatique.

Reine s'interrompit pour essuyer les larmes qui ruisselaient sur son visage. Bouchard respecta son émotion. Avec douceur, il questionna cependant : « Reine, réfléchissez bien avant de me répondre : pensez-vous qu'il y ait un lien entre la mort de votre amie Patricia et les évènements que vous me racontez ?

Reine ouvrit de grands yeux : « Non, le seul rapport, c'est moi. Oh, attendez : il y a aussi le lieu où on l'a retrouvée. A Avignon, non loin de l'endroit où on m'avait donné rendez-vous. Mais elle a dû être la proie d'un sadique, d'un fou qui l'a assassinée. Je ne voudrais pas que ce soit à cause de moi. Ce serait trop affreux !

- Vous avez raison, ce n'est qu'une coïncidence. Une de plus ! Continuez.
- Le même jour, j'ai reçu un deuxième paquet. Cette fois, il contenait une perruque noire. Je n'ai pas plus compris pourquoi elle m'était adressée.
- C'est tout ?

La jeune femme se troubla. Elle ne voyait pas l'intérêt de raconter au commissaire que Lionel l'avait emmenée dans les bois, et lui avait fait l'amour. Et la « tombe de Camille », celle du moins qu'il lui avait désignée comme telle, devait-elle en parler ? Elle préféra passer cette folle soirée sous silence.

- Le lendemain, le 13, les gendarmes m'ont appris pour Patricia. J'étais horrifiée. J'ai à peine lu la lettre qui m'était arrivée, qui contenait l'article sur Violette Barrère et me donnait un nouveau rendez-vous, le lendemain, au même endroit que précédemment.

- Cette fois, vous n'y êtes pas allée ?
- Eh bien si, je ne sais plus pourquoi. J'étais complètement déboussolée. Je l'ai été encore plus quand « Gérard » m'a donné une statuette qui ressemblait incroyablement à ma petite fille, ma Chloé. J'étais dans un état second et je l'ai quitté en emportant la statue. Le lendemain, je l'ai montrée à Lionel.
- Qu'a-t-il dit ?
- Rien. Il a paru surpris, c'est tout.
- Quelques jours après, j'ai reçu un troisième paquet, qui contenait cette fois une robe brune. Mais ça, vous le savez déjà, car entretemps, nous nous étions rencontrés. Vous aviez accepté de m'aider.
- Merci Reine. Vous m'avez bien résumé cette série d'évènements dramatiques. Je mets à part, comme vous semblez le souhaiter, l'horrible sort de votre amie Patricia. Peut-être s'est-elle trouvée « au mauvais moment, au mauvais endroit » ? Êtes-vous sûre de n'avoir rien oublié ?

Reine réfléchit. Si, elle avait omis de préciser deux découvertes importantes qu'elle avait faites : Lionel avait été l'avocat de son père quelque 25 ans auparavant, et puis il y avait l'histoire de la malle, évoquée par sa mère, et qu'elle était sûre d'avoir repérée dans l'atelier de l'avocat-sculpteur. Sans rentrer dans les détails, elle livra ces deux informations au commissaire.

- Bon, et maintenant, il y a le chiffon. Vous ne trouvez pas que ça fait assez d'indices concordants pour soupçonner que votre cher Lionel est mêlé à tout ça depuis le début ? Je ne sais pas ce que vous en penserez, mais pour moi, il est urgent d'aller farfouiller dans l'atelier de votre ami. En son absence bien sûr.

- Vous feriez ça ?! Vous, un flic ? Pardon…
- Aux grands maux, les grands moyens. Je suis à la retraite. Oui, j'irai avec vous, si vous en êtes d'accord, pendant que votre ami travaille à son cabinet. S'il n'a pas mis d'alarme, bien sûr. Il a une alarme ? Non ? Vous l'auriez remarqué.

62.

Vendredi 27 octobre, au matin, près de Sorgues

Alphonse et Reine avaient laissé leur voiture assez loin de la ferme de Lionel, cachée dans le sous-bois. Ils avaient marché en silence dans le matin frais, écrasant sous leurs pas les feuilles mortes encore entières, menacées de décomposition. Alphonse, en mycologue averti, ne pouvait s'empêcher de fouiller du regard le pied des arbres. Reine fit un signe, le rejoignit et chuchota : « Je ne crois pas que Lionel soit très matinal. Attendons encore un peu. » Ils s'assirent dans l'herbe humide. Reine tremblait. « Vous n'avez rien pour vous réchauffer ? Tenez, j'ai toujours sur moi des chaussettes et une cagoule. Elles sont propres, vous pouvez les mettre » dit Bouchard en lui tendant une paire de chaussettes et une cagoule bleu foncé que Reine enfila sans dégoût. Les chaussettes étaient trop grandes, mais elles tenaient dans ses bottines. Au bout d'une demi-heure, ils entendirent le ronflement d'une voiture qui démarrait, non loin de là. « Je crois que c'est lui, la voie est libre. »

Ils s'approchèrent. La ferme semblait déserte, comme assoupie. Un peu à l'écart, les volets de l'atelier étaient fermés. « Ne vous inquiétez pas, aucune porte ne me résiste » assura le commissaire, fanfaron. Il sortit de sa poche un instrument que Reine ne connaissait pas. « C'est un kit de crochetage, il ne m'a jamais fait défaut » poursuivit-il en s'attaquant à la serrure à l'aide d'un petit pic de métal. « Trop facile ! » s'exclama-t-il quand l'intérieur de la serrure tourna. La porte s'ouvrit sans un bruit. Ils pénétrèrent dans l'atelier et refermèrent la porte. La pièce était plongée dans l'obscurité. « Brrr !.... » Reine frissonna. Bouchard actionna un interrupteur et un grand globe central s'alluma.

- Vous vous y retrouvez ? demanda le commissaire.
- Oui, mais ici, c'est la pièce où il reçoit ses amis pour les séances de pose. Son atelier personnel, c'est là, cette petite porte.

Elle n'était pas fermée à clef. Quand ils entrèrent, Reine ressentit la même impression angoissante que la première fois devant ces statues nues et blafardes. Sur le côté, à droite, il y avait un espace vide : « C'est là que j'ai vu la malle. Regardez, on devine encore son emplacement par un rai de poussière et une tache marron, sur le mur. »

- Vous ne vous attendiez pas à ce qu'elle ait repris sa place ? interrogea Bouchard, légèrement ironique.
- Non, bien sûr. Mais cela prouve bien qu'elle a été là, et qu'on l'a retirée récemment.
- Cela confirme ce que vous m'avez dit. Mais ça ne nous apprend rien d'autre.

Dans un coin, se dressait un petit bureau rustique avec un tiroir central. Bouchard tenta de l'ouvrir, le tiroir résista et il s'apprêtait à le forcer quand Reine lui dit : « Ce n'est pas la peine, regardez, la clef est dans ce mug, sur le dessus. » Ils l'ouvrirent et trouvèrent une pile de dessins « Probablement les esquisses que votre Lionel fait avant de sculpter » remarqua le commissaire.

- Oui, il y a des chances. La plupart des artistes travaillent ainsi.

Ils étalèrent les feuilles A4 sur le bureau. La majeure partie des dessins était des Nus, croqués dans toutes les positions, parfois puissamment érotiques.

D'autres étaient plus « sages », et Lionel avait dû les dessiner lors des séances de pose qu'il organisait avec ses amis. Soudain, Reine blêmit : « Là, celui-là, regardez ! Et celui-ci !» Sur une feuille apparaissait le visage d'une fillette de 5 ou 6 ans, qui regardait vers le haut, un objet ou un personnage hors cadre. A côté, un dessin très fidèle représentait le même visage.

- Chloé ! C'est ma Chloé ! C'est la photo qu'on m'a montrée au musée des Arcades, je vous en ai parlé. Oh, quelle ...quelle... bégayait-elle, éperdue. C'était bien lui !
- Lui qui quoi ?
- Lui qui la connaît ! Lui qui sait où elle est !

Reine s'effondra dans les bras de Bouchard en pleurant. Étreint par l'émotion dont il était témoin, le commissaire la serra dans ses bras sans pouvoir prononcer une parole.

Mais la porte s'ouvrit brusquement, une silhouette se découpait dans le halo de lumière qui provenait de la pièce d'à côté, et une voix retentit : « Qu'est-ce que vous faites là ? Qui vous a permis d'entrer chez monsieur Boulanger ? »

L'homme était menaçant, il s'empara d'une chaise et s'avança vers Reine et Bouchard, toujours enlacés.

63.

L'homme avança d'un pas. Il répéta la question : « Qu'est-ce que vous faites ici ? » Reine cria : « Nous ne sommes pas des voleurs ! » Bouchard, conciliant, tenta de se justifier : « On est des amis de monsieur Boulanger. Des artistes, comme lui. Il nous a demandé de venir chercher quelque chose qu'il avait oublié. »

L'autre, méfiant, ne se désarmait pas de la chaise qu'il tenait comme un bouclier, ou une arme. « Il ne m'a pas prévenu. »

- Évidemment, il ne pouvait pas. Il s'est aperçu qu'il avait besoin d'un papier important, quand il était dans sa voiture, et nous a envoyés le chercher.
- Ah ? Et c'est quoi, ce papier ? Le ton restait hostile.

Bouchard avisa une feuille qui était tombée derrière le bureau et qui ressemblait à une facture : « Je crois qu'on a trouvé. Attendez, je regarde si c'est bien le bon…Oui, c'est ça, c'est celui qu'il veut. »

- Comment êtes-vous rentrés ?
- La porte n'était pas fermée à clef. Il nous avait prévenus.
- Hummm… C'est bizarre, ça ne lui ressemble pas. Je vais l'appeler, pour voir si c'est vrai.

L'homme posa la chaise, fouilla dans sa poche pour en retirer un téléphone portable. Voyant qu'il détournait les yeux et ne faisait plus attention à eux, Bouchard cria à Reine : « Go ! On y va ! ». Il s'élança en lui envoyant son poing dans le ventre. L'homme s'affaissa, plié en deux. Reine et Bouchard ne lui jetèrent pas un regard et filèrent sans demander leur reste. L'autre se relevait, hurlant : « Espèces de salauds ! Voleurs ! Salopards ! », mais ils étaient déjà hors d'atteinte.

Quand ils parvinrent à la lisière du bois qui entourait la ferme, Reine s'arrêta, ôta sa cagoule et s'écria, haletante : « Zut, je n'ai pas emporté la photo ! » Bouchard comprit aussitôt. « Celle de Chloé ? Mais j'espère que maintenant, vous êtes convaincue que votre Lionel est une fripouille. »

- Oui, c'est bien la photo que j'ai vue au musée. C'est lui qui l'a prise. Il avait tout combiné pour que je sois bouleversée…
- …et pour venir vous réconforter, tel un sauveur !
- Mais comment est-ce possible ?
- Tout simplement. Il vous a envoyé une fausse invitation gratuite. Sachant que vous vous intéressiez à Camille Claudel, il était sûr que vous tomberiez dans le piège.
- Un piège, c'est ça, c'était un piège ! mais dans quel but ?
- Alors là, ma chère, vous m'en demandez trop. Je n'en sais pas plus que vous. Tout ce que je sais, c'est qu'il poursuit un objectif, mais lequel, je ne saurais le dire. Peut-être était-il au courant de ce que nous avons découvert récemment : que vous êtes l'arrière-petite-fille du jardinier de Montdevergues.
- Comment l'aurait-il appris ?
- Mystère. Mais vous m'avez dit qu'il avait été l'avocat de votre père. C'est peut-être de lui qu'il le tient.
- Jamais mon père ne m'en a parlé !
- Il ne pensait sans doute pas que cela vous intéresserait. Il y a des filiations plus nobles, des ancêtres dont on a envie de se vanter. D'un

prince, d'un écrivain, oui, mais d'un simple jardinier, ce n'est pas sûr.

- Eh bien moi, j'en suis très fière. Surtout depuis que j'ai appris qu'il avait été l'ami de Camille.
- Bon, mais ce n'est pas tout, ça. Que faisons-nous maintenant ? On va tout raconter à mes collègues de la police ? On va leur dire que Maître Lionel Boulanger vous a menée en bateau, et qu'il sait probablement où se trouve votre petite fille que vous cherchez depuis deux ans ? Il niera forcément, nous n'avons aucune preuve.
- Et le dessin, la photo, ce ne sont pas des preuves ?
- Sans vouloir vous peiner, ma chère Reine, le portrait de Chloé est apparu dans toute la presse, il a figuré pendant des mois dans tous les commissariats, et même sur les barrières de péages d'autoroutes ! Il pourra toujours dire qu'il s'en est inspiré.
- Oui, mais c'est cette photo qu'un inconnu m'a montrée au musée !
- Quelle preuve en avez-vous ? Il niera, vous dis-je. Ce sera sa parole contre la vôtre. Non, attendez, j'ai une autre idée. Pour le « piège » qu'il vous a tendu au musée, il avait besoin d'un complice, d'accord ?
- D'accord. Ça nous avance à quoi ?
- Eh bien, j'ai bien envie de me renseigner sur le type qui nous a surpris tout à l'heure dans l'atelier. J'ai encore pas mal de contacts avec les gendarmes du coin. Ils nous apprendront peut-être de qui il s'agit. Il a tout l'air d'une grosse brute, mais il sait sans doute des choses sur votre cher Lionel.

- Je vous en prie, ne dites plus ça : Lionel ne m'est plus cher du tout. Vous m'avez bien démontré que c'était une fripouille. Et si j'en doutais encore, notre petite visite de son atelier a achevé de m'en persuader.
- Entendu, je ne parlerai plus que de « Maître Boulanger », ça vous va ? Revenons à l'individu qui nous a chassés de chez lui. Vous pourriez le reconnaître ?
- Je ne sais pas. J'étais tellement bouleversée.
- Comment le décririez-vous ?
- Pas très grand, pas très beau.
- Mais encore ?
- L'air d'une brute. Ah, il portait une sorte de queue de cheval, ou de catogan. En tout cas, il avait les cheveux longs, mais je ne pourrais pas en indiquer la couleur.
- Et ses vêtements ?
- Un jean, je crois, et une sorte de tee-shirt. Je pense qu'il y avait une inscription, mais je ne l'ai pas bien vue.
- Hmmm…C'est un peu vague, tout ça. Mais je ne peux pas vous en vouloir, je n'en sais pas plus. Je n'avais même pas remarqué ses cheveux.
- Ça, c'est ce que repère une femme.
- Soit. C'est tout ? Et la voix, elle vous a frappée ?
- Rocailleuse. Pas très distinguée. Avec l'accent du midi, pas trop marqué.
- Bref, un individu assez vulgaire, une brute disiez-vous. Que venait-il faire dans l'atelier de monsieur Boulanger ?
- Peut-être nous avait-il vus entrer ?
- Non, ce n'est pas l'impression qu'il m'a donnée. Il a paru surpris de nous trouver là. Boulanger doit savoir, lui. Il suffirait de lui demander.

- Vous voulez rire ?
- Je plaisantais.
- Ce type, je m'en fiche. Ce que je voudrais demander à…à Lionel, c'est quand, comment, pourquoi il a fait ce portrait de ma petite Chloé. Et pourquoi il m'a tendu un piège, au musée, en me faisant voir la photo.
- Oui, Reine, quand nous aurons découvert ça, nous aurons la clef du mystère.
- Mais ça aussi, ça m'est bien égal. Ce que je veux, c'est savoir ce qu'elle est devenue, et si elle est vivante. Mon Dieu, mon Dieu, je donnerais ma vie pour savoir.
- Je vous promets que Boulanger nous dira tout ce qu'il sait. Même si je dois le torturer pour cela !

64.

Montdevergues, janvier 1915

Cela fait vingt-deux mois que Camille est internée, elle est désormais près d'Avignon, et ne comprend toujours pas les raisons de sa réclusion, qu'elle impute à tort au « sieur Rodin et à sa bande ». Le 22 septembre 1914, le docteur Broquère, l'accueillant à Montdevergues, a confirmé le diagnostic du docteur Truelle de Ville-Evrard : Camille Claudel, artiste statuaire, née le 8 décembre 1864 à Fère-en-Tardenois (Aisne), célibataire, y est entrée en « placement volontaire » (télégramme officiel de Mr le Préfet de la Seine du 5-9-14).

En fait, on l'a compris, Rodin n'est pour rien dans cet internement. Tout au contraire, Louise-Athanaïse Claudel, sa mère (son père est mort le 2 mars 1913), écrit à la mère supérieure de l'asile de Montdevergues le 19 janvier 1915 : « (Ma fille) *se plaint beaucoup des traitements dont elle était l'objet à Ville-Evrard. Elle me demande aussi de quitter l'administration de cette maison pour faire partie de la vôtre. (...) Puisqu'elle désire rester chez vous, voulez-vous avoir l'obligeance de me dire dans quelles conditions cela pourrait se faire et m'envoyer un prospectus ? »*

Camille, bien sûr, ne s'est pas résignée à être enfermée. Elle continue à écrire de nombreuses missives pour protester contre cette situation, mais sa mère, dans la même lettre, souhaite que le moindre contact avec l'extérieur lui soit refusé : *« Elle me dit (...) qu'elle écrit de tous côtés, des quantités de lettres. J'espère que celles-ci restent chez vous, car j'ai bien des fois recommandé qu'on n'envoie jamais et à qui que ce soit aucune de ces maudites lettres qui l'année dernière nous ont causé tant de misères, tant à moi et à son frère, M. Paul Claudel, j'interdis formellement qu'elle écrive à qui que ce soit et qu'elle reçoive de n'importe qui aucune communication, visite ou lettre.* »

Ce n'est plus un internement que préconise Louise-Athanaïse pour sa fille, c'est un isolement total. Une plongée dans l'oubli, hors du temps et hors du monde. Un enterrement.

Malgré ses suppliques, elle ne viendra jamais la voir à Montdevergues.

65.

Où ai-je déjà vu cette bonne femme ?

Gugusse ruminait sa déception d'avoir laissé échapper les fugitifs. Comment allait réagir Lionel ? Il craignait plus que tout les colères de l'avocat. Il ne croyait pas un mot de ce que lui avaient dit les deux personnes qu'il avait surprises dans l'atelier. *Un papier oublié, et puis quoi encore ?* C'étaient des voleurs, de fichus cambrioleurs, voilà tout !

Ou alors...

Gugusse savait bien que c'était une bêtise, ce que lui avait fait faire Lionel, son « patron », l'autre jour au musée des Arcades. Jamais il n'aurait dû produire la photo de la gamine qu'il lui avait confiée. Jamais il n'aurait dû aller la montrer à la femme, comme il le lui avait ordonné. C'était beaucoup trop dangereux. Mais Lionel l'avait assuré qu'on ne pourrait en aucun cas remonter jusqu'à lui. Il voulait seulement rentrer en contact avec cette femme.

Cette femme... Était-il possible que ce fût la même que celle qui s'était enfuie ? Gugusse n'en était pas sûr. Celle-ci portait une cagoule, pas du tout le style de la femme du musée, bien plus élégante.

Et dire qu'il avait failli appeler le patron ! Pour lui demander quoi ? Si ce que racontaient cet homme et cette femme était vrai ?! Heureusement qu'il n'en avait pas eu le temps. Le téléphone lui était tombé des mains quand l'homme l'avait frappé, et il était à moitié fêlé. Encore des frais à venir. Mais il inventerait une histoire et le patron lui en achèterait un autre. Il lui devait bien ça.

Gugusse décida de ne rien dire. Il ne parlerait pas de cette « visite » au patron. Il dirait simplement qu'il était venu faire du ménage, comme prévu. D'ailleurs, l'autre le verrait bien. C'était entendu entre eux, comme tous les vendredis. A ce moment, son téléphone sonna – *tiens, il marche encore !* Le nom qui s'affichait était « Martin », comme celui de l'épicier de Sorgues. Mais Gugusse savait qu'il ne s'agissait pas de l'épicier. C'était à l'intention de Lionel qu'il avait inscrit ce nom-là sur la liste de ses correspondants, au cas où l'écran de son téléphone le ferait apparaître.

« T'es pas fou de m'appeler ? Je t'ai déjà dit de ne pas le faire, sauf en cas d'urgence ! Le patron pourrait revenir sans prévenir.

- Oui, je sais. Mais je voulais te dire que je ne peux pas venir ce soir.
- Ah bon ? T'es malade ?
- Non, j'ai un empêchement.
- Alors demain soir, ma poule ?
- Demain soir non plus, faut que je voie quelqu'un.
- T'es pas en train de me faire un enfant dans le dos, dis ? T'as fait une rencontre ? Tu me quittes ?
- T'inquiète. Je reste ton Jules.
- Bon, ça va. Faudra juste que je me console à la main. Allez, salut, ma poule. Sois sage, hein ?
- Salut Gugusse.

66.

Samedi 28 octobre

Reine était rentrée épuisée de sa visite à l'atelier de Lionel. Elle s'en voulait de n'avoir pas emporté les portraits de la fillette, dans lesquels elle était sûre de reconnaître Chloé. Une Chloé un peu plus âgée, amaigrie, mais c'était sa fille, elle ne pouvait pas en douter. *Une mère ne se trompe pas.*

Comment ces dessins se trouvaient-ils chez Lionel ? C'étaient eux, assurément, qui avaient inspiré la statuette montrée par Gérard. Deux conclusions s'imposaient, qui toutes deux bouleversaient la jeune femme :

1) Chloé était vivante, probablement prisonnière quelque part.
2) Lionel l'avait vue, en photo ou réellement, et il savait sans doute où elle se trouvait.

Elle mourait d'envie d'aller jusqu'à Lionel, de l'interroger, de le cuisiner, de lui faire avouer ce qu'il savait, quel était son rôle là-dedans, et surtout où Chloé était retenue. Mais comment prouver qu'il était mêlé à cette histoire ? Qui la croirait ? Si elle se découvrait, il nierait, bien sûr. Et cela mettrait en danger sa fille ! Cette certitude l'anéantissait. Bouchard représentait son seul espoir. Lui, il la croyait. Il lui avait promis de se renseigner auprès de ses collègues gendarmes, et, en tout cas, de « faire cracher » à Lionel tout ce qu'il savait.

Elle s'endormit au matin, et se réveilla vaseuse. Encore dans le brouillard, elle descendit chercher son courrier. Il y avait une lettre. Comme toujours, l'enveloppe portait une écriture enfantine. Elle l'ouvrit fébrilement, et lut :

« Rendé vous à l'endroit habituel demain soir, 20 heure. »

Pas de doute. L'écriture, le style, les fautes d'orthographe, c'était encore « Gérard » ou plutôt celui qui se faisait appeler ainsi. Reine se remémora les précédentes rencontres avec cet individu : la première fois, il lui avait montré une tête qui ressemblait à la *Vieille Hélène,* et puis une liste d'initiales qui l'avait mise sur la piste de Lulu – son arrière-grand-père. Il ne paraissait pas connaître la personne qui avait sculpté la statuette, mais il assurait qu'il pouvait s'en procurer d'autres, beaucoup d'autres. La deuxième fois, il lui avait montré une autre statuette, qui celle-là représentait Chloé. Ce « Gérard » était en possession de véritables trésors. Qu'allait-il lui proposer cette fois ? En tout cas, Reine brûlait de se rendre à ce rendez-vous. Mais auparavant, il fallait qu'elle prévienne Bouchard.

- Alphonse ? C'est moi, Reine. Ça y est, j'ai un nouveau message de Gérard. Il me donne rendez-vous demain soir.
- Magnifique ! Vous comptez y aller ? Si vous voulez, j'y vais à votre place, et je coince cet individu.
- Non, il faut que j'y aille.
- D'accord, mais je vous accompagne. Reine, je vous en supplie, faites-moi confiance. En tout cas, je viens avec vous. Pas question de vous laisser rencontrer seule ce… ce Gérard qui me paraît un drôle de bonhomme.
- Il se méfiera.

- Ne vous inquiétez pas, je me dissimulerai, et quand il arrivera, je lui saute dessus. Ou bien je le suis pour savoir où il habite, et je le fais arrêter par mes amis gendarmes.
- Mais sous quel prétexte ? Il n'a pas commis de crime !
- Écoutez, il est notre principale piste. Il détient des informations dont il ne saisit peut-être pas l'importance, mais il peut nous mener à la source.
- Et Lionel dans tout ça ?
- Je ne sais pas. Il y a sans doute un lien entre eux, mais je ne vois pas lequel. Dites-moi sincèrement : vous craignez que votre ami Lionel soit impliqué ? Vous lui restez attachée ?

Reine ne répondit pas tout de suite. Depuis qu'elle avait visité l'atelier, constaté la disparition de la malle, et surtout depuis qu'elle avait vu les dessins dans son bureau, elle ressentait de plus en plus de la méfiance envers l'avocat. Tout à l'heure, elle en avait tiré la conclusion qu'il savait très probablement où était sa petite fille.

Et si j'allais le trouver, le supplier, faire appel à sa pitié, à ce qui s'est passé entre nous ?

Mais elle en revenait toujours au même point : il nierait, assurément.

67.

Dimanche 29 octobre

Il faisait froid en ce soir d'automne devant l'hôpital de Montfavet. Reine, qui commençait à bien connaître le lieu, resserra l'écharpe dont elle s'était munie avant de quitter son studio. Bouchard était venu la chercher vers 18 heures, et ils avaient mis au point, dans la voiture, les détails de leur plan. Bouchard se garerait dans une rue adjacente et irait se cacher bien avant l'heure du rendez-vous fixée par Gérard dans les arbres qui bordaient l'avenue de la Pinède. Il s'était chaudement vêtu. Il avait réussi à convaincre Reine de prendre dans la poche de son manteau un aérosol de défense contenant du gel paralysant. Cela n'avait pas été facile.

- Regardez, il ne fait que quinze centimètres, il tiendra facilement dans votre poche !
- Mais je ne sais pas me servir de cet engin.
- Rien de plus facile. C'est juste une boîte qui contient du gel, une sorte de bombe lacrymogène mais avec un spray incapacitant. Il suffit de le tenir droit et d'appuyer. Vous mettez parfois de la laque sur vos cheveux ? Eh bien, c'est pareil. Vous n'aurez qu'à diriger le jet sur votre interlocuteur. La portée est de trois à quatre mètres.
- Ça va lui faire quoi ? Le blesser ?
- Mais non ! C'est un aérosol de défense, qui n'entraîne pas de lésions, ni de séquelles. Vous l'immobilisez, moi j'arrive et je le maîtrise.

Reine avait soupiré, pas très convaincue. Elle était contre tout usage d'une arme, mais là, il s'agissait simplement de se défendre. Contre qui ? Contre un individu qui ne s'était jamais attaqué à elle ? Il avait seulement exhibé des petites statues. Cependant, elle pensa au buste de la fillette qui ressemblait tant à sa Chloé, et cela lui donna l'envie de se servir de cette bombe. Il fallait qu'il dise ce qu'il savait. Elle ne pourrait sans doute pas le faire parler. Mais Bouchard, lui, saurait.

Sept heures et demie. Bouchard est parti, la laissant seule dans la voiture. La nuit est tombée depuis une heure. Reine frissonne, de peur et de froid. Elle est paralysée par la crainte, plus encore que lors des deux premières rencontres avec Gérard. *Les autres fois, j'étais inconsciente,* pense-t-elle. Les minutes s'écoulent avec une infinie lenteur. Reine qui a les yeux fixés sur l'écran de son portable guette l'aiguille de la montre. Sept heures trente-cinq, quarante, quarante-cinq. A cinquante, elle sort de la voiture. Elle n'a pas les clefs, c'est Bouchard qui les a gardées. Elle ne peut pas condamner les portières. *C'est peut-être mieux.*

Il lui faut trois minutes pour arriver devant la pancarte qui indique le Centre Hospitalier de Montfavet. Aucun signe de la présence de Bouchard, c'est bon signe. Reine sait qu'il n'est pas loin. Huit heures, huit heures dix. *Il ne viendra pas, il se méfie. Mais pourquoi m'a-t-il donné ce rendez-vous, alors ?*

Une silhouette dans la nuit. L'homme a rabattu un capuchon sur sa tête. Comme la dernière fois, elle interroge : « Gérard ? » Il s'approche, mais reste à une dizaine de mètres.

- Vous êtes venue seule ?
- Euh…oui.
- Y a intérêt, parce que j'ai quelque chose pour vous. Si vous n'étiez pas seule, je vous le donnerais pas.

Reine prie pour que Bouchard n'intervienne pas tout de suite. Pas de doute, cet homme a quelque chose à lui apprendre.

- Vous me l'avez apporté ? Vous savez que je n'ai pas d'argent, je ne peux pas vous payer.
- Je sais, je sais. Mais ça va vous intéresser.
- Encore une statuette ?
- J'ai mieux que ça. Mais ce coup-ci, va falloir le mériter !

Sans s'approcher, l'homme tire de sa poche quelques feuillets, en détache un. Reine a le cœur qui bat très fort. *Peut-être va-t-elle apprendre enfin où se trouve Chloé ?*

A ce moment précis, son portable vibre dans sa poche. *Zut, j'ai oublié de le couper ! Pourvu qu'il n'ait pas entendu.*

Mais Gérard a l'oreille fine, il crie : « Qu'est-ce que c'est que ça ? » et fait un saut en arrière. Reine est tétanisée. Bouchard surgit des taillis, fonce vers Gérard qui s'enfuit comme un lapin dans la luzerne. Le commissaire n'est plus tout jeune, il s'essouffle vite et ne peut pas rattraper le fugitif. Il revient hors d'haleine vers Reine qui est furieuse : « Pourquoi vous m'avez appelée ?

- Mais non, ce n'est pas moi !

Reine consulte son portable : l'appel vient de sa mère. Sur l'écran s'inscrit en vert les mots « Appel manqué. Maman ».

- Excusez-moi, ce n'est pas vous, en effet.
- Aussi, quelle idée d'avoir oublié de le couper. Vraiment, c'est impardonnable ! Quelle bêtise !
- Je n'ai pas eu le temps de me servir de l'aérosol. Et il était trop loin.

La jeune femme est piteuse, le commissaire furibond rentre sa rage. Il fulmine contre Reine, contre Gérard, contre ses jambes qui ne répondent plus comme avant, contre le souffle qui lui a manqué. Poursuivre les jeunes, il est trop vieux pour ça.

- C'est trop bête ! s'exclame Reine.

Le commissaire reprend haleine, jette un œil sur la rue déserte, sinistre. Entre deux halètements, il s'écrie : « Attendez ! On dirait qu'il a perdu quelque chose. » A vingt mètres d'eux, une tache blanche se découpe sur le noir de l'asphalte.

Reine et Bouchard s'approchent, tous leurs sens en éveil. C'est un papier. Nul doute que dans sa fuite, Gérard l'a laissé tomber, et ne s'en est pas aperçu.

- On dirait une lettre. Oui, c'est une lettre.

Le papier est jauni, l'écriture tremblée. *Quel en est l'auteur ? A qui est-elle adressée ? Pourquoi Gérard attachait-il de l'importance à cette lettre ?*

La jeune femme et son compagnon échangent un regard plein d'espoir. « On n'aura pas tout perdu, murmure le commissaire. Rentrons. »

68.

Asile de Ville-Evrard, octobre 1913

Camille Claudel avait parfaitement conscience de la valeur de son art – et pourtant, elle la sous-estimait largement au regard de ce que valent ses œuvres aujourd'hui. Elle avait vécu cloîtrée dans son atelier du Quai Bourbon par crainte d'être « dépossédée » par Rodin et ses amis, mais n'avait pas cessé de sculpter, ni de dessiner. En témoigne la lettre qu'elle écrit à l'automne 1913 au docteur Truelle qui a rédigé son certificat d'admission à l'asile de Ville-Evrard au mois de mars précédent.

Monsieur le Docteur,

Je vous prie de conserver cette lettre pour vous seul car je vous l'écris uniquement pour vous mettre au courant de choses que vous n'avez pas deviné (sic) *jusqu'à présent. Vous ne savez pas ce que me coûte mon internement ici, aussi vous ne pouvez vous faire une idée de ma colère et de mon désespoir.*

Je vais vous raconter ce que contenait mon atelier sur lequel R. et ses amis ont mis la main. Mon atelier contenait grosso-modo : 500 modèles en plâtre ou terre glaise que je n'aurais pas vendu (sic) *moins de 3 000 f chacun,*

500 x 3 000=1 500 000f

une douzaine d'albums contenant 500 dessins de moi chaque album=3 000 f

3 000 x 12 = 36 000 f

albums anciens = 10 000 f

reconnaissance du mont de piété 400 f qui représente une valeur de 3 000 f

Outils, chevalets etc =1 000 f
Tapisseries, tapis objets anciens = 10 000 f
Addition : 1 500 000
36 000
10 000
3 000
1 000
10 000

1 560 000 f

De plus tous ces modèles procèdent d'un art absolument nouveau que j'avais découvert, un art qui n'a jamais été connu sur la terre et qui est d'une valeur inappréciable. C'est le résultat du travail de toute ma vie depuis l'âge de 14 ans jusqu'à maintenant. Pendant que je suis ici, clouée, immobilisée, on a mis la main sur tout. Le sieur Rodin et toute sa bande vont faire une fortune immense à mes dépens et en même temps me couvrir de calomnies et d'insultes. (...)*

Je vous prie de faire votre possible pour faire venir quelqu'un de ma famille, je m'ennuie trop ici. On a même supprimé les promenades au parc depuis 3 mois. Je vous écrirai encore une autre lettre pour achever mes explications, mais n'en parlez à personne du tout je vous en prie.

Agréez mes civilités

C. Claudel

* C'est nous qui soulignons.

Lors d'une vente chez Artcurial en novembre 2017, un plâtre, un seul plâtre, de *La Petite châtelaine à la natte courbe* a été adjugé à 492 800 euros soit l'équivalent de 3,232 millions de francs. Un peu plus du double de ce dont

Camille estimait avoir été volée. L'acquéreur de ce buste a souhaité faire un dépôt de la pièce pour une durée de cinq ans, renouvelable, au musée de Roubaix.

Camille Claudel a été assaillie toute sa vie par des soucis d'argent.

Pourtant, à la lecture de cette lettre, soupçonne-t-on qu'elle songe à abandonner définitivement la sculpture ?

Il n'y paraît pas.

69.

Lundi 30 octobre

- Je vous fais un café ? Moi, j'ai très mal dormi, et pourtant, j'étais crevée.

Bouchard accepta avec plaisir. Il n'avait pas bien dormi non plus après les émotions de la veille. Ils avaient décidé de se retrouver dans le studio de Reine, à neuf heures -tant pis, elle manquerait encore une fois son cours à la fac ! Au retour de Montfavet, ils avaient lu et relu le feuillet perdu par Gérard dans sa fuite. Ils étaient restés perplexes.

- Voilà ce que je vous propose, dit Reine en posant deux tasses fumantes sur la table. On écrit chacun ce que cette lettre nous inspire, et après on compare ce qu'on a trouvé. Vous êtes d'accord ?

Le commissaire jugea l'idée excellente. Reine plaça la lettre entre eux, et donna une feuille blanche et un stylo au commissaire.

Elle commença à écrire :

- vieux papier à lettre blanc-gris pâle
- écriture à l'ancienne, ronde, appliquée, avec des pleins et des déliés tracés à la plume, tremblés. L'écriture d'une personne âgée et/ou fatiguée. Un vieillard ou une vieille femme.

Bien sûr ! Il s'agit d'un vieillard puisqu'il (ou elle) écrit *qu'il va mourir bientôt.* Elle lut pour la centième fois le texte :

> *Tu comprends que je ne t'aie jamais rien dit.*
> *C'était trop lourd*
> *Je ne sais pas exactement ce qu'elle est devenue*
> *Quelqu'un m'a dit qu'elle était morte*
> *Moi aussi, je vais mourir bientôt. C'est pour ça que je t'écris*
> *Pardonne-moi si tu peux*
> *Je te donne ce que j'ai de plus précieux*
> *Et que tu trouveras avec cette lettre*
> *Car je n'ai jamais oublié*

La lettre s'interrompait là. Reine continua de noter sur sa feuille :

- il s'agit d'une 2e ou 3e page d'un message écrit à ses derniers instants, probablement par un vieil homme
- dommage qu'on n'ait pas le nom du destinataire, ni du signataire
- il parle d'un secret, longuement gardé, et d'objets qu'il lègue - à qui ? Au destinataire, qui doit lui « pardonner ». Donc celui (ou celle) à qui il s'adresse aurait pu (ou dû) apprendre bien plus tôt ce qu'il révèle. Un secret qui le concerne ?
- Quel genre de secret peut-on confesser au moment de mourir ?
- Qui est cette mystérieuse « elle » qui est peut-être *morte* ?
- Le vieil homme (?) donne ce qu'il a de *plus précieux.* De l'argent ? Un trésor ? non, pas

forcément. Quelque chose qui est précieux *pour lui*, mais qui n'a pas nécessairement une valeur marchande

Reine soupira. « Je trouve plus de questions que de réponses. »

- Moi c'est pareil, reconnut Bouchard en posant son crayon.
- Nous voilà bien avancés !
- Ne vous découragez pas. Songez à ce que Gérard vous a dit : que ce qu'il vous apportait était *« mieux »* que les statuettes qu'il vous a montrées précédemment. Il devait avoir en main la lettre tout entière. Il faut apprendre qui l'a écrite, et à qui elle était destinée. Lui, il doit le savoir.
- Oui, mais maintenant, il va se méfier. Il m'avait demandé de venir seule…et vous êtes arrivé ! Ça m'étonnerait qu'il me propose un autre rendez-vous.
- On verra bien. N'oubliez pas que j'ai mis sur sa piste mes amis gendarmes de Sorgues. Voyons, récapitulons : c'est un homme jeune ?
- A sa voix, je ne saurais dire. Ni jeune, ni vieux. Pas très « éduqué » si j'en juge par son orthographe et par les quelques mots qu'il a prononcés. Vous l'avez entendu parler ?
- Juste quand il a crié, à cause de votre maudit portable qui vibrait. J'ai pensé qu'il y avait un problème, et je suis venu à la rescousse.
- Vous n'auriez pas dû.
- Je n'ai pas réfléchi. Je vous ai crue en danger, j'ai foncé.
- Excusez-moi, Alphonse, je comprends. Mais nous avons perdu l'occasion d'en savoir plus :

d'où il tient les statues, et surtout pourquoi l'une d'elles ressemble tant à ma Chloé. Je n'ai même pas eu le temps de me servir de votre aérosol, il est resté hors de portée !

- Ok. Avouez que vous n'aviez guère envie de vous en servir. Donc, pas de regrets.
- Bon. Maintenant, qu'est-ce qu'on fait ?

Le commissaire sourit et regarda Reine avec une tendresse qu'il ne tentait même plus de dissimuler : « Je ne sais pas. Mais on continue. »

70.

Bouchard était parti, assurant qu'il allait contacter à nouveau ses amis gendarmes. Reine essaya de se mettre au travail avant de déjeuner. Elle avait beaucoup de mal à se concentrer, et son mémoire n'avançait guère. Elle ouvrit le classeur de ses notes. Elle y vit la photo de Jeanne Bardey, celle qui avait supplanté Camille Claudel dans le cœur de Rodin. Cela lui rappela ce que Marc lui avait annoncé la semaine précédente : qu'il allait se remarier avec une certaine Ombline. *Suis-je triste ? Non, même pas. Oh si, un peu, je dois me l'avouer. Cette fois, la page Marc est bel et bien tournée. Mais ne l'était-elle pas déjà depuis 2 ans ?*

Elle eut un réflexe : il fallait qu'elle se console. Il restait une bouteille de rhum encore à moitié pleine sous l'évier. Reine laissa le classeur ouvert sur la table, et remplit un verre avec du jus d'orange et une bonne dose de rhum. Alors qu'elle s'apprêtait à le déguster, le téléphone sonna. *Zut !* Elle laissa sonner l'appareil, qui se tut, mais recommença peu après. On insistait. L'écran affichait : numéro masqué.

Deux fois, trois fois, l'appel se répéta. A la quatrième Reine craqua et saisit son téléphone. *Il va voir de quel bois je me chauffe, cet emmerdeur !*

Elle appuya sur la touche verte et s'écria d'un ton rogue : « Oui ? ». Une petite voix répondit.

- Madame ?
- Ici Reine Messager. Qui est à l'appareil ?
- C'est moi.
- Qui ça, moi ? La voix de Reine avait changé, elle hurlait maintenant, et puis reprit plus doucement : qui es-tu ? Qui m'appelle ?

Elle avait l'impression de connaître cette voix. Si c'était…*non, ce n'est pas possible !*

La petite voix poursuivit :

- J'ai vu ta photo sur le téléphone, alors j'ai appuyé. Tu m'entends, madame ?
- Chloé ? C'est Chloé ? Ma chérie, c'est toi ?
- Non, c'est Blandine.
- Chloé ! Je suis sûre que c'est toi ! Mon amour, mon trésor, dis-moi que c'est toi. Où es-tu ?

Silence. Reine hurla à nouveau. « Mon amour, ici c'est ta maman. Je ne suis pas une dame, je suis ta maman ! Tu comprends ? »

- Ma-man ?
- Oui, ta maman.
- Je la connais pas ma maman.
- Mais pourquoi tu m'appelles ?
- J'ai vu ta photo sur la boîte.
- De quelle boîte parles-tu ?
- Celle de papa. Celle où il parle.
- Un téléphone ?
- Je sais pas. Tu as l'air gentille, sur la boîte. C'est pour ça que j'ai appuyé dessus.
- Dis-moi, euh…Blandine ? Tu es où ?
- Chez mon papa. Mais il est parti. Il a laissé la boîte.
- Écoute. Qu'est-ce qu'il y a autour de toi ?
  Ben, une table, deux chaises.

Reine sentit son cœur s'accélérer, il battait à grands coups. Elle continua d'une voix qui se voulait douce, pour ne pas effrayer l'enfant : « Qu'est-ce que tu vois par la fenêtre ?

- Y a pas de fenêtre.
- Dis-moi…Blandine : que vois-tu là où tu es?
- Je t'ai dit : une table et deux chaises.

- C’est tout ?
- Non, y a une télé dans un coin. Souvent mon papa vient la regarder avec moi. J’aime bien.
- Ton papa, il s’appelle comment ?
- Papa.
- Oui, ça je sais. Mais quand quelqu’un vient, comment l’appelle-t-il ?
- Y a personne qui vient.
- Tu es enfermée ? Tu peux sortir ?
- Je sais pas. J’ai promis à mon papa…
- Tu as promis quoi ?
- De ne pas sortir.

Quoi qu’il en soit, que ce soit Chloé ou non, le cœur de Reine battait très fort. L’enfant qui était à l’appareil était en détresse, pensa-t-elle. *En détresse ?* Non, elle n’en avait pas l’air. Mais Reine voulait la retenir le plus longtemps possible.

- Dis-moi, tu ne sors jamais de la maison ?
- Si, parfois. Avec mon papa.
- Toujours avec…ton papa ?
- Il m’emmène voir les moutons.
- Ah ! Il y a des moutons près de ta maison ?
- Ben oui. Tout plein. J’aime bien les caresser.
- Tu es dans la montagne ?
- Je ne sais pas.
- Il y a des maisons autour de chez toi ?
- Non, juste des moutons.

Reine enregistrait. Une maison isolée, peut-être une ferme, ou une bergerie. Mais cela ne l’avançait guère. Comment en savoir plus ?

- Il est gentil, ton papa ?
- C’est mon papa. Oui, il est gentil.

- Qu'est-ce qu'il te donne à manger ?
- Des zeufs. Du jambon, Des nouilles. Et puis de la salade.
- Qu'est-ce que tu préfères ?
- Le pain, avec du chocolat. Mais il m'en donne pas souvent.

Cholé adorait le chocolat. Etait-ce un signe ? Un indice bien mince !

- Si tu viens me voir, je te donnerai plein de chocolat.
- Oui, mais je peux pas. J'attends mon papa.

Reine entendit le grincement d'une porte qui s'ouvrait. Une voix d'homme : « Coucou, c'est moi ! » Et puis plus rien. Le silence.

Reine regarda l'écran vide.

71.

- S'il y a une chance, une toute petite chance que ce soit Chloé ?
- Elle ne vous a pas dit qu'elle s'appelait Blandine ?
- Si. Mais c'est peut-être Chloé quand même. Oh, ce serait…incroyable ! Vous vous rendez compte ? Ma petite fille, mon enfant !

Bouchard regardait Reine avec un brin de compassion. Elle l'avait appelé tout de suite quand le téléphone s'était tu. Il était venu sans tarder et l'avait trouvée bouleversée. Elle lui avait raconté en détail la communication, et attendait sa réaction, tremblant de tous ses membres. Le commissaire réfléchissait.

- D'un côté, c'est curieux que votre visage et votre numéro figurent sur le téléphone de cet homme. Celui qu'elle appelle papa.
- Eh bien oui ! Vous avez raison, c'est curieux. Mais ça prouve qu'il y a un rapport entre cet homme et moi. Quelqu'un a dû lui fournir les deux, photo et numéro. Ou alors, il les aura trouvés par hasard, et les aura enregistrés.
- Ça ne peut pas être votre ex-mari, son vrai papa ?
- NON ! Impossible. Il n'aurait pas joué la comédie depuis tout ce temps. Cela fait deux ans que nous la recherchons, Marc était aussi angoissé que moi.
- Vous ne voulez pas lui demander, quand même ?
- Il va me traiter de folle.

A contre cœur, elle composa le numéro de portable de son ex-mari. Il était absent, injoignable. Elle n'osa pas en dire plus, se contenta de lui demander de rappeler. Puis elle se tourna vers le commissaire, pleine d'espoir.

- Dites-moi, Alphonse, il n'y a pas un moyen pour localiser le téléphone dont elle s'est servie ?
- Le numéro était masqué. Vous, vous ne pouvez pas retrouver l'endroit d'où on vous a appelée, mais les techniciens de la police le peuvent, eux.
- Vous pouvez faire appel à eux ? Vous avez gardé des contacts avec les gendarmes et les policiers, m'avez-vous répété. Je vous en supplie, demandez-leur.
- Hmmm… Je vais essayer. Il faut que vous me précisiez l'heure exacte de l'appel que vous avez reçu.
- Ça, c'est facile. L'heure figure sur mon portable. 19h17.
- Bon, je m'en occupe dès demain. J'ai un bon copain qui s'y connaît. Il ne me refusera pas ce service. Mais attention, il ne faut pas que vous vous fassiez trop d'illusions. D'abord, l'enfant n'était peut-être pas votre petite Chloé. Et puis…
- Et puis ?
- Je ne peux pas vous promettre un résultat très rapide, ni très précis.

Reine rayonnait. « J'attendrai. Alphonse, vous êtes génial. » Elle se rembrunit : « Mais si l'homme qui séquestre cette enfant – car je crois bien qu'elle est séquestrée ! – si cet homme s'aperçoit qu'elle a téléphoné en son absence, il va prendre des mesures. Se cacher, partir, se débarrasser d'elle peut-être. La tuer ! » A cette pensée, elle pâlit et fut sur le point de pleurer.

- Alors il faut qu'on fasse vite, très vite. C'est ce que je vais dire à mon copain.

72.

Mardi 31 octobre

Reine passa une nuit très agitée. Elle rêva qu'elle retrouvait Chloé, devenue une fillette de 10 ou 12 ans, qui ne la reconnaissait pas. Reine tentait de lui parler, mais la fillette ne la regardait pas ; elle fit un signe joyeux à quelqu'un qui se trouvait derrière Reine. Celle-ci se retourna et vit la fillette se précipiter dans les bras d'un homme, en criant : « Papa ! » Reine fit deux pas pour les rejoindre. Déjà Chloé s'éloignait sans se retourner. Reine se réveilla en pleurant. Son oreiller était tout mouillé.

Un jour gris se levait au-delà de la fenêtre. Reine avait oublié de fermer les volets. Elle regarda les nuages bas qui rasaient les toits et songea avec un petit pincement que l'automne était bien installé sur la ville. Les beaux jours avaient fui. Comme son rêve.

La sonnerie du téléphone retentit. Reine fut tentée de le laisser sonner sans répondre. Elle prenait cet appareil en horreur. *Mais si c'est la petite fille qui rappelle ?* Elle décrocha. C'était Lionel. *Vais-je lui parler de ce que nous avons découvert dans son atelier ? Non, nous sommes rentrés par effraction, il ne doit pas l'apprendre.*

- Allô Reine, comment ça va ? Ça fait longtemps qu'on ne s'est pas vus. Je suis parti quelques jours, j'ai été obligé d'aller plaider à Paris. Je ne t'ai pas trop manqué ?

Si, tu m'as manqué, mais pas pour les motifs que tu crois. Quelle fatuité, ce type !

Lionel poursuivait, sans paraître remarquer le mutisme de Reine : « Écoute, j'ai lu dans le journal qu'une exposition s'était ouverte au musée Cantini – tu connais, bien sûr, à Marseille ? Une expo qui risque de t'intéresser. Du moins, je le crois. Le titre en est « l'Impressionnisme en sculpture ». Bon, ce n'est pas Camille Claudel, ni même Rodin, mais c'est presque la même époque. Et puis, je voudrais te montrer deux œuvres que j'adore, et qui sont exceptionnelles à voir. Je serais désolé que tu manques ça. »

Reine fut intriguée malgré elle - Lionel avait un bon jugement en art, quoi qu'il en soit. Elle demanda :

- Lesquelles ?
- L'une est de Degas, et vient de Copenhague. L'autre est une sculpture de Renoir, et arrive tout droit de Francfort. Mais je ne t'en dis pas plus. Ça te plairait d'aller à l'exposition cet après-midi ? Elle vient tout juste d'ouvrir, et demain 1er novembre, Cantini sera fermé. Mais aujourd'hui, non. Si tu veux, je passe te chercher vers midi ?

Elle hésita. Depuis qu'elle avait vu le morceau de tissu du doudou de Chloé, et les dessins qui représentaient la fillette, elle était sûre de la duplicité de Lionel. Sans aucun doute, il en savait beaucoup plus qu'il ne lui avait dit. Mais c'était l'occasion d'apprendre quel rôle il jouait.

D'abord, elle devait prendre conseil de Bouchard. « Ok, mais j'avais un autre rendez-vous. Il faut que je voie si je peux l'annuler. Je te dis ça dans dix minutes. »

Bouchard n'hésita pas : « Acceptez. Si vous voulez, Je peux me rendre de mon côté au musée. S'il y a un problème, je serai là. Il ne me connaît pas, nous ne risquons rien. »

- Merci Alphonse, ce n'est pas la peine. Je vais rappeler Lionel pour lui dire que je suis d'accord.

73.

- Voilà. De toutes les danseuses de Degas, celle-ci est celle que je préfère. On l'appelle *La petite Danseuse de quatorze ans* ou encore *La grande Danseuse habillée.* Mais ce que tu vois ici n'est pas l'original. Quand elle a été présentée à Paris, en 1881, elle était dans une cage de verre, et elle portait des accessoires réels : tutu en tulle, corset de soie, nœud dans les cheveux. Elle a beaucoup choqué le public. Là, il s'agit de l'un des 29 tirages en bronze que le fondeur Adrien-Aurélien Hébrard a réalisé après la mort de Degas.

Au musée Cantini, Reine admirait la petite ballerine en bronze de Degas qui posait dans une attitude de repos, les jambes en dehors, les pieds formant la quatrième position classique, les mains derrière le dos. La fillette dressait le buste et avait la tête rejetée en arrière.

- Elle a vraiment existé ?
- Bien sûr ! C'était la fille d'un tailleur et d'une blanchisseuse, deux Belges installés dans le 9e arrondissement de Paris. Elle s'appelait Marie-Geneviève van Goethem. Mais en 1882, elle fut renvoyée de l'Opéra où elle était avec sa sœur en classe de ballet, et ensuite elle s'est prostituée, je crois.
- Quelle horreur ! Pourquoi cette statue si jolie a-t-elle suscité un scandale ?
- On a jugé l'œuvre trop réaliste et l'attitude de la fillette provocante. Un critique du journal *Le Temps* a écrit que « son front…comme ses lèvres, était marqué d'un caractère profondément vicieux ».

- Vicieuse, cette enfant ? Il faut avoir l'esprit mal placé pour porter un tel jugement !
- Je suis d'accord avec toi. Mais viens, je vais te montrer l'autre merveille que je t'avais promise : un jeune garçon, et il n'y a pas d'ambiguïté cette fois, pas de mauvaises pensées à avoir, puisqu'il s'agit de Coco, le propre fils de Pierre-Auguste Renoir.
- Renoir ? le grand Renoir ? Le peintre ?
- Il fut aussi sculpteur, sur le tard il est vrai, grâce à un jeune sculpteur catalan que lui avait présenté Maillol. Ce buste est l'une des très rares sculptures de Renoir. Claude, dit Coco, était né en 1901, quand son père avait déjà 60 ans. Il était émerveillé par cet enfant aux boucles blondes, ce fut comme un coup de jeunesse pour lui !
- Il me semble l'avoir déjà vu en tableau ?
- Tu as raison, il l'a souvent peint, en train de jouer aux soldats, déguisé en clown, en train d'écrire, ou même en train de peindre. A l'époque, on habillait les tout petits garçons avec une robe : on pourrait le confondre avec une fille. Mais c'était bien un garçon.
- Il est devenu peintre, lui aussi ?
- Non, céramiste. Et il a été assistant réalisateur aux côtés de son frère Jean, par exemple dans *La Bête humaine* ou dans *La règle du jeu,* deux de ses plus grands films.

Reine écoutait avec intérêt les explications de Lionel, qui parlait avec animation et passion. « Tu vois, ce que je te montre là, ce sont les deux sculptures qui me bouleversent le plus, que je porte aux nues, au plus haut de l'art. Je crois que c'est elles qui m'ont mené sur le chemin de la sculpture. Un jour peut-être, j'arriverai à sculpter comme ça. Pas aussi bien, mais … » Lionel s'interrompit. « Tu me trouves trop ambitieux ? »

- Non, on a tous besoin de modèles et d'un idéal, répondit Reine. Mais dis-moi, ce que tu me montres là ne ressemble pas à ce que j'ai vu dans ton atelier. Je te croyais plutôt inspiré par des Nus ?
- Pas seulement. Capter le regard, l'innocence d'un enfant, c'est ce à quoi j'aspire le plus. Plus encore qu'à représenter la beauté des femmes.

A ces mots, Reine frissonna. Elle pensa au dessin qu'elle avait entrevu dans l'atelier de Lionel - celui qui ressemblait tant à Chloé. Elle regarda Lionel avec effroi, car une pensée lui venait.

Jusqu'où va sa passion de l'enfance ? Jusqu'à séquestrer une petite fille ?

74.

Il était presque quatorze heures quand ils quittèrent le musée Cantini. Lionel, plein d'enthousiasme, ne semblait pas se rendre compte du mutisme de Camille. Elle se laissait guider, passive, glacée au fond d'elle-même, mais n'osant rien dire tant elle se méfiait de son compagnon. « J'espère que cette exposition t'a plu, s'exclama-t-il. Maintenant, je vais te faire découvrir une autre merveille. Mais tu la connais peut-être ? Tu as déjà déjeuné au restaurant des Arcenaulx ? »

Reine avait parfois visité la célèbre librairie de la place Estienne d'Orves. Elle avait entrevu le restaurant attenant, un espace dédié jadis aux marchandises du pot du commerce. « Sais-tu que ce lieu a abrité autrefois la chiourme des galères de l'arsenal ? C'est un endroit plein d'histoire. Viens, on va voir s'ils nous acceptent encore malgré l'heure tardive.»

Elle ouvrit de grands yeux en voyant les murs sur lesquels étaient alignés des livres anciens, à la couverture de cuir usagé. Un maître d'hôtel très aimable les guida vers une table carrée, dans un coin tranquille. Lionel faisait les honneurs, intarissable : « Comme je te le disais, nous sommes au cœur d'un ancien bagne. Ici ont vécu les galériens ; c'étaient des Turcs, des Africains, des condamnés de droit commun, ou même, après la révocation de l'Édit de Nantes - cette grossière erreur de Louis XIV ! -, de malheureux protestants qui refusaient de renier leur foi. Grâce à Dieu, en 1748 Louis XV ordonna la suppression des galères ; les terrains furent rachetés par la ville et revendus à de riches marchands. Puis ce quartier est devenu celui des petits artisans, des bohèmes, des artistes. C'est en 1982 que Jeanne Laffitte, avec ses amis de l'école d'architecture de Luminy… »

Reine ne l'écoutait plus. Elle contemplait les centaines de livres, elle essayait de lire des titres et songeait à la somme de savoirs qui était ici présentée, et qui les entourait. Le maître d'hôtel vint prendre leur commande ; Reine, distraite, se conforma au choix de Lionel : une blanquette de lotte aux artichauts violets, spécialité de la maison. Lionel avait opté pour une bouteille de Château Bas « Cuvée du Temple », afin de l'accompagner. Elle goûta une gorgée qui emplit son palais d'arômes fruités. Elle se laissait aller à un sentiment de bien-être quand son portable émit un petit signal annonçant un texto. Elle s'excusa auprès de Lionel, et consulta l'appareil. Le message émanait de Bouchard.

Bonne nouvelle. Je ne vous en dis pas plus. Je ne vous rejoindrai pas au musée, mais j'ai une énorme surprise…Je peux venir vous voir chez vous ce soir ? Alphonse.

Reine était devenue toute pâle. « Une mauvaise nouvelle ? s'inquiéta Lionel.

- Non, pas du tout, c'est une bonne. Mais il va falloir que je rentre chez moi.
- Déjà ? Sans avoir dégusté la spécialité du chef ?

Elle hésita. *Bouchard avait écrit « ce soir ». Il n'était sans doute pas libre avant.* Tant pis, la bonne nouvelle attendrait.

Reine décida de manger la blanquette, mais son appétit s'était envolé. Elle n'avait plus qu'une hâte : rentrer, et apprendre de Bouchard l'information qu'il détenait. Qu'est-ce que c'était que cette « énorme surprise » ?

75.

Montdevergues, après mai 1915

Camille Claudel est toujours à l'asile de Montdevergues, près d'Avignon, où elle a été transférée depuis Ville-Evrard en septembre 1914. Fin mai, profitant d'un congé, son frère Paul lui a rendu sa première visite. Il ne la rencontre qu'assez brièvement et note dans son Journal : « (Camille) beaucoup maigrie, jaune, l'œil brouillé mais mieux moralement ».

Elle a maigri, pourquoi ? Pourquoi son moral s'est-il amélioré ? Un événement déterminant serait-il arrivé ?

Cependant, son quotidien n'a apparemment pas changé. Elle se prépare elle-même ses repas, persuadée que les infirmières cherchent à la faire mourir en mettant du poison dans sa nourriture.

En juillet 1915, tous les malades de Ville-Evrard regagnent leur asile…sauf Camille. Celle-ci écrit à son frère une lettre pathétique, non datée.

Mon cher Paul,

J'ai écrit plusieurs fois à maman à Paris, à Villeneuve, sans pouvoir obtenir un mot de réponse.

Toi-même tu es venu me voir à la fin de mai et je t'avais fait promettre de t'occuper de moi et de ne pas me laisser dans un pareil abandon.

Comment se fait-il que depuis ce moment, tu ne m'aies pas écrit une seule fois et que tu ne sois pas revenu me voir. Crois-tu que ce soit amusant pour moi de passer ainsi des mois, des années sans aucune nouvelle, sans aucun espoir !

D'où vient une pareille férocité ? Comment s'y prend-on pour vous détourner de cette façon ?... Je voudrais bien le savoir.

J'ai écrit à maman pour lui demander de me faire transférer à Sainte-Anne à Paris ce qui m'offrirait l'avantage d'être plus près de vous et de m'expliquer clairement avec vous sur les différents points qui restent à éclaircir.

Cette dernière phrase est mystérieuse : qu'est-ce que Camille cherche à « éclaircir », voire à révéler ? Elle paraît avoir accepté d'être internée, puisqu'elle souhaite être transférée à Sainte-Anne qui depuis 1867 est un hôpital psychiatrique, un « asile clinique ».

Mais un peu plus loin, elle écrit :

« A vrai dire, j'aimerais mieux rentrer dans la vie civile et oublier toutes ces aventures. »

Ces « aventures » ! Qu'entend-elle par là ? Sa vie de recluse peut-elle lui sembler une « aventure » ?

Ou Camille Claudel, dans cet asile où elle se morfondait, a-t-elle vécu quelque chose qui puisse s'y apparenter ?

76.

La nuit était tombée, froide, glacée sur la solitude de la ville engourdie. Reine avait attendu Bouchard qui tardait. Enfin, il était arrivé, transi, encapuchonné dans son anorak. Reine lui avait à peine laissé le temps de se déshabiller

- Alors, cette grosse surprise, c'est quoi ?

Le commissaire se frottait les mains vigoureusement : « J'aurais dû mettre des gants. Un vrai temps de Toussaint ! Bonsoir Reine, excusez-moi de venir si tard, mais j'ai pensé que vous aimeriez être tenue au courant dès ce soir.

- Au courant de quoi, Alphonse ? Je brûle de le savoir. Mais attendez : je vais vous préparer un grog, vous avez l'air frigorifié.
- Avec plaisir, je le prends et je vous raconte tout.

A peine avait-il trempé ses lèvres dans le breuvage que, voyant l'impatience de Reine, il commença : « Je vous avais dit que j'étais en contact avec mes amis gendarmes de Sorgues et d'Avignon et que je les avais mis en alerte. Je leur avais raconté notre rencontre avec « Gérard », mais sans rentrer dans les détails, en leur demandant de me signaler les individus louches qui traînaient le soir autour de l'hôpital de Montfavet, et en leur parlant de trafic d'objets d'art. Je n'avais pas grand espoir que ça donne quelque chose. Mais ils ont fait beaucoup mieux. L'un d'eux m'a appelé pour me dire qu'une déposition avait été faite par un antiquaire de l'Isle-sur-la-Sorgue, un certain monsieur Van Walewick. Il a reçu la visite d'un type bizarre, qui a sorti de ses poches des petites statues de terre en lui demandant si cela l'intéressait. Il assurait qu'elles avaient beaucoup de valeur et, bien sûr, il en voulait un bon prix. Van Walewick l'a laissé filer, mais il a donné un signalement assez précis.

Les gendarmes pensent à un marginal qui vit dans la montagne, avec ses chèvres. »

Reine parut déçue. « J'espérais que vous me donneriez des nouvelles de ma petite fille. Désolée, Alphonse, mais ce type, même s'il s'agit de Gérard, ne m'intéresse pas.

- Reine, écoutez-moi. C'est notre seule piste. Vous m'avez dit vous-même que tout vous semblait lié : les petites statues, la photo de Chloé qu'on vous a montrée au musée, les colis que vous avez reçus. N'oubliez pas que parmi les statuettes que possède Gérard, il y en a une qui ressemble drôlement à votre fille. Et votre ami Lionel, qu'est-ce qu'il vient faire là-dedans ? Son rôle est pour le moins bizarre.
- Ah, Lionel. Comme vous le savez, j'ai passé une partie de la journée avec lui, et j'étais sur mes gardes. Il m'a emmenée voir des statues qu'il aime beaucoup et il a laissé échapper des propos qui m'ont inquiétée.
- Vous voyez. Je suis sûr qu'il sait beaucoup de choses. Je ne dis pas qu'il est tout noir, mais il n'est certainement pas tout blanc.
- Votre type, là, qui est allé voir l'antiquaire, il a expliqué l'origine des statues ?
- Il est resté vague. Il a parlé d'un trésor qu'il aurait découvert par hasard. Une histoire abracadabrante.
- Vos copains gendarmes vont l'arrêter ?
- Non, il n'y a pas grand-chose contre lui pour l'instant. Mais je leur ai dit que j'enquêtais, à mon compte, sur un trafic d'œuvres d'art, et ils sont prêts à me donner un coup de main.
- Alors, monsieur l'enquêteur, que prévoyez-vous de faire ?

- J'irai demain à la gendarmerie de l'Isle-sur-la-Sorgue. Il y a un grand marché, ils travailleront, car c'est la Toussaint. Je vais me renseigner sur ce type.
- Je peux venir avec vous ?
- Bien sûr. Je ne pense pas que vous soyez en danger, cette fois. Ça me rassure.

77.

Mercredi 1er novembre

Deux fois par an, à la Pentecôte et à la Toussaint, les rues de l'Isle-sur-la-Sorgue se transforment en une gigantesque brocante. Le long de l'avenue des Quatre Otages, une cinquantaine d'exposants attendait le chaland. Bouchard avait donné rendez-vous à un de ses vieux amis gendarme, qu'il présenta à Reine : « Voici Denis, que je connais depuis...je ne compte plus, on a bossé ensemble sur tellement d'affaires ! Il n'a pas l'air comme ça, mais c'est un sacré limier ! »

Denis n'était pas très grand, il avait une tête ronde, le crâne dégarni, et des yeux très bleus qu'il plongea dans ceux de Reine. « Bonjour madame. Alors comme ça, il y a un type qui vous fait des ennuis ?

- Ce n'est pas exactement ça, répondit Reine. L'homme que nous cherchons m'a contactée à plusieurs reprises. Il faut que je vous dise : je suis à la recherche d'une petite fille, ma petite fille. Et cet individu doit détenir des renseignements.
- Eh bien, si je peux vous aider ?
- Répète-nous ce que tu m'as dit au téléphone, l'interrompit Bouchard. La déposition de l'antiquaire.
- Voilà : monsieur Van Walewick est venu hier après-midi à la gendarmerie. Vous savez, ici, les antiquaires, on les connaît. On a souvent affaire à eux. Ils nous aident à coincer les cambrioleurs, les trafiquants qui essaient de leur refiler leur came. Je ne dis pas qu'ils nous signalent tous les malfrats qui viennent les voir. Parfois, ils traitent

avec eux. Mais là, c'était un homme un peu…comment dire ? disons « rustique », un berger ou de ces paumés qui sont venus s'installer par ici pour élever des moutons – vous savez, on en a vu arriver pas mal de ces gens-là. D'habitude, Van Walewick ne les fréquente même pas. Mais ce type est venu le trouver dans son magasin, tôt le matin, à l'ouverture – probablement pour être discret. Il a déballé devant lui un papier journal qui contenait deux petites statues en terre cuite.

Reine dressa l'oreille. « Il vous a dit à quoi elles ressemblaient ?

- Non, mais l'autre prétendait qu'elles avaient de la valeur.
- Il savait qui les avait faites ?
- Non plus. Monsieur Van Walewick a essayé de le faire parler, il a dit que c'était un trésor qu'il avait trouvé, il a demandé si Van Walewick était intéressé. Et il assurait qu'il en avait d'autres, beaucoup d'autres.
- L'antiquaire a pris des photos ?
- Il a voulu, mais l'autre s'y est opposé. Il a remballé ses petites statues, il a dit à l'antiquaire de réfléchir, et qu'il repasserait dans les prochains jours. Ça s'est passé avant-hier, lundi matin.
- Il n'a pas dit quand il allait repasser ?
- Non. Mais j'ai mis au point avec Van Walewick un plan. Un double plan, pour être clair. D'abord, sur un signal convenu avec son assistante celle-ci prendra une photo de l'individu. Elle tâchera de le faire discrètement. D'autre part, l'antiquaire dispose contre les voleurs d'une caméra qu'il

peut déclencher à l'aide d'une télécommande ; il la gardera dans sa poche. Si le type vient, Van Walewick fera semblant d'être intéressé et essaiera de placer l'homme face à la caméra. Ce serait bien le diable si avec tout ça, on n'arrive pas à l'identifier. Bien sûr, dès qu'il le voit, il me prévient.

- Bravo, c'est super ! s'exclama Bouchard. Puis, se tournant vers Reine : je vous avais dit qu'on pouvait compter sur lui. Eh bien, il ne nous reste plus qu'à attendre. On va déjeuner ?

78.

Reine avait à peine touché aux pieds paquets que lui avait servis une hôtelière gironde et bavarde, qui la gronda : « Alors, ma petite dame, vous n'aimez pas ça ? Pourtant, c'est fait maison, c'est mon mari qui les prépare. D'habitude, les clients adorent.

- Si, si, c'est très bon. Excusez-moi, je n'ai pas très faim. Mais c'est délicieux, félicitez votre mari.

En revanche, elle avait fait honneur à la bouteille de Cassis blanc que Bouchard avait commandée. A la fin du repas, le patron vint les trouver et leur offrit un verre de farigoulette. Elle le remercia d'un sourire contraint. Bouchard se morfondait de la voir si éteinte, silencieuse. Il eut une idée :

- Ça vous dirait d'aller trouver cet antiquaire ? Ce monsieur Van quelque chose.

Le visage de la jeune femme s'illumina. « Oui, j'adore chiner chez les brocanteurs et les antiquaires. Allons-y ! ».

Le magasin d'antiquités de Van Walewick avait presque les pieds dans l'eau. Juste en face, un petit pont de bois enjambait la Sorgue. Au-dessus de la porte d'entrée, un panneau rouge annonçait : Achat-Vente de tableaux, sculptures et meubles anciens. Maison fondée en 1980. De grandes baies vitrées conféraient un aspect moderne au bâtiment, une vieille maison aux murs épais, qui datait probablement du XVIIIe siècle.

Bouchard, suivi de Reine, poussa la porte et entra. Au-dedans, les armoires, les fauteuils, les bureaux s'entassaient en un joyeux bric-à-brac. Il y avait des tableaux partout : accrochés aux murs, ou posés sur une table, une commode, un bahut, une console. Reine s'arrêta devant un cabinet à décor géométrique qu'elle trouva très beau. L'antiquaire s'approcha : « Vous avez du goût, madame, c'est une de mes plus belles pièces. Regardez comme l'ébéniste a joué avec les teintes des bois. Il a utilisé de l'ébène et de l'if. La partie basse a été réaménagée, mais tel qu'il est, je peux le dater du XVIIe siècle hollandais. Les pieds sont en rave, comme on faisait souvent à l'époque. Il provient d'une succession… »

Reine écoutait l'antiquaire distraitement, et laissait son regard errer sur la vaste pièce où s'entassaient meubles et œuvres d'art. Elle admira deux putti en bois polychromé, une Vierge à l'enfant en marbre, une panthère couchée de bronze, un couple de danseurs bretons signé Carabin comme l'indiquait une petite fiche posée aux pieds devant le socle.

- Vous avez de bien jolies choses, remarqua-t-elle.

L'antiquaire fit un large sourire : « Madame est connaisseuse, peut-être ?

- J'aime beaucoup les objets et les meubles anciens, sans vraiment m'y connaître.
- Eh bien regardez, profitez, tout ce que vous voyez est authentique, je vous le certifie. Et je vous garantis des prix très raisonnables.

Des prix raisonnables, mais quand même au-dessus de mes moyens, se dit Reine qui se mit à évoluer dans le magasin, fascinée. Elle en avait presque oublié ce qu'avait raconté le gendarme ami de Bouchard. Celui-ci la ramena sur terre. Il s'adressa à l'antiquaire : « Pardonnez-moi, monsieur, c'est vrai que votre magasin recèle des merveilles, mais les admirer n'est pas le but de notre visite. Enfin, ce n'est pas le seul.

- Ah, je vois, rétorqua l'antiquaire. Vous êtes vendeurs ? Ça m'intéresse aussi. J'achète beaucoup aux particuliers. Évidemment, c'est parfois difficile d'en certifier l'origine, mais on peut toujours voir. Qu'avez-vous à me montrer ?
- Non, non, ce n'est pas cela non plus. Nous sommes à la recherche d'un homme.

L'antiquaire le considéra, stupéfait. « Un homme ? Que voulez-vous dire ? »
- Un individu venu très récemment vous proposer d'acheter de petites statues.
- Vous voulez parler de celui qui m'a montré hier matin des bustes en terre ?
- Oui, c'est cela même. Un de mes amis gendarmes m'a dit que le type vous avait paru louche et que vous l'aviez signalé à la gendarmerie.
- Il vous a dit aussi que les gendarmes m'ont demandé de le décrire ? Je me méfie de ce genre de personnes Ils viennent sous le prétexte de vous vendre quelque chose, et en fait, ils repèrent les lieux, les caméras, les alarmes, pour ensuite vous cambrioler. C'est pourquoi je suis allé le signaler aux gendarmes. Hélas, je ne suis pas physionomiste, ça m'embête beaucoup dans mon métier. Mon assistante l'est plus que moi, mais elle n'était pas encore arrivée. En plus, la caméra n'était pas branchée.
- Bref, vous n'avez pas pu le décrire ?
- Non, mais s'il revient, j'ai prévu de le prendre en photo. J'ai demandé à mon assistante de le photographier discrètement, nous avons

convenu d'un signal que je lui donnerais. Je dirais assez fort : « bonjour monsieur, c'est bien que vous soyez revenu » et hop ! elle sortira son portable et fera semblant de téléphoner.

- Et puis, il y a la caméra.
- J'ai compris. Je la mets en route dès que j'ouvre le magasin.
- Excusez-moi, vous dites que vous n'êtes pas physionomiste, mais vous ne pouvez pas le décrire un peu ?
- Alors là, franchement, non, je ne peux pas. En revanche…
- Oui ?
- Ce que je peux vous dépeindre, c'est ce qu'il m'a proposé. Deux petits bustes assez joliment faits, en terre.
- Que représentaient-ils ?
- Attendez que je me souvienne. C'étaient deux têtes : l'une était une vieille femme, l'autre une enfant.
- Et elles n'ont rien évoqué pour vous ?
- Si. J'ai pensé qu'elles imitaient, assez maladroitement, le style de Camille Claudel. Vous savez, la grande sculptrice.
- Oui, je sais, fit Bouchard en regardant Reine qui s'était approchée. Et ces têtes, ça ne pouvait pas être elle qui les aurait façonnées ?
- Bien sûr que non ! Vous n'ignorez pas qu'elle a renoncé à sculpter à partir du jour où elle a été internée, voyons.
- Ah bon. En ce cas, c'est quelqu'un qui l'a copiée sans doute. Un plagiaire, assez mauvais d'après ce que vous dites. Peu importe, j'aimerais…nous aimerions bien

retrouver cet homme. Vous pouvez nous y aider.

- Avec plaisir monsieur. Surtout que votre dame est très sympathique. Voulez-vous que je vous transmette les photos dès que j'en aurai, en même temps que je préviens les gendarmes ?

79.

Reine et Bouchard acceptèrent bien volontiers. Le commissaire laissa tous les renseignements nécessaires - numéro de portable, adresse mail – à l'antiquaire qui promit de transférer les photos dès que l'individu reviendrait comme il l'avait promis. Il s'apprêtait à quitter le magasin, mais Reine continuait à fureter partout. Elle s'arrêta devant une bibliothèque qui contenait de nombreux bouquins reliés en cuir.

- Vous aimez les livres ? s'enquit l'antiquaire.
- Oui, surtout les livres anciens, encore plus que les meubles. Je vois que vous vendez des collections rares.
- Là, vous touchez à ma deuxième passion, s'écria Van Walewick. J'ai dû être bouquiniste dans une vie antérieure. Je vais souvent à Paris, sur les quais, et je rafle tout ce que je peux trouver. Mais ce qui m'intéresse vraiment, je ne le déniche pas sur les quais de la Seine. Plutôt dans les successions. J'ai découvert dans la vente aux enchères d'un château qui avait appartenu à un notaire une mine de livres du XVIIIe et du XIXe siècles. Les héritiers, bien sûr, ne s'y intéressaient pas : ils me l'ont cédée pour un prix très bas, cela les a débarrassés ! Moi, j'étais ravi. Il y a beaucoup de livres de droit, mais le notaire en question ne se limitait pas à sa partie. Il aimait la littérature, l'histoire, les sciences occultes. J'aurais bien aimé connaître ce monsieur. Il devait être passionnant. Dommage qu'il n'y ait plus de gens aussi cultivés aujourd'hui : c'était un esprit universel comme on n'en fait plus. Tenez, regardez : voilà tout

Jules Verne, en édition originale de chez Hetzel, c'est pas beau, ça ? Voyez *Deux ans de vacances,* paru en 1888, il y a 130 ans. Il y a dedans 92 illustrations de Benett, et surtout une carte hors-texte en couleurs. Savez-vous qu'il s'agit de la première apparition de la polychromie dans un roman de Jules Verne ?

Reine dut convenir qu'elle l'ignorait. Les livres qu'elle contemplait touchaient à tous les sujets : histoire, voyages, beaux-arts, sciences, religion… « Vous avez raison, c'était un esprit universel. Rien de ce qui est humain ne lui était étranger, comme disait le bon Térence. A l'époque, on espérait encore qu'on pouvait tout savoir. Hélas, de nos jours, nul ne domine plus toutes les connaissances : on croyait alors qu'on pouvait tout expliquer, aujourd'hui on sait que c'est impossible. »

- Tout expliquer ? Ne dites pas cela. Même à cette époque de « positivisme », certains s'intéressaient à des domaines mystérieux. Vous en voulez une preuve ? Voici un livre que je viens d'acquérir ; il traite des secrets de la magie, il a été écrit en plein milieu du XIXe siècle par un certain Eliphas Levi, ce qu'on appellerait aujourd'hui un marginal. Dans ce livre, l'auteur parle de tout : la pierre philosophale, le triangle des pentacles, les envoûtements et les sorts, et même la nécromancie.
- La nécromancie, qu'est-ce que c'est ?
- Oh c'est une très ancienne croyance, selon laquelle le royaume des morts communiquerait avec celui des vivants. Cela relève du paranormal, de l'occultisme.

- Vous y croyez, vous ?
- Je ne sais pas. J'ai sans doute l'esprit trop logique pour cela. Mais il faut reconnaître que tout ne s'explique pas. Quant à la nécromancie, elle était très pratiquée chez les Chaldéens et les Babyloniens, et plusieurs passages de la Bible l'évoquent.
- Vous m'intriguez, monsieur l'antiquaire. Je ne m'y connais pas du tout dans ce domaine. Quand je vous écoute, j'ai presque envie de le découvrir. Vous le vendez, ce livre-là, d'Eliphas Levi ?
- Attention, c'est une édition originale, ça vaut son prix. Mais de toute façon, celui-là, je ne peux pas vous le vendre. Je le garde pour un de mes clients réguliers : il veut que je lui mette de côté tout ce qui concerne la magie et surtout la nécromancie.
- Dommage. Moi qui comptais m'instruire ! D'ailleurs, ce livre est sûrement trop cher pour mes finances.
- Écoutez, je vais vous confier quelque chose qui va à l'encontre de mes intérêts. Si ce livre vous intéresse, je crois qu'il vient d'être réédité récemment. Vous le trouverez à un prix plus abordable sur Amazon ou à la FNAC. Vous avez raison, cet exemplaire d'époque coûte très cher.
- Votre client doit être riche ?
- Ça va pour lui. Mais ne croyez pas que ce soit un milliardaire. C'est un avocat d'Avignon, simplement. Il habite non loin d'ici.
- Ah bon ? Un avocat qui s'intéresse à l'occultisme ? Je serais curieuse de le connaître. Vous pouvez me dire son nom ?

- Je vais vous le dire, mais il y a peu de chances que vous le rencontriez. Il s'agit de maître Lionel Boulanger.

Reine ouvrit de grands yeux. *Si, je le connais. Même très bien. Je ne savais pas qu'il s'intéressait à la nécromancie !*

80.

- Vous vous rendez compte, Alphonse ? Lionel est un passionné de nécromancie ? Je pensais que ce genre de croyance était dépassé, oublié !
- Ne croyez pas ça. Il y a des fadas qui s'y adonnent, même de nos jours. Et puis, de grands personnages s'y sont intéressés : Léonard de Vinci, par exemple.
- Quoi ? Le grand Léonard ?
- En tout cas, le pape l'accusa de pratiquer cette pseudoscience qui tient de la divination. Il est vrai que, pour produire des croquis anatomiques, Vinci se procurait des cadavres auprès des fossoyeurs et les disséquait. A l'époque, l'Église interdisait formellement la dissection car le corps était considéré comme tabou. Donc Vinci risquait gros : il aurait pu être mis à mort. C'est une des raisons qui poussa Léonard à accepter l'invitation de François 1er à Amboise, en 1517…
- …en emportant la Joconde ! Merci à la nécromancie, si elle nous a permis d'acquérir ce joyau.
- Ne riez pas, Reine. J'ignore si Léonard de Vinci était vraiment un « nécromancien », mais ce que je sais c'est que certains y croient : ils s'imaginent qu'ils peuvent correspondre avec les morts, qu'une parcelle du cadavre, un os, un cheveu, un objet leur ayant appartenu, un peu de terre de la tombe, suffisent à prendre possession du mort. Celui-ci se trouve contraint, d'après eux, de laisser son fantôme agir dans le sens que le nécromancien lui aura indiqué.

Reine se rappela la nuit d'octobre où Lionel l'avait entraînée dans le jardin où, prétendait-il, Camille Claudel était enterrée. Elle frissonna.

- Ce sont des fous !
- Sans doute. Mais des fous dangereux, et le pire, c'est qu'ils ont parfois l'aspect de personnes tout à fait normales, inoffensives.
- Brrrr… Alphonse, vous me faites peur. Pour un peu, je croirais à toutes ces histoires. Mais non, je n'arrive pas à penser que des gens intelligents, sensés, puissent adhérer à des idées aussi irrationnelles.
- Le ciel vous entende. Surtout, qu'il nous préserve d'en fréquenter. Bon, c'est pas tout ça. Il faut que nous retrouvions ce fameux « Gérard ». J'ai quelque compte à régler avec cet individu, moi.
- Vous pensez qu'on peut compter sur l'antiquaire ?
- Oui, il m'a fait le meilleur effet. Dès que le type reviendra…

Au même moment, le portable d'Alphonse se mit à vibrer, et un nom s'inscrivit. Le commissaire s'écria : « Tenez, le voici ! Il m'envoie un message. »

Sur l'écran de l'appareil, apparaissaient trois mots : « **Il est là** ».

- Venez, Reine, on y va ! cria Bouchard. Cette fois, il ne nous échappera pas.

81.

Montdevergues, juillet 1915

Dix mois se sont passés depuis que Camille est internée à l'asile de Montdevergues. Au mois de février précédent, madame Claudel mère a scellé le destin de sa fille en écrivant au directeur de l'hôpital : « Je viens (…) de vous prier d'inscrire Mlle Claudel, ma fille **à titre définitif** sur les contrôles de votre établissement. (…) J'espère que ce changement de résidence et de milieu (par rapport à l'asile de Ville-Evrard) sera favorable à ma fille, c'est elle qui nous l'a demandé, nous avons confiance que nous n'aurons qu'à nous louer de la décision que nous prenons aujourd'hui. »

Le transfert de Camille a ainsi été entériné, et certifié par le commissaire de police de Paris. Rappelons que les autres « pensionnaires » ont, eux, été réintégrés à Ville-Evrard à partir de la fin juin-début juillet 1915.

Parallèlement, les bilans de santé mensuels s'échelonnent.

Le 1er mars : « *S'alimente bien ces temps-ci et va bien physiquement après avoir été fatiguée quelques jours où elle souffrait du ventre.* »

Le 26 mars : « *Est toujours persécutée, se figure que les infirmières de Ville-Evrard* (qui sans doute avaient suivi leurs malades) *cherchent à la faire mourir en lui mettant du poison dans la nourriture. A fait une scène pour prendre un bain de propreté.* »

Le 1er avril : « *Même état mental. Va bien physiquement.* »

Le 13 mai : « *Mêmes idées de persécution, croit qu'on lui met de la poudre dans ses aliments pour lui donner des coliques.* »

Le 1er juin : « *Conserve les mêmes idées. Prend les mêmes précautions vis-à-vis de ses aliments qu'elle croit empoisonnés. Va bien physiquement.* »

Le 19 juillet : « *Mêmes idées de persécution, croit qu'on lui empoisonne sa nourriture pour la rendre malade, n'accuse pas le personnel mais des personnes de dehors, c'est pour cette raison qu'elle ne mange pas comme tout le monde.* »

Courant juillet, Camille écrit à sa cousine Marie-Madeleine pour lui souhaiter sa fête, « comme si j'étais encore auprès de vous » précise-t-elle. « Malheureusement, ce n'est pas une fleur à la main que je viens vous offrir mes souhaits, c'est avec des larmes dans les yeux. Les larmes de l'exil, les larmes que j'ai versées goutte à goutte depuis que j'ai été arrachée à mon cher atelier. Vous qui connaissez mon attachement à mon art vous devez savoir ce que j'ai dû souffrir d'être tout à coup séparée de mon cher travail vous qui me connaissez bien malgré mes étourderies et mes inconséquences !! »

Dans cette lettre, Camille parle de son « art » et de son « cher travail » en exprimant un immense regret. Pourtant, le personnel de l'asile assurera toujours qu'elle refusait désormais de s'adonner à la sculpture. Comment imaginer que la passion qui l'habitait depuis l'enfance l'ait soudainement quittée ? On peut s'en étonner.

Est-il impossible d'imaginer que Camille, qui ne vivait que pour son art, qui lui avait tout sacrifié, ait continué à sculpter, en cachette, et avec les moyens qu'elle trouvait : la terre du potager, par exemple ?...

Et pourquoi en cachette ? Mais bien sûr parce qu'elle se croyait copiée, persécutée par Rodin et sa bande qui cherchaient à lui voler ses idées et son œuvre.

82.

Reine et Alphonse avaient couru à perdre haleine jusqu'au magasin d'antiquités. Ils trouvèrent Van Walewick très agité. « Vous en avez mis du temps ! Il est parti depuis cinq minutes. J'ai fait ce que j'ai pu pour le retenir, mais ça n'a pas marché. Il avait l'air inquiet, très pressé.

- Vous croyez qu'il se doute de quelque chose ? Il devine que nous sommes sur sa piste ? interrogea le commissaire.
- Franchement, je ne sais pas. Il m'a juste demandé si j'avais réfléchi. J'ai dit que j'étais intéressé, il a fait « Ah, bon ! » et il a filé. J'ai tenté de le retenir, je lui ai couru après, mais je n'ai pas eu le temps de prévenir mon assistante qui était déjà en train d'enfiler son manteau pour partir. Reste la caméra. Peut-être y a-t-il un bout de film où on le voit.
- Vous pouvez visionner ce film ?
- Oui, on va essayer. Je ne suis pas très fort en informatique, vous savez.
- Attendez ! Pendant ce temps, je vais appeler mon ami gendarme. Il pourra nous aider.
- Son concours ne sera pas de trop !

L'antiquaire n'était vraiment pas un spécialiste de la vidéo. Pour voir son film, il devait indiquer un mot de passe, ce qui parut le surprendre. « Un numéro et un mot de passe provisoire ont dû vous être fournis avec la caméra, dit Bouchard. On vous proposait de le changer. »

- Ah bon ?
- Vous avez encore l'emballage ?

Heureusement, le carton était encore dans l'arrière du magasin, enfoui sous une pile de livres. Van Walewick trouva le mode d'emploi. Comme l'avait dit le commissaire, le dépliant joint à la caméra, en plus du site Internet de la marque, indiquait un numéro d'abonné et la manière de créer un mot de passe. Sur ces entrefaites, Bouchard s'écria : « Voilà Denis ! salut mon vieux, tu as fait vite ! »

- Regardez, c'est lui ! cria Reine.

L'image était assez sombre, un peu floue, mais on distinguait cependant un personnage qui faisait face à l'antiquaire pendant une ou deux minutes.

- Denis, cet individu, tu le connais ? demanda Bouchard.
- Ben non, ça ne me dit rien, répondit le gendarme.

Reine et Bouchard étaient déçus. Tout ça pour rien. L'occasion ne se représenterait probablement pas. Le type était méfiant, il devait être sur ses gardes maintenant. En voyant leur air désappointé, Denis s'excusa : « Je ne suis à l'Isle-sur-la-Sorgue que depuis deux ans. Je ne connais pas encore tout le monde. Et peut-être que ce type n'habite pas par ici ?

- Ça, c'est possible, convint Bouchard. Mais un de tes collègues pourrait le reconnaître, peut-être ?
- A cette heure, il est trop tard pour les joindre. Mais dès demain, je te promets, je les ferai venir un par un pour voir ce film. Si c'est un gars du coin, on le reconnaîtra !

Reine et Alphonse remercièrent l'antiquaire, l'ami Denis, et repartirent vers Aix-en-Provence. La nuit était tombée depuis longtemps. Le brouillard noyait le paysage d'automne, désolé.

83.

Jeudi 2 novembre

Le lendemain, Reine s'apprêtait à partir suivre un de ses cours quand son portable émit une sonnerie. Elle jeta un coup d'œil sur l'écran. C'était Lionel.

- Bonjour Reine. Je ne te réveille pas ?
- Pas du tout. J'allais à la fac. Mon cours sur la sculpture du XIXe siècle.
- Alors, j'ai mieux à te proposer : je t'emmène au musée d'Arles. Il faut absolument que tu voies l'exposition qui s'y déroule en ce moment : « Rodin, la lumière de l'Antique », ça te dit ? J'ai lu dans le journal qu'elle est ouverte depuis deux jours. Bien sûr, je sais qu'en tant que « claudélienne », tu as une dent contre Rodin, mais tu verras qu'avant de rencontrer Camille, il avait déjà de l'inspiration !
- Je n'ai jamais dit le contraire.
- Bon, on en parlera dans la voiture. C'est d'accord, je te prends dans dix minutes au bas de ton immeuble ?

C'était tentant. Reine se laissa convaincre. Quinze minutes plus tard, ils roulaient vers Arles. En route, Lionel se montra charmant. Il amusa Reine en lui racontant les démêlés qu'il avait avec l'une de ses clientes, une vieille fille qui hésitait à avouer qu'elle avait eu des relations…intimes avec un individu qui l'avait abusée par la suite. « Si tu la voyais, tu te douterais que le type avait l'intention de l'escroquer ! »

Quand elle aperçut le musée, elle comprit pourquoi on l'appelait le « Musée bleu ». Le bâtiment était dominé par une large bande de plaques bleues où se reflétait le ciel azuré. Ils négligèrent les collections permanentes – « C'est intéressant, on viendra une autre fois », dit Lionel – et pénétrèrent dans l'espace de l'exposition temporaire, du 30 octobre au 16 février comme l'annonçaient de grands panneaux.

Reine écoutait attentivement les commentaires de Lionel. « Regarde, là tu vois le fameux Torse du Belvédère, un chef d'œuvre de l'antiquité. Tu remarques que la statue est incomplète, une jambe et les bras lui manquent. Eh bien, Rodin a fait pareil. Il a étudié soigneusement l'anatomie du corps, et il a créé, lui, l'Homme qui marche. C'est probablement la même statue qui lui a inspiré l'anatomie du Penseur. ». Avec enthousiasme, il fit admirer à sa compagne une Aphrodite, un Torse de jeune femme cambrée, la Prière.

« Celle-ci, qu'il a baptisée Galatée, on dirait du Camille Claudel » remarqua-t-elle. « Tu as raison, c'est l'époque où ils sont amants et tellement proches qu'il y a entre eux une véritable osmose. La « Jeune fille à la gerbe » de Claudel et cette « Galatée » se ressemblent beaucoup. Ils communiaient dans la même inspiration. »

- Mais la statue de Camille exprime une douceur, une intensité qui n'existe pas chez Rodin, ne put-elle s'empêcher de commenter.
- Ça y est, c'est ton parti pris qui te fait juger ainsi, répliqua-t-il, amusé.

Reine pensait à la folle passion qui avait lié les deux amants, et à la douleur de Camille quand elle comprit que Rodin ne l'épouserait jamais. Elle admira cependant les autres statues de l'exposition, Pallas au Parthénon, Minerve sans casque ; souvent elle y retrouvait les traits de Camille que Rodin avait tant aimée.

Il était tard quand ils achevèrent leur visite. Lionel proposa d'aller déjeuner dans le restaurant qui accepterait de les servir à plus de deux heures et demie. Ils passèrent devant l'atelier de Jean-Luc Rabanel – hélas, il était fermé ! Ils se rabattirent sur Gaudina, place de l'Hôtel de ville, où ils se régalèrent de charcuterie camarguaise. Quand ils arrivèrent au carpaccio d'ananas, Reine aborda le sujet qui lui brûlait les lèvres.

- Chez un bouquiniste, l'autre jour, j'ai vu un livre curieux.
- Ah bon ? Sur quel thème ?
- Oh, un sujet bizarre, un truc qu'on penserait volontiers dépassé, d'un autre âge. Sais-tu qu'il y a des gens qui croient encore à la nécromancie ?
- Nécro-mancie ? Des gens qui mangent les cadavres ?
- Mais non, je n'ai pas dit nécro-phagie, d'ailleurs je ne sais même pas si ce mot existe. Non, les nécromanciens évoquent les disparus et pratiquent une sorte de magie. Ils croient que le royaume des morts communique avec celui des vivants.
- Et que font-ils ? Ils leur parlent ? Ils leur demandent comment c'est après la mort ? Ils les font revenir sur terre ? s'enquit Lionel avec un sourire ironique. Ne me dis pas que tu crois à ce genre de sottises !
- Pourquoi ? Tu penses que c'est impossible ? Pourtant, je t'assure que certains s'intéressent à ces choses. Le bouquiniste m'a dit qu'il y avait

des passionnés, et que les livres qui en parlent se vendent bien. Ils sont même très recherchés.

- Oui, eh bien, ton bouquiniste y trouve son intérêt. Il leur vend ses bouquins, voilà tout. Mais moi, je considère que ce sont des illuminés, des farfelus, pour ne pas dire des barjots !

Reine considérait Lionel avec surprise. Elle ne s'attendait pas à cette réaction presque violente. Elle insista :

- Il y a pourtant des auteurs très sérieux qui ont traité de ce sujet : Platon, Horace…
- Ceux-là sont d'une autre époque. Aujourd'hui, on ne peut plus croire à tout ça.
- Donc, pour toi, ce sont des inepties ?
- Absolument. D'ailleurs, ça ne m'intéresse pas du tout. Tu me connais, je suis bien trop cartésien pour ça. Allons, parlons d'autre chose.
- Comme tu voudras.

Mais je n'ai pas rêvé ! se dit Reine. Elle avait évité de citer le nom de l'antiquaire. *Van Walewick m'a bien dit que Lionel recherchait tous les livres sur la magie, surtout sur la nécromancie ? Se serait-il trompé de personne ?*

84.

Vendredi 3 novembre

Bouchard avait le sommeil lourd. Après une nuit agitée, il dormait encore quand la sonnerie aigrelette de son portable retentit. Il le prit en grommelant, de fort méchante humeur.

- Allô, Alphonse ?
- Ouais, c'est qui ? Qu'est-ce qu'il y a ?
- C'est Denis. Alphonse, ton bonhomme, on le tient, on l'a identifié !
- Salut Denis. De qui tu parles ?
- Le type que tu cherches, avec ta copine, tu sais bien. L'autre jour, chez l'antiquaire, le mec qui est venu pour lui fourguer de la sculpture, et qui vous a semés !

Cette fois, le commissaire était complètement réveillé. « C'est pas une blague que tu me fais ? »

- Non, je te jure. Un collègue l'a reconnu.
- C'est qui ?
- Un jeune, que tu ne connais pas. Il est arrivé à la brigade il y a trois ans.
- Mais non, andouille ! C'est qui, le type qu'on cherche ?
- Un drôle de citoyen, tu peux me croire. Un marginal, un qui est venu s'installer pour élever des moutons, qu'il disait, qui vit seul dans une ferme paumée dans la colline.
- Et comment ton collègue l'a reconnu ?
- C'est un mec un peu spécial, lui aussi, un poète - il fait des vers. Dès qu'il a un moment de libre, il

part se balader dans la montagne et là, il prend des photos – oui, il dit que ça l'inspire…

- Ok, Denis, mais ne me fais pas moisir. Comment il a identifié le type ?
- Ben, comme je te disais, mon collègue se balade souvent dans les collines, et il avait repéré un mec un peu louche, qui faisait des allers retours entre sa bergerie et une autre, encore plus paumée, avec des paquets dans les mains. Le collègue, il a pensé qu'il trafiquait quelque chose de pas bien net. Mais comme il n'était pas en service…
- Pourquoi il pense que c'est celui que nous cherchons ?
- Parce que je lui ai montré la vidéo. Pas qu'à lui, d'ailleurs. L'antiquaire vous avait dit qu'il tirerait des photos de la vidéo prise dans son magasin. J'ai fait mieux : comme c'était pour toi, je suis carrément allé lui emprunter son film, et je l'ai montré aux copains de la brigade. D'abord, ça n'a rien donné. Le jeune collègue n'était pas là. Et puis le lendemain, hier soir, je l'ai repassée sur le lecteur de la gendarmerie. Et là, bingo ! le jeunot, il a crié : « Je le connais, ce type ! C'est un berger de la colline ». Alors, voilà. Je ne t'ai pas prévenu hier soir, parce qu'il était tard, mais ce matin, je t'appelle.
- On peut le localiser ton bonhomme ?
- Pas de problème. Passe à la gendarmerie, je te présente le collègue – Maxime, il s'appelle – et si tu veux, on y va ensemble.
- Super ! Denis, tu es génial. Je passe un coup de fil à la dame qui m'accompagnait, et j'arrive. Tu m'attends ?

- Ok, Alphonse. On partira en expédition. Ça nous rappellera le bon vieux temps, pas vrai ?

85.

Aussitôt prévenue par Bouchard, Reine voulut être de la partie. Le commissaire eut beau la mettre en garde, « Attention Reine, ça peut être dangereux ! », rien n'y fit.

Une heure plus tard, ils retrouvèrent Denis à la gendarmerie. Ce dernier leur présenta son jeune collègue Maxime. Avec ses cheveux bouclés et ses yeux très bleus, il avait plus l'air d'un poète que d'un gendarme. Reine lui trouva un air gentil et doux qui ne cadrait pas avec l'uniforme. Il salua poliment Reine et l'inspecteur et leur expliqua ce que Bouchard savait déjà, qu'il avait été intrigué par cet homme qui se prétendait berger, et qu'il l'avait vu à plusieurs reprises abandonner son troupeau et transporter des colis à travers la montagne.

- Vous êtes sûr que c'est lui ? demandèrent en chœur Reine et le commissaire.
- Sûr, pas tout à fait, convint le jeune gendarme. La vidéo n'est pas très nette. Mais il lui ressemble drôlement.

Bouchard était un peu déçu, Reine pleine d'espoir.

- Bon, c'est bien, mais où allons-nous le trouver ?
- Un jour, je l'ai suivi, un peu par hasard, répondit Maxime. Je l'ai vu entrer dans une cabane cachée au fond des bois, sur les pentes du Luberon. Il y a tout près une grande prairie où il fait paître ses moutons. C'est là que je vous emmène.
- Ça existe encore, des bergers, de vrais bergers, par ici ? interrogea Reine.
- Oui, il n'y en a plus beaucoup, mais il en reste. Ce sont parfois des marginaux qui veulent

retrouver la nature et qui n'ont pas peur de vivre seuls.

- Bon, on y va ? demanda Bouchard.
- D'abord je vous emmène en voiture, et puis on marchera. J'espère que ça ne vous fait pas peur ? dit Maxime en se tournant vers Reine.
- Pas de problème, nous nous sommes équipés !

Avec l'accord du commandant de brigade, ils partirent en compagnie de Maxime et de Denis dans un vieux 4x4 qui appartenait à Denis. Reine monta devant, Bouchard et Maxime derrière. Ils quittèrent la grand-route, en prirent une petite qui grimpait dans la montagne. Maxime servait de guide. Ils s'arrêtèrent au départ d'un chemin forestier. « Maintenant, on marche ! ». Ils descendirent.

Maxime allait en tête, silencieux. Le sentier se mit à sinuer au milieu d'une forêt de cèdres majestueux. Reine humait l'odeur sucrée des champignons mêlée à celle de la terre.

Bientôt, le jeune gendarme leur indiqua qu'il fallait quitter le chemin. Ils marchèrent de longues minutes et arrivèrent dans une vaste clairière où l'herbe n'avait pas jauni. « Ne faites pas de bruit, on est tout près » chuchota Maxime. La maison était un petit bâtiment de pierres sèches recouvert d'un toit de tôle. Il n'avait qu'une porte et qu'une fenêtre. Maxime posa un doigt sur ses lèvres, geste bien inutile puisque personne ne parlait, et s'avança seul vers la fenêtre pour jeter un coup d'œil à l'intérieur. « C'est vide, il n'est pas là » soupira-t-il, soulagé.

Ils entrèrent. A l'intérieur, le toit était soutenu par des poutres grossièrement taillées. Au milieu se dressait une table de bois brut, sur laquelle étaient posées deux bouteilles surmontées d'une chandelle. Au fond, un sommier supportait un matelas et une couverture. Dans un coin, des chaussures boueuses. A une patère était suspendue une veste de mouton retourné. Un coffre, posé à même le sol, contenait des vêtements.

« On va fouiller, ce sera vite fait, déclara Bouchard. Denis, tu peux surveiller si le proprio de la demeure n'arrive pas ? Tu gardes la porte. »

Ils vidèrent le coffre, et ne trouvèrent que des pull-overs, des chaussettes, deux pantalons. Sous le matelas, en revanche, il y avait une liasse de papiers dont Bouchard s'empara aussitôt, et quatre petits paquets emballés dans des journaux.

« Reine, venez voir, ça va vous intéresser ! s'écria-t-il en étalant ce qu'il avait découvert sur la table. Tenez, ça, ça vous dit quelque chose ? »

Reine blêmit. Elle reconnut l'écriture et le papier que « Gérard » avait apportés le dimanche soir précédent, près de l'hôpital de Montfavet. C'était le soir où Gérard s'était enfui en perdant un feuillet. « Extraordinaire ! Ce sont les feuilles qui nous manquaient » s'exclama Bouchard en tirant de sa poche le papier perdu par « Gérard », qu'il avait pris soin de polycopier. Il le plaça entre les deux autres feuilles : « Voilà, la lettre doit être complète, maintenant ! »

Reine lut avec anxiété. La missive n'était pas datée. L'écriture tremblait trahissant le grand âge ou la fatigue :

Mon cher fils

Tu as toujours cru que ta maman était morte en te donnant la vie.

C'est ce que je t'avais fait croire

Mais ce n'est pas vrai

Elle t'a confié à moi parce qu'elle ne pouvait pas te garder à l'endroit
où elle était, et où personne n'a su que tu étais né. Sauf moi, bien sûr, ton papa.
En pleurant, elle m'avait fait promettre de ne jamais dire à personne qui elle était, et de t'élever

La page suivante, celle qu'ils avaient déjà étudiée, s'articulait sans problème à la suite :

Tu comprends que je ne t'aie jamais rien dit.
C'était trop lourd
Je ne sais pas exactement ce qu'elle est devenue
Quelqu'un m'a dit qu'elle était morte
Moi aussi, je vais mourir bientôt. C'est pour ça que je t'écris
Pardonne-moi si tu peux
Je te donne ce que j'ai de plus précieux
Et que tu trouveras avec cette lettre
Car je n'ai jamais oublié

Denis et Maxime regardaient avec curiosité Reine, et Bouchard qui lisait par-dessus son épaule. Ils n'osaient pas interrompre leur lecture. Reine déchiffra enfin la dernière page, où l'écriture se faisait plus vacillante encore

combien elle y tenait,
à ces objets, elle les a faits en cachette, avec la terre que je lui apportais.
Je ne sais pas ce que tu en feras.

Ont-ils de la valeur ?

Pour elle, ils en avaient beaucoup, et c'est tout ce qui me reste d'elle.

Sauf toi, bien sûr.

Ton vieux papa qui t'aime.

- Incroyable ! s'écria Bouchard. Reine, vous comprenez ce que ça signifie ?
- Que voulez-vous dire, Alphonse ?
- Eh bien, qui c'est, « elle » ? Qui a « fait des objets » avec de la terre, en cachette ?
- Je ne sais pas. Une potière ? Une jardinière ?
- Réfléchissez, Reine... Vous croyez qu'une potière parlerait comme ça de ses pots ?
- Ben…non. Mais alors, ça veut dire…
- Oui, ça veut dire deux choses : d'abord, que la femme dont parle cette lettre, c'était quelqu'un qui travaillait la terre. Presque sûrement une artiste, pour qui les « objets » qu'elle faisait étaient importants, précieux : donc, logiquement, une femme qui sculptait !
- Et la deuxième ?
- La deuxième, c'est qu'elle a eu un enfant qui ne l'a jamais connue, que l'auteur de cette lettre a élevé sans lui dire qui était sa mère, en cachette de tout le monde.
- Mais c'est affreux ! Horrible ! Quelle douleur pour une mère !
- Maintenant, qui peut être cette femme, qui ne devait pas révéler qu'elle avait un enfant, qui ne pouvait pas le garder *« à l'endroit où elle était »* - et pour cause ! Vous ne voyez toujours pas ? Allons, Reine, encore un petit effort.

- Noooooooooon ! Je n'y crois pas ! Camille ? Camille Claudel aurait eu un enfant caché ?
- Comme vous dites, cela paraît incroyable. Mais alors, tout s'explique : ce qu'elle avait de si « précieux », qu'elle faisait à partir de la terre que lui apportait l'auteur de la lettre, ce sont sûrement les petites statues qu'elle lui faisait passer discrètement. Avouez, Reine : vous n'avez jamais cru qu'elle avait abandonné la sculpture quand elle était à l'asile.
- C'est vrai, j'avais du mal à le croire, et je ne suis pas la seule. Mais pourquoi aurait-elle sculpté en cachette ? Pourquoi ne pas avouer qu'elle continuait à exercer son métier, celui auquel elle avait voué toute sa vie ?
- Vous oubliez qu'elle se croyait imitée, pillée, persécutée par Rodin « et sa bande » ? Elle craignait qu'ils viennent s'emparer de ses idées, et de ses œuvres ! Elle pensait même qu'ils avaient payé des personnes pour l'empoisonner. Alors, s'ils avaient su !

Les deux gendarmes écoutaient cette conversation, éberlués. Évidemment, le nom de Camille Claudel ne leur était pas inconnu. Mais s'ils s'étaient attendus à entendre parler d'elle au fond d'un bois, dans une misérable cabane de berger !

- Tiens, s'exclama Bouchard en saisissant un des paquets emballés. Vous voulez une preuve ? Je vous parie qu'il s'agit d'une statuette comme celles que vous a montrées votre « Gérard » quand vous l'avez rencontré !

Il défit avec le plus grand soin le papier journal. Un buste de terre apparut : c'était celui d'un garçonnet. Sur l'épaule était drapée une tunique, à la façon d'une toge de jeune romain. La tête de l'enfant était un peu penchée sur le côté. Le nez était légèrement busqué, la bouche proéminente.

Reine regardait, éblouie. « C'est Paul ! Paul en Romain à seize ans, s'écria-t-elle aussitôt. Il n'y a qu'une personne au monde qui ait pu modeler ce visage. Sa sœur. Camille. »

86.

La porte s'ouvrit avec fracas. Un homme entra en hurlant : « Qu'est-ce que vous faites là ? Qui vous a permis ? » Il se figea, tétanisé, en regardant Reine. Ils restèrent une seconde face à face, interdits, puis l'homme fit un pas en arrière pour se sauver, mais déjà Reine criait : « C'est lui ! Arrêtez-le ! C'est lui ! C'est Gérard ! ».

Denis et Maxime lui barrèrent aussitôt la retraite. Denis décocha un coup de poing que l'homme réussit à éviter, mais Maxime, passant derrière lui, l'attrapa à la gorge et l'obligea à fléchir les genoux. Tous deux tombèrent à la renverse. Denis sauta sur l'homme à terre, appuyant ses genoux sur les bras de l'individu tandis que Maxime se relevait, le visage écarlate. L'homme battait l'air de ses jambes. En vain. Denis envoya un deuxième coup de poing. L'autre le reçut en plein visage et resta groggy.

- On le tient, fit sobrement Bouchard. Maintenant, il va parler.

Reine s'assit sur le matelas, en poussant un long soupir de soulagement. Elle avait suivi la lutte des deux gendarmes avec anxiété, craignant qu'ils soient blessés. Ou qu'ils n'aient pas le dessus. Dans la poche de l'homme à terre, un téléphone se mit à vibrer. Bouchard se baissa et s'en empara vivement. « Allô ? » Une voix répondit : « Tony, c'est toi ? »

- Oui, fit le commissaire. Mais l'autre avait raccroché.

Bouchard lut ce qui s'était inscrit sur l'appareil : « Numéro masqué. Comme l'autre jour. Et si c'était le même portable ? Il y a une petite chance.

- J'ai peur, j'ai tellement peur, balbutia Reine. J'ai peur de savoir où elle est, ce qui lui est arrivé.
- Mais non ! Elle vous a parlé, elle est vivante !
- Je n'en suis même pas sûre. Elle disait qu'elle s'appelait Blandine, et qu'elle ne connaissait pas sa maman.
- Eh bien, ce type, là, doit savoir des choses. Ne vous inquiétez pas, il va les cracher.

« Bon, fit-il en se tournant vers l'homme qui était toujours à terre. Vous autres, relevez-le ». Denis et Maxime le prirent chacun sous le bras et l'aidèrent à se mettre debout. Il était en piteux état et se frottait la mâchoire. Denis n'y était pas allé de main morte.

Pendant que les deux gendarmes redressaient « Tony » - c'est ainsi que l'avait appelé son interlocuteur-, le commissaire, se tournant vers Reine, dit « Avant tout, j'ai deux points à vérifier. D'abord, Reine, reconnaissez-vous cet homme comme étant celui qui vous a donné trois fois rendez-vous devant l'hôpital de Montfavet, qui vous a proposé d'acheter des petites statues de terre – et qui nous a échappé l'autre soir ?

- Euh…oui, je crois, Alphonse. Je ne suis pas absolument sûre, mais il a la même stature que l'autre. Et puis, attendez ! c'est par sa voix que je l'identifierais si vous le faites parler.
- Tu as entendu, toi ? interrogea Bouchard. Parle un peu. Comment t'appelles-tu ? Tony, oui, je sais, mais Tony comment ?
- Tony Marquand.
- Reine, c'est lui ? Dis-nous autre chose. Qu'est-ce que tu fais dans la vie ?
- Je suis berger.

- Berger ? Tu as des moutons ?
- Ben oui.
- Où sont-ils ?
- En ce moment, là dehors, dans la prairie. La voix était basse, un peu rauque.

Bouchard demanda à Reine : « Alors, c'est lui ?

- Oui, je pense.
- Sûre ?
- Pratiquement.
- Ok. D'ailleurs, les statues et les papiers sont là pour prouver qu'il s'agit bien de l'homme qui se faisait appeler Gérard. Mais j'ai un autre point à éclaircir.

Il composa un numéro sur son téléphone. Les autres le regardaient, intrigués. Il leur chuchota : « Il faut battre le fer tant qu'il est chaud » et reprit, plus fort : « Salut, Stéphane. Bouchard à l'appareil. Excuse-moi de te déranger, vieux. Tu te souviens de ce que je t'ai demandé l'autre jour. Je veux savoir si tu es capable de déterminer à qui appartient un portable en numéro caché. Attends, j'ai du nouveau. Il se peut que le même téléphone ait appelé une amie à moi, dont le numéro est 06 14 33 87 60 le lundi 30 octobre, à 17h42, et aujourd'hui, un individu chez qui je me trouve, à 12h13. Son numéro est le 07 84 53 22 15. Oui, le numéro du type, bien sûr. L'idéal, c'est de savoir à qui appartient le portable. Et en plus, où il se trouve !

- ….
- Comment, je t'en demande beaucoup ?
- …
- Allez, tu peux faire ça pour moi.
- …
- Oui, tu penses bien, c'est urgent. Laisse tout tomber, je te revaudrai ça, promis. Tu me

rappelles dès que tu as trouvé, quand tu veux. Je compte sur toi, hein ? Salut mon vieux.

Il pressa le bouton d'arrêt de son téléphone. « C'est un mec génial. Jamais vu un crack pareil. Une tête de la police scientifique. Un cerveau comme le sien, il n'y en a pas deux. Si quelqu'un peut nous aider, c'est lui, il le fera. Et maintenant, à nous deux, mister Tony !»

Tony n'en menait pas large. Bouchard lui mit sous le nez les trois petits paquets qu'il n'avait pas défaits. Il les déballa et les aligna sur la table de bois, à côté de la lettre. Le buste de « Paul en Romain » se trouva entre une tête d'esclave et deux têtes de vieillards.

- Tu connais ça ?
- Euh…non.
- Tu te fiches de nous ?
- Je les ai trouvés. Je ne sais pas qui les a fabriqués. Ça m'intéresse pas, ces trucs.
- Ça ne t'intéresse pas mais tu as essayé de les vendre à madame Messager, ici présente, et à un antiquaire de l'Isle-sur-la-Sorgue. Tu te doutais bien que ça valait quelque chose. Tu dis que tu les as trouvés. Où ça ?
- Dans une grotte, pas loin. Je m'étais abrité avec mes moutons parce qu'il y avait de l'orage.
- Ils étaient comme ça, emballés ? Et la lettre pareil ?
- Non, c'était dans une malle.

Reine tressaillit. Une malle, encore. Elle pensa à celle qu'elle avait vue, enfant, dans le grenier de ses parents, et retrouvée dans l'atelier de Lionel. Puis la malle avait disparu.

Bouchard se fit menaçant. « Écoute, mon bonhomme, je veux bien te croire. Mais si tu les as trouvés dans une malle, c'est qu'ils appartiennent à quelqu'un. Ce que tu as fait, c'est du vol. Et mes amis Denis et Maxime peuvent t'embarquer pour ça. Je te donne une toute petite chance : cette grotte, tu peux nous y mener ? »

87.

Tony n'avait pas le choix. Il accepta de guider le petit groupe jusqu'à la grotte où, disait-il, il avait découvert la malle.

Ils le suivirent. Tony marchait péniblement. De temps en temps, Denis et Maxime lui donnaient un coup dans le dos pour le faire avancer plus vite. Il poussait un gémissement. Le sentier avait disparu dans les taillis.

- Y a des grottes, par ici ? Il ne nous mène pas en bateau ? demanda Reine.
- Oui, répondit Denis, il y a des grottes. Certaines ont même été aménagées et habitées. Quant à savoir s'il nous emmène dans la bonne, on le saura bientôt.

Ils arrivèrent sur une petite plateforme où les arbustes étaient plus rares. En ce mois de novembre, des odeurs de terre mouillée chatouillaient leurs narines. Tony s'arrêta et soupira : « C'est là ».

- Où ça ?
- Là, derrière ce buisson.
- Il y a des traces, des gens sont venus par-là, remarqua Maxime.

La grotte était petite et basse. Reine pouvait tout juste s'y tenir debout. Maxime, Denis et Bouchard étaient obligés de se courber. Au fond, le sol était plat. « Voilà, c'est là que j'ai trouvé la malle » dit Tony. Le commissaire demanda :

- Tu te moques de nous ? Où est-elle ?
- Je vous jure, elle était là. Je ne sais pas qui l'a emportée.

- Tu peux nous la décrire ?
- Une malle assez vieille, qui portait des étiquettes. Des trucs comme on en avait autrefois.
- Elle était fermée ?
- Oui, mais je n'ai pas eu de mal à l'ouvrir, avec mon couteau.
- Et dedans, qu'est-ce qu'il y avait ?
- Des tas de papiers, et puis des petits paquets comme ceux que j'ai pris, des dizaines.
- Alors, qu'est-ce que tu as fait ?
- J'en ai mis quelques-uns dans mon sac, j'ai pris des papiers, mais pas trop : je ne voulais pas qu'on voie que j'avais emporté quelque chose. J'étais déçu. Il n'y avait pas d'argent, pas de pièces d'or. Tu parles d'un trésor !
- Tu ne t'es pas étonné qu'on soit venu cacher cette malle dans un coin perdu ?
- Ben si, un peu. Surtout que ce n'était pas très intéressant. Je suis parti vite, j'avais peur que quelqu'un arrive.
- Et quand as-tu compris que ça avait peut-être de la valeur ?
- Promis, j'en savais rien. Quand je suis revenu à la cabane, j'ai regardé les paquets. C'étaient des petites têtes en terre, pas vraiment belles. Et puis dans les papiers, j'ai trouvé des lettres, et l'adresse de la dame, là, fit-il en se tournant vers Reine. Sur un carton il était écrit : contacter Reine, avec un numéro de téléphone. Alors je l'ai contactée.

Reine se remémora le premier rendez-vous que lui avait fixé Tony : il lui avait montré la statuette qui ressemblait tant à la Vieille Hélène, puis lui avait livré le nom de Violette Barrère, sans savoir sans doute que c'était celui de l'infirmière qui avait été l'amie de Camille Claudel.

Ah, et puis il m'a montré le schéma qui m'a intriguée. Celui avec les initiales L.M, P.M., P.M., R.M. auquel je n'ai rien compris alors.

Elle interrompit l'interrogatoire de Bouchard : « C'est pour ça que vous m'avez donné rendez-vous ?

- Ben oui. Je ne savais pas quoi faire de tous ces trucs. J'y comprenais rien. Alors j'ai pensé que je pouvais peut-être en tirer de l'argent.
- Vous n'aviez vraiment aucune idée de ce que pouvaient valoir ces statuettes ?
- Oh, moi, vous savez, la sculpture et ces machins-là.
- Mais le nom de Violette Barrère ? Et le schéma ?
- Quoi, ces gribouillis ?! J'ai pris au hasard ce que je trouvais dans la malle, c'est tout. A défaut d'un trésor…
- Vous avez bien vu que ça m'intéressait ?
- Oui, ça je l'ai vu. Et j'ai pensé que j'avais eu la main heureuse. J'étais tombé pile. J'avais eu raison de vous écrire. Je ne voulais pas vous vendre tout de suite le truc en terre, car comme j'en avais d'autres sous la main, ça méritait de savoir si ça valait des sous.

Des sous ! pensa Reine. *Dire que c'est cet imbécile qui est tombé sur cette malle, et qu'il n'a aucune idée de ce que vaut son contenu.*

- Quoi qu'il en soit, tu as volé ces objets et ces papiers, déclara Bouchard. Et pour ça, tu vas nous suivre à la gendarmerie. Je ne crois pas trop que tu aies trouvé tout cela par hasard. On va voir si le « hasard », tu ne l'as pas un peu aidé. Et nous, tu vas nous « aider » à retrouver la malle, parce que c'est elle qui nous intéresse. Pas vrai, Reine ?

Reine hocha la tête pour toute réponse.

88.

Par de petits chemins couverts de feuilles mortes, ils redescendirent jusqu'à la voiture. Denis reprit le volant de son 4x4 ; Bouchard et Maxime encadraient Tony qui n'en menait pas large. Personne ne parlait. Reine ferma les yeux, épuisée par la marche et les émotions. Quand ils arrivèrent à la gendarmerie, elle dit au commissaire :

- Alphonse, ne m'en voulez pas, je vais tâcher de prendre un bus, je n'en peux plus. Je vais rentrer.
- Quoi, Reine ! Nous tenons notre homme. On va le faire parler. Nous avons besoin de vous.
- Je n'ai pas le courage d'assister à l'interrogatoire. Tâchez de lui faire dire ce qu'il sait. Je suis comme vous, je ne crois pas trop à son histoire comme quoi il serait tombé par hasard sur cette malle, en s'abritant de la pluie dans la grotte.
- Ah, vous voyez ! Il est bien plus impliqué qu'il veut nous faire croire. Je pense qu'il connaît le type - ou les types- qui ont caché la malle.
- Souvenez-vous, Alphonse. Cette malle, je l'ai vue chez Lionel Boulanger, et je l'ai reconnue : c'était la même que celle qui était dans le grenier de mes parents.
- En êtes-vous sûre ?
- Oui, j'en ai un souvenir très net. Enfant, j'ai rêvé de cette malle.
- Eh bien, soit, mon amie. Voulez-vous que je vous dépose à la gare ?
- Merci Alphonse, ce serait super gentil.

Reine prit le train, et regagna son studio. Elle n'avait pas songé à déjeuner tant elle était fatiguée. Tout se mélangeait dans sa tête : les appels de sa fille, la malle baladeuse, les paquets qu'elle avait reçus, et maintenant ce « Tony » qui lui semblait très louche et qu'elle ne croyait pas. Mais quel rapport pouvait-il y avoir entre tous ces évènements ?

Elle repensa à Lionel, au soir où il lui avait fait l'amour. Il était si doux ce soir-là, mais aussi si mystérieux. Pourquoi l'avait-il emmenée sur ce qu'il prétendait être la tombe de Camille Claudel ?

Et son arrière-grand-père, que venait-il faire dans ce cyclone qui l'emportait ?

*

Avec l'aisance d'un habitué, Bouchard s'était installé dans la gendarmerie de L'Isle-sur-la-Sorgue. Denis et Maxime se tenaient à ses côtés. On avait fait asseoir Tony sur une chaise, en face du bureau. Il avait l'air perdu et répétait « Mes moutons, mes moutons, il faut que je m'en occupe. »

- T'inquiète, ils se débrouilleront sans toi, assura Bouchard.
- Mes moutons…
- Fiche-nous la paix avec tes moutons. Nous, on a d'autres choses à voir avec toi. Tu vas nous dire tout ce que tu sais, je te le garantis.

Mais Tony ne cessait de se lamenter : « Rien, je ne sais rien. Je vous ai dit que j'ai trouvé cette malle par hasard. Ok, j'ai eu tort de vouloir en profiter. J'étais tellement déçu par ce que j'ai vu dedans que j'ai essayé de le vendre. Mais ça ne valait rien. Ces statuettes de terre, bôf, c'était que des vieilleries, y avait rien à en tirer.

- Et si on te disait qu'elles valent peut-être de l'argent ?
- Alors là, je n'en reviens pas. Ou je suis le roi des couillons !
- Ben oui, tu es probablement le roi des couillons, comme tu dis. Sans le vouloir, tu nous as embarqués dans une sacrée histoire.
- Ces machins, ces petites têtes, ça vaudrait des sous ?
- Ce n'est pas impossible. Reste à savoir d'où exactement ils proviennent, ces « machins ». Fallait bien qu'ils intéressent quelqu'un pour qu'on aille les cacher au fin fond de la forêt.
- C'est ce que je me suis dit !
- Alors, t'es pas si bête, finalement.
- Dites, vous pouvez pas m'expliquer pourquoi ils ont de la valeur ?
- Quand on aura compris comment ils sont arrivés là, promis, on te le dira. D'ici là, redis-nous quand, comment tu les as trouvés.
- Mais je vous l'ai déjà dit. C'était un jour d'orage, je me suis fait surprendre, j'ai pas eu le temps de rentrer à ma cabane. Alors je me suis abrité, et c'est là que j'ai trouvé la malle !

Denis hocha la tête. « Tu n'en tireras rien. Ce type est un abruti, ou il joue les imbéciles. Il est doué pour ça, d'ailleurs. » Mais Bouchard n'en démordait pas.

Au bout de deux heures, il n'avait rien obtenu.

Son portable se mit à vibrer. Il jeta un coup d'œil. *C'était peut-être Reine qui avait besoin de lui ? Non, c'était Stéphane, son vieux copain de la police scientifique.* Il appuya sur le bouton et poussa un cri de joie :

- Stef, tu as réussi ?
- ...

- Tu es génial. Je le savais, mais tu me le prouves encore ! Alors, tu sais à qui appartient le portable ? Tu as pu le localiser ?
- ...
- Attends, je prends un stylo pour noter. Epelle : Auguste ? C'est un drôle de nom, dis donc. Auguste Robinet, tu dis ? Il habite où ? Où ça ? Sans blague ! Tu as des détails ? Une adresse ? C'est un peu vague, mais c'est déjà super. Merci, mon vieux, on se débrouillera.

Bouchard enfouit le portable dans la poche de son pantalon et s'écria triomphant : « Ça y est, j'ai son nom ! Il s'appelle Auguste Robinet, et, tenez-vous bien, il habite pas très loin d'ici, à Sorgues. On n'a plus qu'à aller le cueillir.

- On va prévenir Reine ? demanda Denis.
- Non, ça peut être dangereux. Et puis elle était épuisée. Inutile de la mêler à ça.

Puis, se tournant vers Tony : « Et toi, tu le connais, Auguste ? ». L'autre bredouilla : « Auguste ? Non, ça ne me dit rien.

- Bon, on verra bien. De toute façon, on t'emmène. La mémoire te reviendra peut-être, « Tony » !

89.

Le soir tombait quand ils parvinrent près de la maison d'Auguste. Il était un peu plus de cinq heures. Les nuages envahissaient les collines en longues écharpes blanchâtres. Au loin les montagnes se faisaient menaçantes. Maxime frissonna. A mesure que le 4x4 montait dans la pente, Tony pâlissait. Bouchard se retourna, braqua une torche vers lui et remarqua son teint blême. « Alors, tu te reconnais ? On arrive chez ton copain ? » Tony ne répondit pas.

Lorsqu'ils aperçurent le toit d'une maison, Bouchard intima à Denis l'ordre de s'arrêter. Ils cachèrent le 4x4 sous des feuillages, un peu à l'écart du chemin, et Bouchard et Denis s'avancèrent. Maxime resta dans la voiture avec Tony auquel on avait passé les menottes. « Sors ton flingue, c'est un méchant ! » chuchota Bouchard.

Ils s'approchèrent en étouffant leurs pas sur les feuilles mortes et les cailloux glissants. Une fenêtre s'éclaira, les volets n'étaient fermés qu'à moitié, comme en été. Bouchard se glissa en rampant jusqu'au bord de l'auvent, et risqua un œil. Ce qu'il vit le sidéra. Il ouvrit de grands yeux.

Devant une cheminée, lui tournant le dos, il aperçut une silhouette massive. L'homme était occupé à tisonner le feu. Il parlait peut-être, mais on n'entendait pas ses paroles. A ses côtés, sur un tabouret, se tenait une fillette de six ou sept ans, qui le regardait, et dont on ne voyait pas le visage caché par une grande mèche blonde. Bouchard fit un signe en désignant l'homme, puis la fillette. « Y a une gamine, murmura Denis. Qu'est-ce qu'on fait ? »

Bouchard hésitait. La scène paraissait si tranquille qu'il ne savait plus. Ils attendirent quelques minutes. Puis Bouchard décida : « Allez, on y va ! » Ils avancèrent courbés, contournèrent la maison et se dressèrent sans un mot de part et d'autre de la porte d'entrée. Tous deux tenaient leur revolver au poing. Le commissaire leva trois doigts, puis un, deux, trois.

Au troisième, ils se jetèrent sur la porte. Mais elle était fermée à clef, et solide. Bouchard fit un nouveau signe qui signifiait : on retourne à la fenêtre. Ils écartèrent les volets, le commissaire cassa un carreau avec la crosse de son arme, et ils sautèrent à l'intérieur de la pièce. La fillette hurlait : « Papa ! Papa ! »

L'homme tenait toujours en main le tison. Il le brandit, mais Bouchard tira un coup de revolver qui l'effleura et lui fit lâcher prise. L'autre bondit vers la porte, l'ouvrit, et se précipita dans la nuit. La fillette voulut courir derrière lui. Bouchard et Denis demeurèrent interdits, n'osant pas tirer de peur de blesser l'enfant. Puis Denis l'écarta et fonça à la poursuite du fugitif. Bouchard demeura près d'elle. Elle pleurait, hurlait.

Au bout de quelques minutes, Denis revint bredouille. « Il a filé ! » dit-il avec dépit. Bouchard essayait de calmer la fillette qui gesticulait. « Mon papa ! Mon papa ! ». Il la saisit à la taille, la souleva et l'assit sur une chaise en la maintenant par les épaules. La voix de Bouchard se fit douce : « Allez, allez, du calme. Nous ne te voulons aucun mal. Nous sommes venus t'aider…Comment t'appelles-tu ?

Entre deux sanglots, la fillette répondit : « Blandine » et continua à gémir.

- Blandine comment ?
- Je sais pas. Papa ! Mon papa !

- Tu ne sais pas comment tu t'appelles ?! Et lui, le monsieur qui était avec toi ?
- Papa ! Elle hurla de plus belle.
- Oui, je sais. Mais…où tu vas à l'école ?
- J'y vais pas. C'est papa qui veut pas. Il dit que je suis mieux avec lui, que des méchants me cherchent. Faut pas que je m'en aille d'ici, sinon ils vont me faire du mal. Elle se recroquevilla et pleura en poussant de petites plaintes.

Bouchard s'adressa à Denis : « On n'en tirera rien. Emmenons-la. Je crois que c'est la petite fille qui a téléphoné à Reine, l'autre jour. Reine pensait que c'était la sienne. Tu te rends compte, si c'est elle ? »

- Ce serait fantastique !
- Oui, mais le problème, c'est qu'elle ne s'appelait pas pareil.
- Le seul moyen de le savoir…
- …c'est de les faire se rencontrer ! Allons, on l'emmène.
- Où ça ? A la gendarmerie ?
- Ben oui, où veux-tu ?
- Écoute, dit Denis, ce n'est pas un endroit pour que Reine y retrouve sa fille – si c'est elle ! Je te propose d'aller chez moi. Ma femme Nadine s'occupera d'elle. On a gardé tous les jouets de notre fils Loïc. Elle pourra jouer, et manger. Ce sera quand même un lieu plus sympathique pour une petite fille, tu ne crois pas ?
- Bon, d'accord. On va chez toi, on installe cette enfant dans ta maison, moi, je file chercher Reine à Aix, et je la ramène.
- Et l'autre type, on l'abandonne ?
- T'inquiète ! maintenant qu'on sait où il habite, on ne tardera pas à lui mettre la main dessus.

90.

Le commissaire porta la fillette qui pleurait toujours jusqu'à la voiture où les attendait Maxime. Il installa l'enfant avec des gestes d'une grande douceur en faisant reposer sa tête sur ses genoux. Nadine, l'épouse de Denis, l'accueillit en la cajolant et lui fit boire un bouillon. Bouchard sauta dans sa voiture pour rejoindre Reine.

Il se gara près de son studio, et frappa à sa porte. Elle ouvrit la porte, surprise : « Alphonse ! Qu'est-ce qui vous amène ? J'allais me coucher. »

- Pas question, je vous emmène.
- Mais vous n'y songez pas. Je vous ai dit que j'étais crevée.
- Ne discutez pas, Reine. Je suis venu tout exprès vous chercher, nous avons besoin de vous.
- Pourquoi ? Vous avez réussi à faire parler ce Tony, ce faux « Gérard » ?
- Venez, vous dis-je. Vous ne le regretterez pas.

Pourvu que moi non plus, je ne le regrette pas.

- Mais où m'emmenez-vous ?
- Surprise ! Vous me faites confiance, oui ou non ?

Reine le suivit, vaguement inquiète, sans enthousiasme. « D'accord, mais c'est bien parce que c'est vous. » Elle ne desserra pas les lèvres pendant tout le trajet. Quand il freina devant une maisonnette, elle s'étonna : « On va chez qui ?

- Chez Denis, mon copain que vous connaissez.
- Et Tony ?
- Ne vous inquiétez pas, il est dans une cellule à la gendarmerie.

- Alors pourquoi vous m'amenez ici ? Ce n'est pas pour le faire parler ?
- Non, chhhtt ! Venez.

Ils furent accueillis par Denis qui arborait un grand sourire. A cet instant, Nadine redescendit de l'étage et dit simplement : « Elle dort.
- Elle dort ? Qui ça ? demanda Reine.
- Venez, dit à son tour Nadine.

Elle la guida jusqu'à une chambre qui avait dû être celle de son fils. Nadine avait couché la fillette sur le lit, et posé une couverture sur son corps. Sur le cosy, à côté du lit, une veilleuse dispensait une lumière bleuâtre. Le visage de l'enfant était tourné vers le mur, mais on devinait son profil. Le cœur de Reine se mit à battre follement. Elle gémit.

- C'est Chloé ! Je la reconnais, c'est ma Chloé ! mon enfant ! s'écria-t-elle d'une voix étranglée en se précipitant vers le lit. Elle saisit la fillette par les épaules et la serra contre elle avec passion.

La petite fille ouvrit les yeux avec peine.
- Où je suis ? Qui êtes-vous ?
- Chloé, c'est moi, ta maman ! oh ma Chloé, je t'ai tant cherchée. Comment vas-tu ? Tu n'as mal nulle part ?

Reine pleurait. « Comme tu as changé ! Tu es grande maintenant.» Les mots se bousculaient dans sa gorge. « Je suis ta maman, dis, tu me reconnais ? »

Mais la petite fille essayait de se dégager. « Où est mon papa ? Je veux mon papa !

91.

Reine recoucha la petite fille et redescendit un quart d'heure plus tard. Elle avait les larmes aux yeux. « Elle ne m'a pas reconnue. Elle ne me connaît plus » dit-elle en s'effondrant dans un fauteuil.

- C'est normal, elle était trop petite. Ne pleurez pas, Reine. Vous allez la reconquérir très vite, fit Bouchard.
- Mais alors pourquoi m'a-t-elle téléphoné ?
- Souvenez-vous, elle vous l'a dit. Elle vous a vue sur le téléphone de son papa, et elle a trouvé que vous aviez l'air gentil. C'est bien ça ?
- Oui, c'est ce qu'elle m'a dit. Mais aujourd'hui, elle ne réclame que son « papa » ! Et ce n'est pas mon ex-mari. Où était-elle ? Comment l'avez-vous retrouvée ?

Le commissaire raconta patiemment à Reine ce que son ami Stef avait découvert, le numéro de téléphone d'Auguste Robinet, son domicile, et comment ils avaient surpris l'homme auprès de la petite fille, devant le feu. « Reine, croyez-moi, elle ne paraissait pas malheureuse. Ce type avait l'air de la traiter correctement.

- Oui, au point de lui faire croire qu'il était son père, dit Reine, amère.
- Ça valait mieux pour elle, vous ne croyez pas ? Le plus important, c'était qu'elle ne souffre pas, qu'il soit gentil avec elle.
- Et moi, pendant ce temps-là, j'endurais le martyre ! Je pleurais tous les soirs.
- Ne pensez plus à cela. N'ayez à l'esprit que son bonheur à elle.

- Mais comment pouvait-elle être heureuse sans sa maman ?
- Je ne sais pas ce qu'il lui avait raconté. Vous croyez qu'elle vous a oubliée, mais je suis sûr que dans sa petite tête d'enfant, votre image était restée. Elle-même ne sait pas dire que c'est pour cela qu'elle vous a téléphoné, mais je suis convaincu que c'est la raison profonde de son appel, sans qu'elle en ait conscience.
- Merci Alphonse, dit Reine en s'essuyant les yeux. Vous trouvez les mots qui réconfortent. Maintenant, je dois prévenir son papa.

Elle appela Marc, qui fut d'abord incrédule.
- Qu'est-ce que c'est que cette histoire ? Encore une de tes hallucinations ?
- Pas du tout, je te le jure ! Je suis près d'elle : c'est notre Chloé. Elle ne me reconnaît pas, elle raconte qu'elle s'appelle Blandine, mais moi je ne peux pas me tromper. Je sais que c'est elle !
- Bon, écoute Reine. S'il y a la moindre chance qu'il s'agisse bien de notre fille, j'arrive. Où es-tu ?

Reine expliqua à Marc où elle se trouvait. Il promit de sauter dans sa voiture. Une demi-heure plus tard, son Scénic s'arrêtait sur le parking de la maison de Denis en faisant jaillir les gravillons, et Marc se précipita dans la maison, hors de lui, échevelé. Sur un signe de Nadine, il courut à l'étage et trouva Reine, en pleurs, qui contemplait la fillette endormie. Il lui prit la main. Ils se penchèrent tous deux sur l'enfant. Marc ne put articuler un mot. Il se tourna vers sa femme et la serra très fort contre lui.

92.

- Ma femme a raison, c'est bien Chloé, notre fille, affirma Marc quand ils furent redescendus dans le living où les attendaient Bouchard et Denis.
- J'en suis heureux, sincèrement très, très heureux, répondit Bouchard. Nous ne savons pas encore comment ni pourquoi elle se trouvait chez cet individu, mais je vous promets que nous allons le savoir bientôt.

Comme Reine était trop émue pour parler, Bouchard raconta comment ils avaient été mis sur la piste de Gugusse, grâce à un numéro de portable. « Il y a deux personnes que nous devons remercier : mon copain Stef, qui est un as de la technique, mais aussi et surtout votre petite fille. Elle a été drôlement maline quand elle a téléphoné à votre épouse – elle ne savait peut-être pas que c'était sa maman, mais moi, je suis sûr qu'elle l'avait reconnue inconsciemment !

- Mais enfin pourquoi ces sinistres crapules s'en sont pris à notre enfant ? s'insurgea Marc. Une horrible pensée lui vint. Elle n'a pas été …touchée ? Violentée ?
- Non, je ne crois pas, fit Bouchard. Gugusse, qui se faisait appeler papa par elle semblait plutôt « paternel » envers elle.
- Gugusse ? C'est un nom de clown. Triste clown !
- Son vrai nom est Auguste Robinet. Pour l'instant, nous ne savons rien de lui. Je vais me renseigner auprès de mes collègues de la gendarmerie. Mais il y a quelqu'un d'autre qui

peut nous en parler : son copain Tony ! Celui qui essayait de vendre les petites statues…

- Oui, intervint Reine. Et l'une d'elles ressemblait beaucoup à notre Chloé.

Marc s'étonna. Il fallut que Bouchard rappelle comment tout avait commencé. La photo de Chloé que Reine avait vue - ou cru voir ?- au musée des Arcades, les lettres qu'elle avait reçues ensuite, les rencontres avec Tony et le jour où il leur avait échappé. Puis la sottise de Tony qui avait tenté de vendre les statuettes à un antiquaire.

- C'est comme ça que nous l'avons retrouvé, s'exclama Bouchard. Qu'est-ce qu'ils mijotaient, ces deux-là ? Et comment étaient-ils entrés en possession des statues ? Mystère. Mais je vous jure que Tony va nous éclairer. Gugusse nous a échappé pour l'instant, nous tenons l'autre.
- Pour moi, tout ce qui compte, c'est d'avoir retrouvé ma Chloé, dit Reine. Le reste, je m'en fiche. Je vais près d'elle.
- Je viens avec toi, dit Marc.

Tous deux s'assirent dans la chambre où la fillette dormait toujours. Ils la regardaient, terriblement émus. Reine pleurait doucement.

- Quel bonheur, chuchota Marc. Et comme elle est jolie !
- Quand je pense à ce qu'elle a vécu depuis deux ans…
- N'y pense plus ! Elle est là.

Il serra Reine contre lui. Elle sanglota si fort qu'il craignit que cela réveille l'enfant.

- Tu ne m'en veux plus ?
- Chut ! Laisse-la dormir.

93.

- Alors, mon bonhomme, à nous deux maintenant ! s'écria Bouchard en pénétrant dans la cellule où Tony avait été enfermé, à la gendarmerie. J'ai quelques questions à te poser.

Tony se frotta les yeux. Ses cheveux étaient en broussaille, ses vêtements fripés. Il cligna des yeux, reconnut le commissaire et gémit :

- Je n'ai rien à voir là-dedans. Je ne sais pas ce que je fais ici.
- Tu te fous de moi ? Tu es le copain de Gugusse, chez qui on a trouvé une petite fille qui avait été kidnappée !
- Oui, mais je vous dis que je n'y suis pour rien. C'est pas moi qui l'ai enlevée.
- Peut-être pas. Mais tu voyais bien cette enfant ? Ça ne t'étonnait pas qu'un type comme Gugusse ait une petite fille avec lui ?
- Il m'avait dit que c'était sa fille. Une gamine qu'il avait eue avec une bonne femme qui s'était tirée. D'ailleurs, elle l'appelait papa !
- Et les statues ? Celles que tu as essayé de fourguer à madame Messager, puis à l'antiquaire. C'est pas toi non plus ?
- Ça, je vous l'ai expliqué. Je les ai trouvées dans une grotte. Par hasard. Moi, mon métier, c'est berger.
- Parlons un peu de tes relations avec Gugusse. Ça fait longtemps que vous vous connaissez ?
- Un an ou deux, je ne sais plus. Il a une baraque, vous le savez, pas loin de l'endroit où je mène mes moutons à l'automne, quand l'herbe est sèche et que mes bêtes n'ont plus grand-chose à manger. Y a une rivière à côté. Un jour, il est

venu me parler. Et quand on est berger, on ne voit pas beaucoup de gens. Alors comme ça, on a causé, et puis le soir, on allait chez lui ou chez moi, on se buvait une bière, on passait le temps. La petite était couchée.

- C'est lui qui t'a emmené à la grotte qui contenait les statues ?
- Non, je vous l'ai dit, je l'ai découverte par hasard.
- Et tu lui en as parlé ?
- Je ne sais plus. Je ne m'en souviens pas. Peut-être… mais de toute façon, il n'y avait que ces petites statues de terre cuite, emballées, et un tas de vieux papiers.
- … que tu as eu la curiosité de lire, j'imagine ?
- Bof, y avait rien d'intéressant. Des lettres. Mais je vous ai déjà raconté tout ça. Y avait aussi une adresse, celle de Reine Messager. Alors j'ai tenté le coup, je me suis dit que ça pouvait intéresser cette femme. Bon, dites, vous n'allez pas me retenir parce que je lui ai proposé d'acheter ces statues ? A mon avis, elles n'appartenaient plus à personne ! Sauf à celui qui les avait découvertes, et c'est moi !
- Tu ne sais pas que quand on trouve un trésor, on doit le déclarer à la gendarmerie ?
- Mais je vous dis que ce n'était pas un trésor ! Juste de la vieille paperasse et des petites têtes. Sans rire, j'étais plutôt déçu.
- Hummm…Autre chose, ton copain Gugusse, il avait des fréquentations ? Il voyait d'autres gens que toi ?
- Alors là, j'en sais rien. Il ne m'en parlait pas. Quand on se voyait, on buvait une bière, on

causait de tout et de rien. Il ne me racontait pas sa vie.

- Mais quand même, vous étiez assez proches l'un de l'autre. Il t'appelait souvent ?
- Ben oui, je vous l'ai dit, dans les collines on ne voit pas beaucoup de gens. On se tenait compagnie.
- Tu lui as dit que tu contactais madame Messager et que tu essayais de lui vendre les statues ?
- Non. Si ça marchait, j'avais pas envie de partager avec lui. Mais ce qui m'a étonné, c'est justement que ça a marché. Elle a eu l'air intéressée. J'ai pensé que je pouvais lui tirer du fric, de ces babioles.
- Ah ces babioles, comme tu dis, ce sont peut-être des pièces rares, des statuettes qui ont beaucoup de valeur et qui peuvent éclaircir un mystère vieux de plus d'un siècle !
- Zut alors. Si j'avais su… Mais quand j'ai vu qu'elles lui plaisaient et qu'elle n'avait pas d'argent, j'ai tenté le coup chez l'antiquaire.
- Et c'est là que tu as fait une belle connerie. Une connerie qui nous a permis de te retrouver, heureusement.

Bon, je ne tirerai pas grand-chose de ce zouave, se dit Bouchard. *En sait-il plus qu'il ne dit ? Se fait-il paraître plus bête qu'il ne l'est ? En tout cas, il y a sûrement quelqu'un de plus malin dans l'histoire. Gugusse, peut-être ? Celui-là, il faut qu'on lui mette la main dessus. Et surtout qu'il nous dise pourquoi il retenait la fillette !*

94.

Montdevergues, en 1918 ou 1919

Cela fait maintenant cinq ou six ans que Camille Claudel a été incarcérée. A-t-elle perdu la notion du temps ? Ville-Evrard d'abord, puis l'asile de Montdevergues l'ont accueillie, mais Camille ne se résigne pas à l'enfermement. Elle écrit au docteur Michaux, son ancien voisin du quai Bourbon où elle tenait son atelier. Elle ignore que c'est lui qui a établi le certificat médical nécessaire à son internement.

Monsieur le Docteur

Vous ne vous souvenez peut-être plus de votre ex-cliente et voisine, mlle Claudel, qui fut enlevée de chez elle le 13 mars 1913 et transportée dans les asiles d'aliénés d'où elle ne sortira peut-être jamais. Cela fait cinq ans, bientôt six, que je subis cet affreux martyre. Je fus d'abord transportée dans l'asile d'aliénés de Ville-Evrard puis, de là, dans celui de Montdevergues près Montfavet (Vaucluse). Inutile de vous dépeindre quelles furent mes souffrances. J'ai écrit dernièrement à monsieur Adam, avocat, à qui vous aviez bien voulu me recommander, et qui a plaidé autrefois pour moi avec tant de succès ; je le prie de vouloir bien s'occuper de moi. Mais dans cette circonstance vos bons conseils me seraient nécessaires car vous êtes un homme de grande expérience et comme docteur en médecine très au courant de la question ? Je vous prie donc de vouloir bien causer de moi avec monsieur Adam et réfléchir à ce que vous pourriez faire pour moi. Du côté de ma famille il n'y a rien à faire ; sous l'influence de mauvaises personnes, ma mère, mon frère et ma sœur n'écoutent que les calomnies dont on m'a couverte.

On me reproche (ô crime épouvantable) d'avoir vécu toute seule, de passer ma vie avec des chats, d'avoir la manie de la persécution ! C'est sur la foi de ces accusations que je suis incarcérée depuis 5 ans ½ comme une criminelle, privée de liberté, privée de nourriture, de feu et des plus élémentaires commodités (...)

Peut-être pourriez-vous comme docteur en médecine user de votre influence en ma faveur. Dans tous les cas, si on ne veut pas me rendre ma liberté de suite, je préfèrerais être transférée à la Salpêtrière ou à Ste-Anne ou dans un hôpital ordinaire où vous puissiez venir me voir et vous rendre compte de ma santé (...)

Maman et ma sœur ont donné l'ordre de me séquestrer de la façon la plus complète, aucune de mes lettres ne part, aucune visite ne pénètre.

A la faveur de tout cela, ma sœur s'est emparée de mon héritage et tient beaucoup à ce que je ne sorte jamais de prison. Aussi je vous prie de ne pas m'écrire ici et de ne pas dire que je vous ai écrit, car je vous écris en secret contre les règlements de l'établissement et si on le savait, on me ferait bien des ennuis ! (...)

Recevez, monsieur de Docteur, mes meilleurs souvenirs

C. Claudel

Camille commet quelques erreurs. Ce n'est pas le 13 mars qu'elle a été internée, mais le 10 mars 1913. Elle n'est pas à proprement parler « privée de nourriture », elle s'en prive elle-même en préparant ses repas, frugaux, par crainte d'être empoisonnée. Elle ne mange que des œufs crus et des pommes de terre.

Dans un post-scriptum, elle éclaire le docteur sur les « mauvaises personnes » qui répandent des « calomnies » à son propos. Sans les nommer, elle continue à se croire poursuivie par Rodin et sa bande : *« Ce qui gêne dans cette circonstance c'est l'influence secrète des étrangers qui se sont emparés de mon atelier et qui tiennent maman dans leurs griffes pour l'empêcher de venir me voir. »*

Se doute-t-elle que c'est sa mère, précisément, qui tient le plus à ce qu'elle reste éloignée d'elle et de sa famille ?

Louise-Athanaïse ne viendra pas la voir une seule fois à Montdevergues.

95.

- Alors c'est là que tu habites ?

Reine avait insisté pour ramener Chloé chez elle. Son studio n'avait rien à voir avec la grande maison qui avait été la leur aux Pinchinats, la maison des jours heureux. Ils l'avaient vendue après leur divorce.

Elle ne répondit pas à son mari.

La petite fille s'était rendormie dans la voiture de Marc. Il la porta jusqu'à l'étage de Reine et celle-ci la coucha dans son lit. Ils ne se lassaient pas de la regarder. L'enfant ouvrit les yeux.

- Je suis où ?
- N'aie pas peur, ma chérie, dit Reine. Tu es chez moi, ta maman.
- Ma maman ? Mais où est papa ?

Marc se pencha vers elle. « C'est moi, ton papa. Tu me reconnais ?

- Non, t'es pas mon papa. Mon papa, il habite dans la forêt. Je veux mon papa !

Reine et Marc se regardèrent, attristés. « Tu vois, elle nous a oubliés, chuchota Reine. Quand je pense que cet horrible bonhomme…

- Calme-toi. Apparemment, il ne lui a pas fait de mal, c'est toujours ça.

Il reprit. « Bon, on va essayer de retrouver « ton papa ». Tu veux bien nous aider ? Il s'appelle comment ?

- Ben, y s'appelle papa.
- Oui, je sais. Mais comment les autres gens l'appellent ?
- Je sais pas. Il ne voit presque jamais d'autres gens. Une fois, il m'a emmenée chez un monsieur, mais c'est tout.

- Ce monsieur, il t'a parlé ?
- Il m'a juste dit : assieds-toi là, et ne bouge plus. Alors mon papa il est parti. Mais après il est revenu, et on est rentrés chez nous.
- Pourquoi le monsieur il voulait que tu ne bouges plus ?
- Je sais pas. Il a pris des photos. Peut-être qu'il me trouvait jolie, il a rien dit.
- C'était comment chez le monsieur ?
- C'était grand. Y avait de la lumière partout. Et ça sentait une drôle d'odeur.

Reine prit la parole : « Bon, on le cherchera demain ton papa. Maintenant, il est trop tard, tu dois être fatiguée. Tu veux bien dormir ?

- Ici ? s'étonna la fillette en regardant autour d'elle. Mais mon papa va s'inquiéter si je ne rentre pas chez nous.
- Non, ne t'en fais pas. Je vais le prévenir.
- Ah bon, fit l'enfant, rassurée. Ses yeux déjà se fermaient.

Marc et Reine s'assirent autour de la table sur laquelle Reine travaillait. Il n'y avait que deux chaises.

- Tu veux boire quelque chose ? Une tisane ?
- Non merci.

Un silence. Marc regardait son ex-femme sans mot dire et celle-ci comprit qu'il songeait à « avant », quand elle l'accueillait en ayant bu de l'alcool. Elle précisa : « Tu vois, je ne bois presque plus, je suis devenue raisonnable.

- Presque, c'est tout ?

On toqua à la porte. C'était Bouchard.

- Excusez, je suis monté, ce n'était pas fermé en bas. Reine, vous devriez signaler au syndic que la porte se ferme mal. Mais comment ça va, vous deux ?

- Bien, fit Marc. On est tellement heureux, c'est incroyable. Retrouver Chloé ! parfois je désespérais.
- Oui, dit Reine. C'est le plus beau jour de ma vie. Seulement…elle ne nous connaît plus. Elle ne parle que de son « papa ».
- Ça n'a rien d'étonnant, répondit Bouchard. Il est possible que votre fille soit atteinte du syndrome de Stockholm. Ça se produit quand quelqu'un qui est resté prisonnier un certain temps -un enfant ou un adulte, ici un enfant- finit par ressentir de l'attachement pour la personne qui le retient. C'était peut-être une sorte de défense chez votre petite fille, une façon de ne pas trop souffrir.
- Mais alors, nous, on n'existe plus ? s'insurgea Reine.
- Ne vous inquiétez pas. Elle l'oubliera. Cependant, il va vous falloir la ré-apprivoiser, comme un petit animal. Vous savez, deux-trois ans, pour un enfant, c'est terriblement long.
- Terriblement, vous avez dit le mot, Alphonse. Pour moi aussi, ça l'a été.
- Ne pensez plus qu'au bonheur de l'avoir retrouvée, Reine.
- Mais moi je pense encore au monstre qui la tenait en prison, et je ne suis pas près de l'oublier ! s'écria Marc. Comment vous l'appelez déjà ? Gugusse, c'est ça ? Si je le tenais ! Je l'écrabouillerais, je le torturerais, je le ferais mourir à petit feu !
- On l'aura, je vous l'ai promis.

Bouchard changea de ton : « Dites, la petite, vous avez parlé avec elle ?

- Pas beaucoup, répondit Reine. Elle était fatiguée, et elle réclamait son « papa ». Ah si, elle nous a parlé d'un monsieur qui l'avait prise en photo. Mais elle n'a pas pu nous dire son nom.
- En photo ?! Il pourrait s'agir d'un réseau pédophile…

En voyant Reine pâlir, Bouchard se reprit :

- Mais non, rassurez-vous, on voit bien qu'elle n'a pas subi de sévices. Ce n'est pas une enfant traumatisée. Oubliez ce que je viens de dire.
- Le nommé Gugusse, insista Marc, vous avez une idée pour le coincer ?
- Je crois que oui. C'est de ça que je suis venu vous parler.

96.

Bouchard s'expliqua. Il avait songé à faire appel à une équipe cynophile. « Le nommé Gugusse, je suis d'accord, il a fui. Mais on connaît sa maison, on peut sûrement y trouver un vêtement à lui. Dans la gendarmerie départementale, nous avons une brigade canine et je peux demander son intervention à mon ami Stef – vous savez, celui qui a identifié le propriétaire du portable. S'il dit qu'il s'agit d'un kidnappeur d'enfant, il l'obtiendra sûrement !

- Génial ! s'écria Marc. Vous pouvez l'appeler maintenant ?
- Pour tout vous dire, je lui ai téléphoné depuis ma voiture. Je ne l'ai pas eu, mais je lui ai laissé un message. J'attends son coup de fil. Si vous voulez, on l'attendra ensemble.

Une heure, deux heures passèrent. Reine s'était couchée sans se déshabiller, près de sa fille. Marc et Bouchard, assis sur une chaise, gardaient les yeux fixés sur le portable du commissaire qu'il avait posé sur la table. Ils se taisaient.

A une heure du matin, le portable sonna. Bouchard se précipita. C'était Stef.

- Salut vieux. Merci, tu as été super. On a bien failli coincer le salopard. L'essentiel, c'est qu'on a l'enfant.
- ….
- Mais j'ai encore besoin de toi. Tu peux nous faire avoir une équipe cynophile ?

Bouchard raconta le détail des évènements de la soirée, et écouta la réponse de son ami. Quelques minutes plus tard, il raccrocha, l'air satisfait.

- Bon, on l'aura demain.
- Ce soir, ce n'est pas possible ? demanda Marc, anxieux. Il a tout le temps de disparaître !
- Ne vous inquiétez pas. Demain matin, pour le chien, l'odeur sera encore toute fraîche. Des savants pensent même qu'une odeur vieille de plusieurs années est encore exploitable ! On en est loin.
- Le ciel vous entende.
- Vous n'avez plus qu'à attendre, et à nous faire confiance. Pour l'instant, tâchez de vous reposer. Si vous le permettez, je vais en faire autant.

Bouchard parti, Reine s'endormit. Elle avait le sourire aux lèvres. Marc envoya un texto à sa « fiancée » pour lui dire de ne pas s'inquiéter, qu'il restait auprès de sa petite fille. Il s'installa tant bien que mal sur l'unique fauteuil et eut du mal à trouver le sommeil.

Dès l'aube, une bonne odeur de café le réveilla. Reine était debout, elle préparait le petit déjeuner. Elle songeait : on est tous les trois, c'est comme autrefois. Elle soupira, nostalgique. Puis elle regarda Chloé qui dormait toujours. Marc surprit son regard. Il se leva et lui entoura les épaules en disant : « Le cauchemar est fini ».

A ce moment-là le téléphone sonna. Ils se précipitèrent tous deux.

- Alphonse, s'écria Reine. Vous avez des nouvelles ?
- Ça y est, on se met en marche. On est six, avec deux maitres-chiens et un berger allemand. On a trouvé tout ce qu'il nous fallait dans la baraque de Gugusse. On a choisi une écharpe. Le chien l'a flairée et il est parti dare-dare. On

le suit et tout va bien, Reine. Je vous tiens au courant.

L'attente reprit. Chloé dormait toujours. Une heure plus tard, le commissaire rappela.

- Alors ?
- On a bien avancé. Le chien a le nez au sol, et il hésite parfois, puis il repart. On a un peu de mal à le suivre, mais les hommes sont bien entraînés. On va le coincer, ce salopard.

97.

Samedi 4 novembre, près de Sorgues

L'aube s'était levée, grisâtre et brumeuse. Une forte odeur de champignons montait du sol jonché de feuilles mortes. Bouchard et les gendarmes progressaient dans les taillis. Soudain, le commissaire fit un signe : « Stop ! » Une maison se dégageait peu à peu de la brume. Le capitaine Léonard, qui dirigeait les opérations, s'approcha de Bouchard. Il chuchota : « On encercle la baraque, et on donne l'assaut. Qu'en penses-tu ? »

- Cette maison, je la connais, murmura l'autre. Il faut faire gaffe, elle appartient à un avocat.
- Ben quoi, et alors ? Avocat ou pas avocat, notre bonhomme est venu par là. Ça ne peut pas être par hasard.
- Ok, tu as raison. N'empêche…
- Quoi ? Tu as peur qu'on ait des ennuis ?
- Non, d'ailleurs le proprio est louche. Je suis venu dans cette maison l'autre jour avec madame Messager. Tu sais, la maman de la gamine qui a été enlevée.
- Tu étais invité ? C'est une de tes relations ?
- A moi, pas vraiment. A Reine, enfin je veux dire à madame Messager, oui. Mais on a trouvé des dessins pas très catholiques chez lui : des esquisses de la petite, justement.
- Alors, ils sont de mèche. C'est bien ce que je dis : il faut donner l'assaut. On va attraper ton Gugusse. Il est là. Le chien ne se trompe jamais.

Le capitaine fit signe à ses hommes de s'immobiliser. Soudain, un lièvre fila devant eux et le chien se mit à tirer sur sa laisse et à aboyer. Bouchard mitrailla du regard le maître-chien et siffla : « Chhhttt ! »

Trop tard. Une minute après, alors qu'ils étaient encore à une vingtaine de mètres de l'arrière de la maison, ils entendirent le rugissement d'une voiture qui démarrait de l'autre côté.

- Bravo ! l'oiseau s'est envolé, cria Bouchard.

Ils se ruèrent vers la demeure, la contournèrent et virent que la porte d'entrée était ouverte. Le nid était vide. A l'intérieur, deux bols de café fumaient encore, une cigarette se consumait dans un cendrier sur la table.

- On le rate de peu, soupira le capitaine Léonard, dépité.
- Oui, on LES rate, souligna Bouchard. Je pense que le propriétaire de la maison est parti avec notre homme. Dommage, on a failli les épingler ensemble !
- Je vais faire établir des barrages, mais ça risque de prendre du temps. Vous avez l'immatriculation de la voiture ?
- Non, je ne croyais pas tomber si vite sur Gugusse et l'avocat. C'est sûrement sa voiture qui les a emportés. L'idéal, cela aurait été de barrer le chemin qui monte jusqu'ici, mais il est certainement trop tard.
- On va essayer quand même. Quoi qu'il en soit, nous pouvons retrouver l'avocat : lui, il a pignon sur rue, il n'est pas difficile de situer son cabinet.
- D'accord, pendant que tu te renseignes, je vais fouiller un peu cette baraque.

La pièce dans laquelle ils se trouvaient était vaste. Tous les murs étaient recouverts de lambris, ce qui lui donnait un air chaleureux. Une grande table, autour de laquelle étaient disposées neuf chaises paillées, trônait au milieu. Dans un coin, une cuisine à l'américaine n'était séparée du reste de la salle que par un bar, lambrissé également.

- Dis donc, il ne s'embête pas, l'avocat ! remarqua Léonard. Il a de quoi accueillir ses copains.
- Oui, c'est sûrement là qu'il les reçoit.

Dans un coin, sous une mezzanine, se trouvaient une cheminée, quatre fauteuils clubs, et un grand écran de télévision. Sur une table basse traînaient quelques revues d'art.

- Pas mal pour un intérieur de célibataire, constata Bouchard. Mais ce n'est pas ce qui m'intéresse. Je vais retourner dans son atelier, c'est l'autre facette du personnage. C'est là qu'on a trouvé des dessins de la petite fille.
- Bon, je te laisse, je m'occupe de faire dresser des barrages, et on va faire une visite au cabinet de ce monsieur. Peut-être qu'il aura eu la bonne idée de s'y rendre ?
- Hum…J'y crois pas trop. Sait-on jamais ?

98.

Marc bâilla et s'étira.

- Tu as réussi à dormir ? s'inquiéta Reine.
- Heu…plus ou moins. Mais tu as fait du café, ça ne sera pas de refus.

Reine versa une tasse. En se retournant, elle contempla avec tendresse Chloé qui dormait toujours.

- Comme elle est jolie ! Et qu'est-ce qu'elle a changé !
- Normal. Ça lui fait quoi, maintenant ? Presque sept ans. Ce n'est plus un bébé. A cet âge, on change beaucoup…
- Pour moi, c'est toujours un bébé. Mon bébé.
- Oui, eh bien, il va falloir que tu le reconquières, ton « bébé ». Y a du boulot.
- Je sais, soupira Reine. Je vais lui montrer quelque chose qui évoquera peut-être un souvenir…

Elle s'interrompit : « Tu as gardé ses jouets ? Au moins quelques-uns ? Tu as de la place dans ta maison !

- J'en ai gardé, oui, Mais Ombline avait besoin d'espace, on les a mis au grenier. Zut ! Ombline, j'avais oublié ! … Il faut que je l'appelle !

Marc téléphona à sa fiancée pour la rassurer. Il dit à Reine qu'il allait devoir y aller, mais qu'il repasserait dans la matinée. Reine le regarda partir, le cœur serré. Puis elle se pencha sur la fillette qui dans son lit ouvrait les yeux.

- Je suis où ?
- Tu es chez moi, chez ta maman.
- Où est mon papa ?

- Il vient de partir, il revient tout à l'heure. Viens, lève-toi. Tu veux manger, boire ? Je vais te préparer un petit déj'. Dis, tu aimes toujours le chocolat, j'espère ? Tu adorais ça…avant.

Reine dénicha une boîte de cacao. Pendant qu'elle s'affairait, la petite fille regardait autour d'elle. Le canapé, la table, l'ordinateur, tout l'intriguait. « C'est chez toi, ici ? Mais où est mon papa ? »

- Je t'ai dit qu'il allait revenir. Viens t'asseoir. Tu n'as pas dîné hier soir, tu dois avoir faim.

Le portable sonna. C'était Bouchard : « Allô, Reine, je suis désolé. On a failli attraper Gugusse, mais il nous a échappé. Il s'était réfugié chez votre ami Boulanger, figurez- vous. Ils se sont enfuis en voiture.

- Quoi ! Chez Lionel ? Mais qu'est-ce qu'il faisait chez lui ?
- Ça, ma mie, je n'en sais rien. Ou plutôt si, j'ai une petite idée. Je suis dans son atelier, j'ai fouillé partout, mais je ne trouve rien. Vous êtes avec la petite ?
- Oui, bien sûr. Elle est en train de déjeuner. Marc est parti, nous sommes toutes les deux.
- Eh bien, profitez-en. Vous devez être heureuse...

Quand Chloé eut avalé son bol de chocolat, Reine la débarbouilla. Elle l'installa sur le canapé et prit un album photo. « Je vais te montrer quelque chose. » Elle ouvrit l'album, et d'un doigt lui désigna un bébé, un jardin, une maison, une chambre d'enfant, en espérant qu'elle allait se souvenir : « Tu reconnais ? Là, c'était ta chambre. »

- C'est joli.

Mais la petite fille semblait ne rien identifier. Son visage ne montrait aucun signe d'émotion. Soudain, elle pointa le doigt sur une photo où figurait un gros ours en peluche. « Là ! C'est Nounours ! »

Reine eut un grand sourire. Enfin, Chloé paraissait se rappeler quelque chose. Des larmes montèrent aux yeux de sa maman. Elle la serra contre elle, l'étouffant presque : « Oui, c'est ton Nounours ! Tu le reconnais ? »

Elle était tellement émue qu'elle n'entendit presque pas qu'on toquait à la porte. Elle lâcha l'enfant, et se précipita : « Marc, c'est toi, déjà ? » Elle ouvrit.

Et se retrouva face à face avec Lionel.

99.

- Lionel ! Quelle surprise !
- C'est une bonne surprise, j'espère ?

Reine se tenait sur le seuil du studio, tâchant de cacher Chloé. Elle n'avait pas envie de laisser Lionel pénétrer dans la pièce.

- Heu…Oui. Qu'est-ce qui t'amène ?
- En voilà un accueil ! Eh bien, c'est le début du week-end, je me disais que peut-être tu serais d'accord pour une petite escapade ?
- C'est-à-dire… J'allais me mettre au travail. Mon mémoire…
- Allons, allons, tu bosses trop. Tu es toute pâle, ça te fera du bien de sortir. J'ai un super programme à te proposer. Tu me laisses entrer ?

Lionel écarta doucement Reine, et pénétra dans le studio. Il vit Chloé qui tenait sur ses genoux l'album de photos. Elle leva les yeux et s'écria :

- C'est le monsieur !

Lionel se figea : « Qui c'est ça ?

Déjà Reine demandait d'une voix étranglée : « Tu le connais ?

- Oui, dit la petite fille. C'est le monsieur, le monsieur dont je t'ai parlé. Le monsieur des photos, le copain de papa.

Reine se tourna vers Lionel, dont le visage s'était brusquement transformé. Ses yeux avaient un éclat dur, ses lèvres étaient serrées, il regardait fixement l'enfant et avait l'air furieux. Il fit un gros effort sur lui-même et se reprit : « Tu ne vas pas croire cette gamine ? Elle me confond avec quelqu'un d'autre ! »

- Non, non ! cria Chloé. Je le reconnais bien. C'est le monsieur des photos !

Reine était interdite, ses yeux allaient de l'un à l'autre. Elle finit par demander :

- Tu peux m'expliquer ?
- T'expliquer quoi ?
- Comment il se fait que ma petite fille qui avait disparu depuis deux ans, et que je viens tout juste de retrouver, te connaisse ? Tu savais où elle était ! Tu savais aussi que je la cherchais ! Tu es un monstre !

Mais Lionel avait récupéré son sang-froid. Il protesta : « Non, je te jure, je ne savais pas que c'était ta fille ! Un ami m'avait fait croire qu'elle était à lui. Ok, ok, je reconnais : un jour, il me l'a amenée pour que je lui fasse une sculpture, un buste. Je l'ai prise en photo. Mais je n'ai rien fait de plus, je ne lui ai fait aucun mal, c'est juré. D'aillcurs, cllc pcut te le dire. Hein, petite, que je ne t'ai pas fait de mal ?

- Ah, tu avoues ! Tu la connaissais donc, et tu connais l'ignoble individu qui me l'a volée !

La voix de Reine était pleine de colère. Elle vibrait de la souffrance qui avait couvé en elle pendant toutes ces années, et la rongeait, l'empêchait de vivre :« Salaud ! Salaud ! Ton copain, ton « ami » comme tu dis, c'est une pourriture. On va le retrouver et il va payer très cher son crime !

100.

- Bon, maintenant tu te calmes, fit Lionel. Je vais t'expliquer. C'est plus compliqué que tu ne le crois.
- Compliqué ! Ah oui, je voudrais bien que tu m'expliques. Je sais que tu as soustrait aux gendarmes l'infâme salopard qui la retenait prisonnière, et que tu l'as aidé à s'enfuir.
- Je ne comprends rien à ce que tu racontes. Ce matin, un copain est venu me trouver en disant qu'il fallait que je l'aide à échapper à ses poursuivants. Des types qui le cherchaient pour une histoire de braconnage. Alors, comme je savais qu'il braconnait de temps en temps, je l'ai emmené dans ma voiture et je l'ai déposé à la première gare.
- Tu crois que je vais gober ça ? Ceux qui le suivaient, c'étaient des flics, et chez lui, ils avaient retrouvé ma petite fille. C'est pour ça qu'ils essayaient de l'arrêter. C'est un voleur d'enfants, ton copain !
- Mais je te dis que je ne savais pas que ce n'était pas sa fille. D'abord, qu'est-ce qui le prouve ? Il m'a raconté qu'il avait confié la gamine à quelqu'un, et qu'il tentait de semer ses ennemis. Comme c'est un brave type, pas très malin, je lui ai donné un coup de main, voilà tout. Mais dis-moi, c'est incroyable ! Tu dis que tu as retrouvé ta petite ? Tu es sûre que c'est elle ?

Chloé avait écouté la conversation sans mot dire. Tout à coup, elle s'écria : « Mon papa ! je veux mon papa ! »

- Ah oui ! fit Lionel. Et c'est qui ton papa ? Là, cette dame, c'est ta maman ?
- Je sais pas. Elle dit que c'est ma maman. Mais je la connais pas.

Lionel triompha : « Tu vois ! dit-il à Reine. Si ça se trouve, tu t'es trompée de gosse. C'est même pas ta fille. Tu as tellement envie de la revoir que tu t'obnubiles sur n'importe laquelle. Mais elle, elle ne te connaît pas. On dit que la vérité sort de la bouche des enfants, pas vrai ?

Il se tourna vers Chloé : « Allez, petite, tu vas venir avec moi, et on va le retrouver, ton papa.

- Ne t'approche pas d'elle, ne la touche pas, hurla Reine. Si, c'est ma fille, je la reconnais bien, moi. Et son vrai papa l'a reconnue aussi. Elle nous a oubliés, mais c'est elle, j'en suis sûre.
- En tout cas, elle ne veut pas de toi.
- Elle a reconnu son Nounours, balbutia Reine.
- Un nounours ! rien ne ressemble plus à un nounours qu'un autre nounours. Ça ne prouve rien. Ce qu'elle veut c'est son vrai papa. Et tu n'es pas sa mère.

Lionel s'approcha de la petite fille et dit d'une voix qu'il tâchait de rendre douce : « Viens avec moi. Cette dame se trompe. Elle veut te prendre auprès d'elle, je ne sais pas pourquoi, mais tu vas venir avec moi et nous attendrons ton papa chez moi. Tu sais où j'habite ? Tu es déjà venue, tu te souviens ?

- Oui, monsieur. Je vais venir avec toi. Je veux retrouver mon papa.
- Alors, on s'en va.
- Non ! cria Reine. Je ne veux pas ! On ne me la volera pas une deuxième fois ! Chloé, je t'en

supplie, ne pars avec ce monsieur. Il est méchant. C'est moi ta maman ! Chloé, Chloé, ne pars pas.

Étonnée, la petite fille interrogea Lionel : « Pourquoi elle m'appelle Chloé ? Mon nom c'est Blandine. C'est comme ça que mon papa m'appelle. »

- Tu vois, Reine, sois raisonnable, dit alors Lionel. Tu te trompes d'enfant. Ce n'est pas la tienne.

Il repoussa Reine qui s'effondra sur le sol. Il saisit la main de la petite fille et l'entraîna vers la porte.

101.

A l'asile de Montevergues, en 1927

Cela fait 14 ans que Camille est internée. Elle ne s'est pas encore résignée. Madame Claudel, sa mère, écrit à Paul qu'elle a reçu fin novembre de Camille « une lettre abominable et pleine de folies ». Madame Claudel ne pense pas un instant à ce que l'on impose à sa fille – l'internement, la solitude, le froid… Au contraire, elle s'apitoie sur elle-même et écrit à Camille :

Chère fille,
J'ai sous les yeux ta dernière lettre et je n'arrive pas à imaginer que tu puisses écrire de pareilles horreurs à ta mère. Dieu sait ce que j'aurai subi de mes enfants (…) *Ta lettre n'est qu'un ramassis de calomnies, toutes plus odieuses les unes que les autres. Mais tu ne me dis pas si tu as reçu le manteau que je t'ai fait envoyer par la Samaritaine ni si la maison Félix Potin a bien expédié le café et les biscuits à la cuillère que tu avais demandés. Naturellement, cela ne compte pas.*
Je t'embrasse

Un manteau ? Des biscuits ? C'est se débarrasser à bon compte d'une fille qu'on ne va jamais voir, et qu'on refuse absolument de rapprocher de Paris. Paul, à cette époque, est en poste à Tokyo. Il ne songe pas non plus à faire libérer sa sœur, mais, tout juste, à *« améliorer ses conditions d'existence »* comme il l'écrit au directeur de Montdevergues. Pour ce faire, il demande qu'elle passe en première classe avec chambre séparée, et *« le maximum de confort qu'il soit possible de lui donner. »*

Le 2 février 1927, Camille écrit à sa mère. Elle décrit ce qu'elle vit, et n'importe quelle mère serait bouleversée en lisant ces lignes : *« ...il fait tellement froid que je ne pouvais plus me tenir debout. Pour écrire je ne puis me mettre dans la salle où se trouve tout le monde, où brulotte un méchant petit feu, c'est un vacarme de tous les diables* (...) *Je ne me suis pas réchauffée de tout l'hiver je suis glacée jusqu'aux os, coupée en deux par le froid* (...) *Une de mes amies une pauvre professeur du Lycée Fénelon qui est venue s'échouer ici a été trouvée morte de froid dans son lit, c'est épouvantable. »*

Elle refuse pourtant énergiquement de rester en première classe. Elle constate : *« C'est curieux que vous disposiez de moi comme il vous plaît sans me demander mon avis, sans savoir ce qui se passe vous n'êtes jamais venus ici et vous savez mieux que moi ce qu'il me faut* (...) *Je vous ai déjà dit plusieurs fois que les premières classes étaient les plus malheureuses. D'abord leur salle à manger est dans le courant d'air, elles sont à une toute petite table serrées les unes contre les autres. Elles ont toujours la dissenterie*(sic) *d'un bout de l'année à l'autre, ce qui n'est pas signe que la nourriture est bonne... »*

Pour une fois, madame Claudel écoutera le souhait de sa fille, et demandera au directeur de l'asile de laisser Camille en 3e classe : *« Elle se trouve mieux là qu'en 1ère, je tiens à la satisfaire. Je vous prie donc, m. le directeur de garder en avance les 3000 frcs que vous avez reçus* (envoyés par Paul) *et de ne rien changer à sa manière de vivre. »*

Heureuse, Camille de « sa manière de vivre » ? Le 3 mars de cette année 1927, date qui lui rappelle la mort de son père et qu'elle associe à celle de son internement, elle écrit à son frère : *« Il y a aujourd'hui 14 ans que j'eus la désagréable surprise de voir entrer dans mon atelier deux sbires armés de toutes pièces, casqués, bottés, menaçants en tous points. Triste surprise pour une artiste : au lieu d'une récompense, voilà ce qui m'est arrivé ! C'est à moi qu'il arrive des choses pareilles car j'ai toujours été en but* (sic) *à la méchanceté. »*

Camille sera placée en 1ère classe et finalement, sur ses instances, réintègrera le 1er décembre 1927 la 3ème classe. De libération, il n'est point question.

Le 20 juin 1929, Louise-Athanaïse Claudel meurt. Elle avait 89 ans. Ce décès aura-t-il pour conséquence la fin de l'internement de sa fille ? Point du tout.Ni Paul ni sa sœur Louise n'interviennent pour la faire libérer. Paul vient voir Camille le 18 juin 1930 et note simplement dans son journal ces mots : « vieille, vieille, vieille ! »

Il reste 13 ans à vivre à Camille. Une photo prise par William Elborne, l'époux de son amie Jessie Lipscomb venue lui rendre visite en mai 1929 montre en effet une vieille dame triste qui a l'air résigné.

102.

Lionel ouvrit la porte du studio. Il tenait fermement la main de la petite fille dans la sienne. « Viens, je t'emmène voir ton papa. N'aie pas peur, la dame ne peut plus te faire de mal. » La fillette, confiante, le suivait.

Derrière la porte, un homme lui barra le chemin : « Halte là ! » C'était Bouchard. Il avait un papier dans la main, qu'il brandit sous le nez de l'avocat. « Ça y est, j'ai la preuve ! »

- Quelle preuve ? Que me voulez-vous ? Laissez-nous passer, glapit Lionel.
- La preuve que tu es au courant de tout, que tu es derrière tout ça. Tu ne t'en tireras pas comme ça, mon gaillard, s'exclama Bouchard.

Reine se releva et cria : « Alphonse, il l'emmène ! Empêchez-le de partir. Il enlève Chloé. Il veut la rendre à cet affreux bonhomme. C'est l'horreur, je vais la perdre encore une fois. Arrêtez-le, arrêtez-le ! »

- Il ne s'en ira pas avant de s'être expliqué sur ÇA ! répliqua froidement Bouchard.
- Qu'est-ce que c'est ? Je ne comprends rien à ce que vous dites.

Lionel s'était immobilisé, sans essayer de forcer le passage, impressionné malgré lui par la stature imposante du policier. Ce dernier l'obligea à reculer dans la pièce et s'adressa à Reine :

- J'ai cherché dans son atelier, j'étais sûr que je pouvais y dénicher quelque chose. Souvenez-vous, quand nous l'avons visité, nous avons été dérangés par Gugusse. Vous avez trouvé deux dessins de Chloé, mais ce n'était pas suffisant pour prouver son implication. Là, j'ai pris tout mon temps. J'ai fouillé partout, et voici ce que j'ai découvert, collé par deux bouts de scotch sous son bureau.

- Vous avez fouillé mon atelier ! De quel droit ? rugit l'avocat.
- Du droit que nous étions à la recherche d'un voleur d'enfant et de son complice, répondit Bouchard.

Il bloquait la sortie. Lionel, interdit, avait lâché la main de la fillette qui s'assit sur le lit, muette.

Bouchard tendit à Reine un papier de format A4 : « Tenez, regardez. Ça vous dit quelque chose ? ». Reine reconnut le schéma que Tony, le faux « Gérard » lui avait laissé entrevoir lors de leur deuxième rencontre. Mais celui-ci était annoté, et beaucoup plus clair. Voici ce qu'elle lut :

Camille Claudel (1864-1943) - Lucien Morel (1854-1944), jardinier

I

Paulin Morel (1915- 1995), employé aux Chemins de fer de Provence, marié en 1946 avec Arlette

I

Patrick Morel (1950- ?) employé de banque, marié en 1974 avec Brigitte

I

Reine Morel (née en 1977), mariée en 2007 avec Marc Messager

I

Chloé, née en 2010, enlevée à l'âge de 3 ans.

- Je ne suis pas sûre de comprendre, dit Reine.

- Qu'est-ce que ça prouve ? s'écria en même temps Lionel.

- Eh bien ça prouve plusieurs choses, répondit Bouchard. D'abord, Reine, que vous descendez en droite ligne de Camille Claudel. Votre grand-père était l'enfant secret que Camille Claudel a eu avec le jardinier de l'asile de Montdevergues. Vous avez ici tout l'arbre généalogique. Vous saviez déjà, car nous l'avons découvert ensemble, que votre aïeul était Lucien Morel, dit « le père Lulu ». Ce que vous ignoriez, c'est qu'il avait eu une liaison, ou au moins un rapport, avec Camille Claudel quand elle est arrivée à Montdevergues après Ville-Evrard, et que de ce rapport était né un enfant. Personne ne l'a jamais su, sauf Lulu, évidemment, puisqu'il en était le père, et qu'il a recueilli le bébé.

- Bravo, cria Lionel. Vous voilà fixé. Vous avez remonté la filière généalogique. Mais qu'ai-je à voir avec tout cela ?

- Vous avez à voir, tout d'abord, que vous avez caché cette « filière », comme vous dites, à Reine. Pire : vous l'avez exploitée. Dans quel but ? Je ne le sais pas encore précisément, mais vous allez peut-être nous l'apprendre.

Reine s'était effondrée sur le lit, sidérée. « Ainsi, je suis l'arrière-petite-fille de Camille Claudel ! Et toi, Lionel, tu le savais ! Mais comment l'as-tu appris ? Que je suis bête ! De la bouche de mon père, quand tu étais son avocat, évidemment ! Comment as-tu pu me cacher ça ? »

- Oui, je le savais, Reine. Ce n'est pas ton père qui me l'a appris. Je l'ai déduit tout seul de ce que j'ai trouvé dans la malle. Et je m'apprêtais à te le révéler.
- Et c'est toi qui as enlevé ma Chloé ? Tu es un monstre !
- Non, ce n'est pas moi. Je vais tout t'expliquer.

103.

- Je n'ai pas enlevé ta fille. Au contraire, je lui ai sauvé la vie.
- Quoi ! Tu es fou. Comment oses-tu ? Tu ne crois quand même pas que je vais avaler ça !
- Laisse-moi parler.

Lionel s'expliqua. « J'avais fait la connaissance de Gugusse – un pauvre type pas très malin, entre nous, il y a quelques années.

- Un salaud, oui, interrompit Bouchard.
- Non, je maintiens, il a un QI qui frise la débilité. Mais je l'ai tiré d'une sale affaire, alors il me voue une grande reconnaissance. Il m'apporte du lait de ses brebis, des fromages…Je lui demande de faire un peu de ménage. Un jour, il est revenu d'un supermarché avec une petite fille qu'il avait trouvée et qui semblait perdue.

Reine ne dit mot. Ce jour-là, elle n'était pas dans son état normal, elle avait bu. C'est pour cela que Marc lui en voulait tant : il la jugeait responsable, et …il n'avait pas tort.

Lionel poursuivit : « Il ne savait pas trop ce qu'il allait en faire. Il n'est pas méchant, au fond. Il m'a dit que quand il avait vu cette enfant, il n'avait pas réfléchi, il avait commencé à lui parler pour la consoler, il lui avait pris la main, et l'enfant s'était accrochée à lui. Qu'aurait-il dû faire ? L'emmener à la police, bien sûr. Mais pour un type comme lui, la police, c'est l'horreur. L'ennemi. Alors, il l'a fait monter dans sa voiture et l'a ramenée chez lui. Dans la voiture, elle s'était endormie.

- Vous ne lui avez pas fait comprendre que ses parents allaient s'inquiéter ?

- Si, mais je vous l'ai dit, il ne voulait pas voir les gendarmes, ni les policiers. L'uniforme provoque en lui une sorte de terreur. Et puis je crois qu'il a une âme d'enfant. Lui-même est un enfant trouvé.
- La petite ne pleurait pas ?
- Non, car quand il l'a sortie de la voiture, elle s'est réveillée, et il l'a emmenée voir ses moutons. Elle les a caressés.
- Alors, pourquoi dites-vous que vous lui avez sauvé la vie ?
- Ce soir-là, il est venu me voir quand l'enfant dormait. Il m'a avoué qu'il avait fait une grosse bêtise, qu'il avait « ramassé » - c'est comme ça qu'il s'est exprimé- une petite fille, et qu'il ne savait pas quoi en faire. Je lui ai dit d'attendre quelques jours, que j'allais faire des recherches pour trouver l'adresse de ses parents et qu'il pourrait demander une rançon. A l'idée d'être riche, il a été content.

Bouchard bouillait. Un avocat qui protège un voleur d'enfant, c'est inadmissible.

Mais peut-être que cet homme-là n'avait aucun scrupule. Ou peut-être qu'il s'adressait ainsi à Gugusse pour gagner du temps, avant de savoir comment sauver l'enfant : il parlait à Gugusse avec les arguments qu'il pouvait comprendre…

- Mais il ne nous a jamais contactés ! Il n'y a pas eu de demande de rançon, s'écria Reine.
- Non. Pourtant, en tant qu'avocat, je n'ai pas eu trop de mal à apprendre qui vous étiez. Je lui ai conseillé de vous téléphoner, ou de vous écrire. Mais entretemps, il s'était attaché à la petite fille

comme une fillette à son jouet préféré. Il m'a répondu : « Ça ne doit pas être de bons parents, puisqu'ils l'ont perdue. Elle sera mieux avec moi. »

- Et vous, un homme de loi, vous avez laissé faire ?
- J'ai eu tort, je sais. Je n'ai pas voulu m'en mêler.
- Mais vous vous en êtes mêlé quand même, gronda Bouchard. En ne dénonçant pas cet enlèvement – car c'en est un ! - vous vous êtes rendu complice du crime. Ce n'est pas à vous que je vais l'apprendre. Et ça, c'est passible de la réclusion à perpétuité !
- Comment vous dire ? La gamine s'est tout de suite adaptée, elle allait garder les moutons avec Gugusse, les jours et les mois ont passé. Je me suis discrètement renseigné sur ses parents, je me suis procuré votre adresse et je me suis même rendu un soir près de votre maison, dit-il en s'adressant à Reine.
- Chez nous ! Dire que nous aurions pu savoir où elle était à ce moment-là ! Je ne te pardonnerai jamais.
- Je suis entré dans le jardin, je voulais savoir à quoi ressemblaient des gens capables de perdre leur petite fille, et je vous ai entendus, vous et votre mari. Vous étiez ivre, il hurlait. Je suis reparti en me disant qu'elle n'était pas plus mal chez Gugusse. Lui au moins, il s'occupait d'elle.

Reine pleurait. Elle revivait les jours atroces qui avaient suivi la disparition de Chloé, les disputes avec Marc. Elle noyait son anxiété et sa culpabilité dans l'alcool. Quand il rentrait et la trouvait ivre, il devenait fou de rage.

Après quelques semaines, il avait entamé une procédure de divorce.

- J'ai continué mes recherches, par curiosité, et j'ai découvert que tu étais la fille de Patrick Morel. Alors là, j'ai flashé.
- Mais quand je t'ai parlé de lui, tu as fait semblant de découvrir que j'étais sa fille. En fait, tu le savais très bien, tu me l'as caché.

Soudain, elle eut un éclair. « Que je suis bête ! C'est comme ça que tu t'es retrouvé en possession de la malle de mon père ! La fameuse malle à laquelle il tenait tant, et qu'il avait emportée quand il a divorcé d'avec Maman. Cette malle, je l'avais vue chez toi, je l'ai reconnue. Mais ensuite, tu l'as cachée. »

Lionel se frappa le front. « Ça a été ma plus grosse bêtise. J'ai été stupide de ne pas la déménager avant que tu viennes dans mon atelier. Je n'avais pas pensé que tu la reconnaîtrais. »

- Tu l'as volée à mon père. Tu n'es qu'un sale voleur !
- Mais non, je ne l'ai pas volée. J'étais un tout jeune avocat, encore plein d'idéal. J'allais voir ton père en prison. Il n'avait pas d'argent, alors il m'a proposé un jour de me rendre dans son appartement – entre nous, c'était presque un taudis… - et de prendre ce que je voulais pour me dédommager. Il n'y avait rien de valeur. J'ai pris cette vieille malle, et je l'ai ramenée chez moi. Et quand je l'ai ouverte, j'ai été très intrigué. Il y avait des petits bustes qui ressemblaient beaucoup à ceux qu'avait faits Camille Claudel dans sa jeunesse. Et puis, un tas de lettres auxquelles je ne comprenais pas grand-

chose. J'ai laissé tout ça dormir pendant des années. Ce n'est qu'en voyant ta petite fille, qui ressemble beaucoup à ton aïeule, que je me suis replongé dedans. Et là, j'ai compris que je tenais un trésor !

104.

Reine, qui l'avait laissé parler, bondit :

- Je l'ai bien reconnue, dans ton atelier.
- Mais je te l'ai dit : je ne pensais pas que tu pouvais la reconnaître. Ton père l'avait reléguée au grenier. Pas de chance, tu étais une petite fille curieuse, et tu l'avais découverte. Je l'ai fait disparaître, mais c'était trop tard, je ne m'en suis douté qu'après ta visite.
- Chez toi, j'ai vu aussi un bout de tissu qui m'a semblé provenir de la robe que j'avais taillée pour ma fille, pour son doudou.
- Ah oui ? c'est Gugusse qui a dû le laisser traîner, en faisant le ménage dans mon cabinet.
- Tu comprends mon inquiétude et mes soupçons ?
- Une série de maladresses. Mais ce n'était pas l'essentiel. Le plus important, c'était d'avoir réussi à entrer en contact avec toi.
- Attends, attends, je ne comprends pas. Ce n'est pas toi qui t'es débrouillé pour que je me trouve au musée des Arcades un certain jour d'octobre, et que je tombe sur la photo de ma petite fille ? Comme par hasard, c'est toi qui étais là pour me secourir, et m'aider à me relever.

Lionel eut l'air confus.

- J'avoue. C'est le seul moyen que j'avais imaginé pour t'aborder « par hasard ». J'avais demandé à Gugusse de te montrer la photo de ta fille à travers la vitrine. Je savais que tu serais bouleversée, que tu aurais besoin de te raccrocher à quelqu'un. Ça a été un jeu d'enfant, ensuite, de te raccompagner, et puis tu étais tellement bouleversée que j'ai pu subtiliser ton carnet dans ton sac. Tu te souviens qu'on s'est arrêtés pour prendre une tasse de thé ?

- Oui, répondit amèrement Reine. Tu m'as bien eue ce jour-là. Moi qui te prenais pour un gentleman ! Et ensuite, il ne te restait plus qu'à me séduire, ce que tu as réussi sans peine en jouant à l'ami cajoleur, prévenant, attentif. Dire que j'ai failli être amoureuse de toi.
- Non, Reine, ne sois pas aussi cruelle. Moi aussi je me suis pris au jeu.
- Ah, tu l'avoues, ce n'était qu'un jeu pour toi.
- Au début, je voulais surtout te connaître...mieux. De plus près. J'avais l'intuition que tu me mènerais au cœur de l'art de Claudel. Tu m'intriguais. Je trouvais que tu lui ressemblais, et par chance, tu t'intéressais à elle, tu étudiais son œuvre. Je n'ai découvert que peu à peu que tu étais son arrière-petite-fille, et que tu ne t'en doutais pas. Avoue que c'est extraordinaire !
- C'est pour ça que tu m'as emmenée sur sa tombe ?
- Oui. Je voulais que tu comprennes que tout ce qu'on a raconté sur son enterrement était faux. Ce qui s'est sûrement passé, c'est que Lucien, ton aïeul dont elle avait eu un enfant, n'a pas supporté qu'elle soit mise dans une fosse commune. Je ne sais pas comment il s'est débrouillé, il a dû se faire aider, mais il a récupéré son corps et lui a donné une sépulture correcte. J'ai trouvé dans la malle une facture de cercueil et j'ai pensé, à juste titre, qu'il l'avait ré-enterrée dans son propre jardin.

Reine s'étonna : « Comment peux-tu être sûr de tout ça ? Comment Camille a-t-elle pu avoir un enfant de mon aïeul ? Comment l'a-t-elle caché au personnel de l'asile ?

- J'y ai beaucoup réfléchi avant d'admettre que c'était possible. Souviens-toi : Camille a 50 ans quand elle arrive à Montdevergues. Elle n'est pas vierge, elle a été la maîtresse de Rodin, elle a même attendu un enfant de lui, mais il l'a forcée à avorter. Elle fait la connaissance du Père Lulu, qu'on n'appelle pas encore comme cela. Lucien est son seul ami, le seul qui soit gentil avec elle. Elle est désespérée et ne se console qu'en faisant des promenades dans le potager. Un jour – ton arrière- grand-père devait être encore vert pour son âge, il avait à peine 60 ans- bref, elle lui cède, tant sa solitude lui pèse. Elle pense qu'il est impossible qu'elle soit enceinte. Et crac ! C'est pourtant ce qui se produit. Tu sais, les grossesses à 50 ans et plus, ça arrive ! D'abord, elle a sûrement nié sa grossesse, elle avait peut-être honte, oui, elle avait honte de ce qui lui arrivait. Elle passait déjà pour une folle pour sa famille, ce n'était pas la peine d'en rajouter en avouant qu'elle attendait un enfant d'un jardinier pas tout jeune.
- Mais c'est incroyable, ce que tu me racontes ! Tu as des preuves de tout ça ?
- Des lettres. Surtout celle que Lucien a écrite à son fils Paulin –l'enfant que lui a donné Camille ! juste avant de mourir. Il lui a révélé alors…
- Quoi ! Paulin ne savait pas qui était sa mère ?!
- Non, Lucien lui avait raconté qu'elle était morte en couches, il l'a élevé seul. Mais il avait gardé les petites statues que Camille sculptait en

cachette, de mémoire, en se rappelant celles qu'elle avait faites jadis.

Reine se souvint des petits bustes que « Gérard » lui avait montrés. C'était donc ça ! Camille avait travaillé la terre qu'elle récoltait dans le potager – ou c'était peut-être Lucien qui la lui apportait- et elle avait « remodelé » la Vieille Hélène, comme quand elle avait dix-sept ans.

- Et Paulin, mon grand-père donc, il a compris que sa mère était une artiste extraordinaire ?
- Je ne crois pas. La lettre de Lucien n'était pas très claire. Il lui avouait que sa mère n'était pas morte à sa naissance, comme on lui avait toujours dit, mais il citait juste son prénom, pas son nom de famille. Et puis, souviens-toi : quand Lucien est sur le point de mourir, on est en 1944, c'est encore la guerre et surtout, Camille Claudel est complètement oubliée. Personne ne sait plus qu'elle a été une grande artiste. Sauf son frère Paul, sans doute, mais qui n'en fera état que des années plus tard. Même Lucien ne savait pas que ces statuettes, que Camille lui avait données pour qu'il les cache, avaient de la valeur. Paulin, lui, les reçoit comme un souvenir d'une mère qu'il n'a jamais vue, dont il ne connaît rien.

Reine se tourna vers Bouchard : « Cette lettre, c'est celle dont nous avons vu une page, n'est-ce pas, Alphonse ? La page que « Gérard » a perdue en nous échappant ! – et dont nous avons lu le reste par la suite. Oui, bien sûr » répondit Bouchard.

Ce fut au tour de Lionel d'ouvrir de grands yeux : « Ah le gredin ! C'est Gugusse qui vous l'a montrée ?

- Non, fit Bouchard. Ce n'est pas Gugusse, c'est son copain Tony, qui se faisait passer pour un certain Gérard ; il a rencontré Reine trois fois, il voulait lui vendre des statues et des lettres. La troisième fois, je l'ai accompagnée. Mais Tony s'est sauvé.
- Tony ? interrogea Lionel. Ce n'est pas un type assez louche, de taille moyenne, tatoué ? Je crois que c'est un ami de Gugusse. Il ne m'en a jamais parlé, mais un jour je l'ai vu qui marchait dans la colline avec lui. J'ai demandé à Gugusse qui c'était, il m'a assuré qu'il le connaissait à peine, qu'il le rencontrait parfois quand il allait garder ses moutons. J'ai laissé tomber, mais je ne l'ai pas cru.
- Eh bien ce Tony devait être un petit malin, un fieffé coquin. Je ne sais pas trop comment il s'est emparé des statues et des papiers que tu gardais dans la malle, mais il a essayé de me les revendre ! s'écria Reine.
- Bon sang, c'est Gugusse qui a dû le laisser entrer dans mon atelier. Je lui laisse les clés pour venir faire le ménage une fois par semaine chez moi.
- Résumons, fit Bouchard. Vous, vous entrez en possession de la malle que Lucien, amant de Camille Claudel, a confiée à son fils avant de mourir. Il veut avouer à Paulin, leur fils, que sa mère n'est pas morte en couches. Paulin a quel âge quand son père meurt ?
- Il est né en 1915, il a donc près de 30 ans.
- Et il ignore que sa mère a été une grande sculptrice.
- Non, d'ailleurs, il ne s'intéresse pas à l'art. C'est un modeste employé des chemins de fer. Il se

marie en 1946, après la mort de Lucien Morel, avec Arlette.

- Ma grand-mère ! cria Reine. Mon père en parlait parfois, mais je ne sais pas grand-chose d'elle.
- En 1950, quatre ans après leur mariage, naît Patrick, ton papa. A son tour, il hérite de la fameuse malle, qu'on se transmet sans en connaître la valeur. Et cette malle, c'est moi qui la récupère quand ton père m'envoie trier dans son appart les quelques meubles qui lui restent. Je ne l'ai pas volée, tu vois.
- Oui, mais toi, tu comprends son importance. Mon père savait juste qu'il la tenait de son père et de son grand-père, il ne se doutait pas qu'elle contenait le secret de notre ascendance ! Quoi qu'il en soit, tu t'es joué de moi, fit Reine. Ça je ne suis pas près de te le pardonner.

Ils avaient parlé à voix basse, mais Reine depuis quelques minutes ne se contenait plus. Les derniers mots qu'elle avait prononcés réveillèrent l'enfant endormie. Chloé ouvrit les yeux. Elle regarda les adultes qui se disputaient, sans rien y comprendre. Elle ouvrit la bouche : « Papa, où est mon papa ? ». Reine se précipita pour la prendre dans ses bras, et se retournant vers Lionel :

- Et ça, moins que tout ! Tu savais que je cherchais ma fille, je la croyais perdue ou peut-être morte, tu m'as laissée dans l'ignorance de ce qu'elle était devenue. Tu es vraiment un monstre, je te l'ai dit !
- Et moi, je t'ai dit que je lui avais sauvé la vie. Auprès de Gugusse, elle était choyée.
- Mais tu m'as volé des années de son enfance. C'est ignoble, c'est… épouvantable !

Chloé se mit à pleurer. Des larmes coulèrent sur le visage de Reine qui tentait de la consoler. A cet instant, on frappa à la porte, et Marc entra.

- Qu'est-ce qui se passe ici ?

105.

- Et d’abord, qui êtes-vous, monsieur ? demanda Marc en s’adressant à Lionel.

C’est Bouchard qui répondit : « Je vous présente maître Lionel Boulanger, avocat au barreau d’Avignon, ex-ami de votre épouse, actuellement en passe d’être accusé de vol de documents et d’objets précieux, et complice d’enlèvement d’enfant.

- Quoi ! Il a participé à l’enlèvement de Chloé ?
- Pas exactement. Mais il savait où elle se trouvait, et il l’a dissimulé à sa mère.
- Salaud ! s’écria Marc. Je vais le tuer ! C’était ton ami ? demanda-t-il à sa femme, indigné.

Reine essuya ses larmes sans cesser de serrer la petite fille contre elle. Elle avoua :

- Oui, je l’ai cru. Mais il me mentait. Il m’a menti depuis le début.
- Bel ami ! Ça va lui coûter cher. Et il ose se présenter devant nous !

Lionel comprit qu’il se trouvait en face du père de Chloé. Il se précipita sur la petite fille, l’arracha des bras de sa mère, et profitant de la surprise, bouscula Marc qui se retrouva à terre. Il se jeta dans l’escalier. Bouchard dégaina un revolver.

- Non ! cria Reine. Il a Chloé. Vous risquez de la blesser !

Marc se releva. Bouchard était déjà à la poursuite du fuyard. Mais ses jambes le trahirent. Dans sa précipitation, il manqua une marche et roula jusqu’au palier suivant.

Marc trébucha sur le corps du commissaire. Reine, hystérique, hurlait : « Arrêtez-le, arrêtez-le ! »

Déjà l'avocat s'éloignait dans la rue. Les passants regardaient cet homme qui fuyait avec une petite fille dans ses bras, étonnés. Personne n'osa le stopper.

Bouchard se redressa, contusionné, et saisit son portable. Il composa le 17. « Un homme vient d'enlever une petite fille et court dans une des rues qui part de la place Miollis. Il faut l'arrêter de toute urgence. Attention, il a l'enfant avec lui, une fillette de 6 ans. » Il demanda à Reine : « Vous connaissez l'immatriculation de sa voiture ? »

- C'est une Audi, je crois. De couleur grise, mais je ne connais pas son numéro.
- Bon. Une Audi grise, immatriculée probablement 84, mais il est possible aussi que la plaque ait été changée. Il faut établir des barrages. La fillette est en danger. Je suis le commissaire Bouchard, et je suis avec ses parents. L'homme en question… »

Bouchard donna tous les renseignements, identité, domicile, numéro de portable. Puis il s'adressa à Reine : « On ne peut rien faire d'autre. Il n'ira pas loin.

- Mais s'il fait du mal à Chloé ?
- Je ne crois pas. Il l'aime bien. Il ne touchera pas à un de ses cheveux, rassurez-vous. S'il rentre chez lui, il se fera attraper. La police va lancer immédiatement une alerte enlèvement. Vous avez une photo de lui, et de votre fille ?
- De Chloé, non, pas de récente. Et de lui…Reine réfléchit : non, je n'en ai pas non plus. Il n'a jamais voulu que je le prenne en photo.

106.

Samedi 4 novembre, alerte générale

Rapidement, le dispositif Alerte Enlèvement se mit en place. Sur une décision du procureur de la république, les agences de presse furent prévenues et diffusèrent le message suivant :

UNE PETITE FILLE A ETE ENLEVEE. CHLOE, 6 ANS, CHEVEUX BLONDS MI-LONGS, A ETE ENLEVEE LE 4 NOVEMBRE A 12H A AIX-EN-PROVENCE, PLACE MIOLLIS. ELLE EST VÊTUE D'UN PANTALON DE JOGGING BLEU MARINE, D'UN CHEMISIER BLANC ET D'UN PULL BLEU CLAIR. L'HOMME QUI L'A ENLEVEE EST UN HOMME D'UNE QUARANTAINE D'ANNEES, MESURANT 1,80 METRE. IL CONDUIT UN 4X4 GRIS IMMATRICULE DANS LE VAUCLUSE (84). N'INTERVENEZ PAS, APPELEZ LA GENDARMERIE AU 0 800 36 32 68 OU 0800 ENFANT, RENDEZ-VOUS AU POSTE DE POLICE OU DE GENDARMERIE LE PLUS PROCHE, OU ENVOYEZ UN COURRIEL À alerte-enlevement@gendarmerie.interieur.gouv.fr.

Dans l'heure qui suivit, toutes les chaînes de télévision, nationales ou régionales, et toutes les radios répercutèrent ce message. Dans le réseau routier, on ne put pas le diffuser en entier. Sur les panneaux apparut le texte suivant : **ALERTE ENLEVEMENT : ECOUTEZ 107.7.** Dans les gares, les aéroports, même message : **ALERTE ENLEVEMENT D'ENFANT : ECOUTEZ RADIO.**

Les panneaux d'affichage urbains furent également réquisitionnés.

Aussitôt, des appels affluèrent. Dans toute la Provence, « on avait vu » Chloé. Tous les propriétaires d'Audi grises furent suspectés, dénoncés, accusés. Les gendarmes suivaient chaque piste. Elles se révélèrent fausses. La journée de samedi passa sans apporter de nouvelle sérieuse. Bouchard avait conseillé à Reine de rester dans son studio, où elle se rongeait d'anxiété. Marc était auprès d'elle, il ne cachait pas son angoisse.

Le portable de Reine sonnait sans arrêt. Elle l'avait mis en silencieux et ne répondit qu'à sa mère, qui était tout aussi affolée qu'elle. Toutes les heures, Bouchard venait retrouver Reine et Marc. Ils l'attendaient avec impatience. Mais en voyant le visage du commissaire, ils comprenaient qu'il n'y avait rien de nouveau. Il leur répétait : « Toutes les alertes enlèvement ont permis de retrouver les enfants. Il est malin, il doit se cacher quelque part, mais il ne peut pas nous échapper. On fait le maximum.»

Le maximum, le maximum, se disait Reine. *Je m'en fiche, ce que je veux, c'est qu'ils les retrouvent. Comment Lionel a-t-il pu faire cette folie ? Dans quel état d'esprit est-il maintenant ? Et si toute cette agitation, ces menaces, la pression qu'on met sur lui le rendaient complètement dingue ? Est-il capable de faire du mal à ma Chloé ? Oh mon Dieu, faites qu'il ne lui fasse rien ! Si seulement je pouvais deviner où il a emmené ma petite fille...*

107.

Soirée d'angoisse. Au dehors, le vent sifflait, arrachant les dernières feuilles des arbres. Le visage de Reine s'était creusé de rides. A côté d'elle, Marc était très pâle, silencieux. Elle n'osait pas le regarder. Soudain, il éclata : « Tu as été amie avec ce monstre ! Quand je dis « amie », tu as peut-être été beaucoup plus que cela. Dis-moi, tu as couché avec lui ? Avec ce salaud, cet individu, qui t'a trompée pendant des jours et des semaines, ce type qui a enlevé notre enfant et que je voudrais tuer de mes mains ? »

Reine ne répondit pas tout de suite. Elle se revit dans la voiture de Lionel, le soir où il lui avait fait l'amour. Et puis, il l'avait conduite dans ce jardin, il avait déclenché la projection d'une grande photo de Camille, et lui avait montré une tombe. Elle frissonna. « Un soir, murmura-t-elle, il m'a emmenée dans un endroit qu'il était le seul à connaître, d'après lui. Et il m'a dit quelque chose d'incroyable. Un monticule : il assurait que c'était la tombe de Camille Claudel.

- Tu l'as cru ?
- Sur le moment, oui. Maintenant, je ne sais plus. Il m'a tellement menti !
- Tu dis que c'était un endroit qu'il était le seul à connaître ?

La voix de Marc était excitée, tout à coup. « Et si c'était l'endroit où il est allé ? Tu pourrais le retrouver ?

- Il y avait un bois, des cèdres je crois. Reine rougit à la pensée de ce qui s'était passé dans la voiture. C'était un coin isolé. Je n'ai pas fait attention à la route. On s'est garés là, et après, on est allés dans un jardin.

- Il y avait une maison ?
- Oui, mais elle était fermée. Les volets étaient clos. Elle m'a semblé abandonnée.
- Une maison abandonnée dans les bois ! Mais c'est un endroit génial pour se cacher ! Il faut en parler à Bouchard.

Justement, celui-ci arrivait. Quand Reine expliqua l'idée de Marc au commissaire, ce dernier se montra circonspect. « Reine, vous pourriez retrouver cet endroit ? Vous pensez qu'il serait assez imprudent pour s'y cacher ? On peut toujours essayer de le localiser, mais je n'y crois guère… »

- De toutes manières, moi, je ne vais pas rester ici sans rien faire. Je deviens fou, s'écria Marc.
- Moi c'est pareil, soupira Reine. Il faut qu'on tente quelque chose. Attendez… Lionel prétendait que Camille Claudel avait été enterrée là. En tout cas, c'est un lieu où elle venait parfois, il m'a montré des photos de Camille prises dans ce jardin. Donc la maison n'est pas très éloignée de l'asile.
- Google Maps ! cria Marc. On doit pouvoir la repérer par Google Maps. Reine, cherche sur ton ordinateur.
- Je cherche quoi ? Montdevergues ?
- Mais non ! Il ne s'appelle plus ainsi. Cherche le centre hospitalier de Montfavet. Ou plutôt non, laisse-moi chercher.

Tous trois se penchèrent sur l'ordinateur. « Je me mets en mode satellite. Regarde, là, tout près de l'hôpital, il y a une grosse tache de verdure, une forêt, entre l'avenue de la Pinède et la route de l'aérodrome. Puisque le plan indique « l'avenue de la Pinède », il y a bien un bois, là. Je vais passer en Street View. Ah ! Pas moyen de pénétrer dans la forêt, bien sûr. Mais il y a là plusieurs maisons. Vu d'en haut, tu pourrais la reconnaître, Reine ?

- Non, je me souviens juste qu'on accédait au jardin par un chemin de terre.
- Alors, ça pourrait être cette maison au bout d'un chemin, fit Lionel en pointant un bâtiment gris.
- Oui, ça pourrait, remarqua Bouchard peu convaincu. Mais ce n'est qu'une hypothèse. Boulanger POURRAIT se cacher dans ce bois, et cette tache grise POURRAIT être la maison du jardin où il vous a entraînée, Reine. Cela fait beaucoup de « pourrait » ; ça me paraît un peu hasardeux de lancer les recherches de ce côté. S'il n'est pas complètement idiot, il ne s'est pas réfugié dans un lieu que vous connaissez, ma chère. Et je ne le crois pas assez bête pour ça.
- A moins qu'il n'ait une bonne raison d'y aller ? interrogea Reine.

Une bonne raison ? Peut-être. Oui, avec Lionel, on peut s'attendre à tout.

- Moi je crois qu'il faut qu'on y aille, conclut-elle. Il détient notre Chloé. Je n'ose pas imaginer ce qu'il peut lui faire. Je le crois capable de tout !
- Il n'est pas question de laisser notre fille dans les mains de ce monstre, même s'il n'y a qu'une toute petite chance qu'ils y soient, renchérit Marc. Viens, Reine, on y va. Avec ou sans vous, Bouchard.

108.

Samedi soir 4 novembre, près de Montfavet

- Attendez, je viens avec vous, fit Bouchard. Mais auparavant je préviens les collègues. Si par hasard on voit quelque chose de suspect, ils nous retrouveront vite. On ne bougera pas, on les attendra.
- Prenons mon Scénic, dit Marc.

Une heure plus tard, ils se garaient avenue de la Pinède, près de l'hôpital de Montfavet. Marc déclara : « Laissons la voiture là, ce sera plus discret. J'ai le plan du bois en tête. On va prendre cette petite route, et marcher : nous ne sommes qu'à 500 mètres à vol d'oiseau, mais il y a pas mal de tournants avant d'atteindre le chemin de terre. »

La nuit était très noire. Grâce aux arbres touffus, on ne ressentait pas le mistral, mais Reine avait les mains glacées. Ils avançaient à la lueur du téléphone portable de Marc. Bouchard suivait à deux pas derrière.

- Ici, tu reconnais ? demanda Marc à Reine quand ils parvinrent à l'entrée d'un chemin de terre.
- Je ne sais pas. Oui, peut-être. Ça y ressemble, je ne suis pas sûre.

Le sentier caillouteux était envahi d'herbes. Pourtant, certaines tiges inclinées semblaient indiquer qu'il était parfois emprunté. Marc dirigea son portable vers le sol : « Il y a des traces de pneus. Ce chemin n'est pas aussi abandonné qu'il y paraît. » Une lueur, à une cinquantaine de mètres, lui donna raison. « Attention, plus aucun bruit. Marchez doucement. »

Ils avançaient en silence, le cœur battant. Reine sentait le sien battre si fort que ses oreilles se mirent à vibrer. Elle chancela et s'arrêta. Marc le remarqua et lui prit la main qu'elle serra très fort. Bientôt, ils distinguèrent une barrière blanche qui se découpait dans l'obscurité. Elle agita le bras pour alerter Marc et désigna la barrière pour lui faire comprendre qu'elle reconnaissait l'endroit. Il plaça son doigt sur sa bouche et fit signe qu'il avait compris.

Alors qu'ils approchaient de la barrière, la porte de la maison s'ouvrit. Deux silhouettes se découpèrent dans la lumière qui émanait de l'intérieur de la maison. Une grande et une petite, suivies d'une troisième.

Reine étouffa un cri : « Chloé ! »

Bouchard et Marc se précipitèrent pour la faire taire. Ils s'aplatirent derrière la haie mal taillée qui bordait la barrière. Bouchard alluma son portable en le tenant tout près du sol, et fit comprendre aux deux autres qu'il envoyait un SMS.

Ils entendirent une voix que tous trois reconnurent aussitôt. C'était celle de Lionel. Comme ils étaient éloignés d'une quinzaine de mètres de la maison, ils ne comprenaient pas ce qu'il disait. Il s'adressait à l'autre silhouette, la grande, qui le suivait. Mais bientôt le petit groupe s'approcha, se tint près d'un monticule, et ils distinguèrent les mots que Lionel proférait d'une voix rogue :

- Toi, Gugusse, tiens-toi là, à côté de la petite. Si elle bouge, empêche-la de s'enfuir.
- Elle ne bougera pas, puisqu'elle a retrouvé son papa. Hein, Blandine, tu seras sage ?

La fillette ne répondit pas. Elle se blottissait contre la jambe de Gugusse et semblait tomber de sommeil.

- Vous n'allez pas lui faire de mal ?
- Mais non, ne t'inquiète pas.

Reine fit un mouvement pour se lever. Marc posa une main ferme sur son épaule pour l'obliger à rester accroupie. Elle lui jeta un regard implorant. En vain. De sa main libre, il lui fit comprendre qu'ils devaient rester cachés.

Lionel fit deux pas en arrière, et retira de derrière un arbre une grande pelle qu'il avait dû cacher là. Gugusse le regardait, l'œil torve. « Qu'est-ce que vous faites ?

- T'occupe. Surveille la petite, c'est tout.

Il s'attaqua au monticule. Reine ouvrit des yeux épouvantés : elle se souvint qu'il lui avait montré ce tas de terre en lui disant que c'était la tombe de Camille Claudel. Après avoir écarté les feuilles mortes, il creusa, creusa encore. La terre était molle et ne résistait guère. Bientôt apparut une planche de bois, puis un cercueil entier, se dégagea. Reine eut un hoquet. *Il ne va quand même pas l'ouvrir ! Quelle horreur !*

Mais Lionel fit avancer la petite fille, et la tint devant lui, ses deux mains posées sur les épaules de la fillette. Gugusse contemplait la scène, effaré. D'une voix forte, Lionel s'écria :

- Camille ! Réveille-toi ! Tu la reconnais ? C'est ton arrière arrière-petite-fille. Ton sang coule dans ses veines. Camille, écoute-moi. Montre-toi, fais un geste pour me prouver que tu m'entends. Camille, montre-toi !

Bouchard tira la manche de Marc et pointa un doigt sur sa tempe. Marc fit signe qu'il avait compris, mais ne bougea pas. Reine avait la bouche ouverte, elle était paralysée par la stupeur.

Une longue minute passa. Lionel grommela : « Bon, c'est comme ça. Tu l'auras voulu, Camille. » Il sortit de la poche de son manteau un tournevis et, toujours à la lueur de son portable, commença à tourner les vis qui maintenaient le cercueil fermé. Quand il les eut dégagées, il fit glisser le couvercle sur le côté, et regarda à l'intérieur. Il eut l'air satisfait.

Reine était sur le point de s'évanouir. Marc et Bouchard contemplaient la scène, fascinés. Gugusse et Chloé se tenaient un peu en arrière. La petite fille avait les yeux fermés et semblait dormir debout.

- Approche ! ordonna Lionel.
- Qu'est-ce que vous voulez faire ? demanda Gugusse d'une voix angoissée.
- Juste réveiller un peu cette dame, répondit Lionel avec un large sourire. J'ai lu quelque part que si l'on réussit à glisser entre les dents d'un macchabée une goutte de sang d'un de ses descendants, on prend possession du mort, on peut lui parler et il répond. C'est raconté par Héliodore. Mais bien sûr, tu ne sais pas qui c'est, Héliodore !
- Ben non, fit l'autre, hébété. Mais où il est le descendant, comme vous dites ?
- Imbécile ! c'est la gamine !
- Quoi ! Blandine ? Qu'est-ce que vous allez lui faire ?
- Juste une petite piqûre, t'inquiète pas. Il sortit un canif de sa poche. Au bout du doigt, avec ce petit canif, ça ne lui fera pas mal. Elle ne sentira presque rien.

A ce moment-là, Reine se dressa en hurlant : « Noooooon ! », échappa à la main de Marc, et se précipita vers le petit groupe. Lionel se retourna, sidéré.

Mais il se reprit très vite en reconnaissant Reine. Il arracha la fillette des mains de Gugusse et plaça son canif sur la gorge de Chloé. « Décidément, tu n'auras jamais rien compris ! » dit-il à Reine avec un grand éclat de rire. « Mais cette fois, tu ne m'empêcheras pas de faire ce que je veux. Tu vas assister à quelque chose d'extraordinaire. Je vais faire parler la grande Camille Claudel. Je vais prendre possession de son génie ! Je vais m'emparer d'elle, de son talent. Je vais devenir moi aussi génial, aussi génial qu'elle ! »

- Mais tu es complètement fou, cria Reine. C'est impossible, c'est de la folie !
- Pourquoi crois-tu que j'aie fait tout ça ? hurla Lionel. Je serai le plus grand sculpteur du vingt-et-unième siècle. Ne t'approche pas, sinon je la tue.

Et il appuya la pointe du canif sur la gorge de la petite fille. Une goutte de sang perla. Elle cria.

Bouchard et Marc, qui s'étaient dressés derrière Reine, assistaient, impuissants.

Au loin, une sirène hurla.

109.

Bouchard entendit la sirène, et cria : « Ils arrivent ! Boulanger, tu es foutu ! ». Mais Lionel, tout à sa fureur, appuya la pointe du canif sur la gorge de la fillette, qu'il maintenait fermement de la main gauche. Reine et Marc avaient les yeux fixés sur le canif. Un filet de sang se mit à couler. Chloé pleurait. Reine tomba à genoux à quelques mètres de la tombe.

- Je t'en supplie, Lionel, laisse-la. Je ferai tout ce que tu voudras. Moi aussi, je descends de Camille. Prends-moi, je te donnerai tout mon sang s'il le faut, mais laisse-la, par pitié.
- Et pourquoi je ferais ça ? répliqua Lionel, narquois. Je n'ai plus besoin de toi, pauvre idiote ! J'ai la petite, ça me suffit.

Il tira de sa poche un minuscule godet qu'il appliqua contre la gorge de Chloé pour recueillir un peu de sang. Il se tourna vers Gugusse en disant : « Tiens-la, pendant que je verse ça entre les dents de Camille. » Il se pencha sur le cadavre, écarta la mâchoire et fit couler le sang. Puis il se redressa et dit d'une voix forte : « Camille, voici le sang de ton arrière arrière-petite-fille. Si tu ne te manifestes pas, je la tue, et tu seras responsable de sa mort. Fais-moi devenir toi, donne-moi de ton génie, que le sang versé de cette enfant soit le prix de la transsubstantiation entre toi et moi, comme celui du Christ devient le vin de messe, à l'église. »

Bouchard se retourna car des lumières de phares trouaient la forêt derrière eux. Il maudit les policiers en grommelant « Peuvent pas être plus discrets, ces imbéciles ? ». Lionel continuait sa macabre incantation : « Camille, viens en moi, réveille-toi, fais-moi un signe au moins. »

Marc évalua la distance qui le séparait de Gugusse et de Lionel. Il fit un signe à Bouchard qui voulait dire *Tant pis, on tente le tout pour le tout !*

Mais Lionel avait repris la fillette des mains de Gugusse, et l'obligea à se pencher sur le cercueil. Il avait les yeux exorbités, tenait la tête de l'enfant par les cheveux et appuyait le canif sur sa gorge : « Camiiiiiiille ! Tu l'auras voulu ! C'est de ta faute ! »

Bouchard et Marc se précipitèrent en avant. A cet instant, plus rapide qu'eux, Gugusse s'empara de la pelle tombée à terre, et de toutes ses forces, en criant : « Noooon tu ne la tueras pas ! » il asséna un coup sur la tête de Lionel.

L'avocat s'écroula à côté du cercueil. Marc fonça sur Chloé et la prit dans ses bras. Derrière eux, de nombreux pas se firent entendre, écrasant le tapis de feuilles mortes. C'était, enfin, la police. Gugusse laissa choir la pelle et regarda Reine, l'air hébété. Il fut aussitôt entouré par les policiers qui lui passèrent les menottes. Reine, sans le voir, se releva et courut vers Marc et Chloé en pleurant. Elle les étreignit tandis que Bouchard parlait aux policiers.

110.

- Il a son compte, fit Bouchard après avoir retourné le corps de Lionel. Gugusse ne l'a pas raté !
- Que voulez-vous dire ? Il est mort ? demanda Marc.
- Je crois qu'il ne fera plus de mal à personne. Son pouls ne bat plus. Je vais le faire emporter.

Reine regarda le visage de celui qu'elle avait aimé quelques jours. Il avait les yeux ouverts, n'exprimait plus rien. Elle ne ressentait aucune émotion, seulement un grand soulagement. Elle vit que Marc l'observait. Elle tourna la tête vers lui et lui sourit.

- Que va-t-il advenir de Gugusse ? demanda encore Marc.
- Il ira en prison, bien sûr, dit Bouchard. Pour enlèvement d'enfant. Mais les juges tiendront compte de ce qu'il a fait aujourd'hui. Il a sauvé cette enfant.

Chloé avait cessé de pleurer. Elle se blottissait contre Reine qui répétait : « C'est fini, ma chérie, c'est fini. Nous sommes là, ton papa et moi. C'est fini. »

Bouchard réglait avec le commissaire de police l'évacuation du corps. Puis il s'approcha de la tombe, encore ouverte, qui contenait la dépouille de Camille : un squelette, drapé dans des lambeaux de vêtements. Il interrogea Reine du regard : « On referme, qu'en pensez-vous ? Elle a droit au repos, maintenant ?

- Oui, répondit-elle d'une voix raffermie. Ré-enterrez-la, et son secret avec elle. Je crois que c'est le mieux pour elle.

Il fit glisser le couvercle du cercueil au-dessus du cadavre, récupéra quelques vis, puis saisit la pelle abandonnée et en quelques minutes reconstitua le monticule. La lune s'était levée. Un rayon se faufila à travers les feuillages. Seule la terre fraîchement remuée indiquait qu'un drame avait failli se jouer en ce lieu.

111.

Dimanche 5 novembre, chez Reine

- Il y a encore pas mal de choses que je n'ai pas comprises, fit Marc en trempant une tartine de pain beurrée dans son café au lait. Comment as-tu pu te laisser embobiner par ce triste sire, Reine ?
- Ne lui jetez pas la pierre, intervint Bouchard qui venait de les rejoindre après être passé au commissariat. Ce triste sire, comme vous dites, avait bien monté sa machination. Les hasards de son métier l'avaient mis en possession de la fameuse malle que votre beau-père tenait de son père, qui lui-même l'avait héritée de son père et de son grand-père. Avec les années, nul ne savait plus que cette malle contenait les dernières œuvres de Camille Claudel, sculptées en cachette de tous. Seul Lionel Boulanger, qui avait une solide culture artistique, reconnut la « patte » de l'artiste. Il déchiffra la lettre contenue dans la malle, découvrit que Reine était la descendante de Camille, et s'arrangea pour la faire tomber dans ses griffes. Dans son esprit malade de nécromancien, il voulut alors s'emparer du génie de Camille en la faisant revivre, ou revenir pour l'inspirer, lui, le sculpteur sans génie. Avec l'aide d'un sous-fifre, un pauvre demeuré qui lui obéissait aveuglément, il lui fit envoyer des lentilles, une perruque, des robes, pour la déguiser en Camille – à laquelle elle ressemble un peu, convenez-en.

Il a même essayé de la faire poser pour lui, mais elle a refusé.

- Encore heureux ! Mais comment n'a-t-elle pas vu clair dans son jeu ?
- Là, il y a eu le grain de sable. Gugusse, son homme de main, avait un amant qu'il cachait soigneusement à son « patron ». Un certain Tony. Celui-là même qui nous a mené jusqu'à Gugusse. Le Tony en question mis au courant sans doute par son amant, a extrait de la malle les statuettes modelées par Camille, a trouvé l'adresse de Reine, et s'est dit qu'il pourrait tirer de l'argent de cette histoire à laquelle il ne comprenait pas grand-chose. C'est lui que j'ai rencontré avec elle, et failli coincer.
- Bon, ok, ok, on a affaire à un fou, un simplet et un salopard. Joli trio. Mais que vient faire notre petite Chloé là-dedans ?
- Alors là, ce n'est pas un simple grain de sable, c'est l'énorme tuile, la malédiction, le pas-de-chance, la catastrophe. Gugusse, simplet comme vous le savez, avait enlevé presque sans le faire exprès votre petite fille – oui, je sais, sa mère ne la gardait pas comme il fallait, vous lui en voulez très fort depuis…

Reine rougit et baissa la tête. Marc fit un geste de la main pour inviter Bouchard à continuer :

- Il avait ramené Chloé chez lui, en avait parlé à Boulanger. Et c'est comme ça, d'ailleurs que ce dernier a été mis sur la piste de votre famille. Tout le reste en a découlé. Imaginez la joie de ce type, ce sculpteur médiocre, quand il s'est rendu compte qu'il avait tous les atouts en main : le secret de la descendance de Camille Claudel, ses dernières œuvres, son arrière-petite-fille presque sous la main. Il ne lui restait plus qu'à conquérir la maman. Ce qu'il a fait de main de maître.

- Mais qu'avait-il besoin de Reine, puisqu'il avait Chloé en son pouvoir ?
- Ça, ça m'a beaucoup intrigué, et ça m'intrigue encore un peu. Il a fallu que je rentre dans l'esprit tordu de cet individu. L'avantage que présentait Reine, s'il arrivait à la persuader qu'elle était – comment dire ? une sorte de clone de Camille, était multiple. Par chance, Reine s'intéressait de près à son aïeule (sans savoir qu'elle en descendait). Elle lui ressemblait. Boulanger lui a montré la tombe en espérant qu'elle « deviendrait » Camille, qu'elle pourrait alors l'inspirer, lui. Allez donc savoir jusqu'où pouvait aller sa folie.
- Mais Reine s'est méfiée.
- Et elle a fait appel à moi. Je peux dire, sans me vanter, que je lui ai un peu ouvert les yeux.
- Alors, s'écria Reine, il s'est « rabattu » malheureusement sur ma fille !
- Eh oui, faute de mieux…

Bouchard contempla la fillette qui avait retrouvé le sourire, et qui partageait leur petit déjeuner, au bout de la table. Reine était aux petits soins. Elle nageait dans le bonheur. « Encore une tartine, Chloé ? – Oui, maman, s'il te plaît. »

- Bon, je vais vous laisser. Encore une chose : qu'allez-vous faire de la malle ? Ah, je ne vous ai pas dit ? Tony a parlé, il a raconté aux gendarmes de Sorgues où il l'avait cachée. Ceux-ci sont allés la chercher, elle vous attend à la gendarmerie. Reine, tu vas récupérer toutes les statuettes de ton aïeule, et tous les papiers concernant ta filiation. Tu en feras ce qu'il te plaira. Et puis….

Bouchard hésitait.

- Quoi d'autre ?
- Il a avoué autre chose…
- Dis !
- C'est lui qui a tué ton amie. Elle était venue te retrouver à l'endroit où tu lui avais dit avoir rendez-vous. Que s'est-il passé alors ? C'était un sale type, bien pire que son ami Gugusse. Il a vu cette jeune fille sans défense…A-t-il eu l'intention d'abuser d'elle ? Non, je ne crois pas que c'était dans ses mœurs. Mais l'occasion était trop belle de se livrer à ses mauvais instincts. Il a cru, sans doute, que son trafic de statuettes était découvert, il a pris peur.

Reine éclata en sanglots. « Pauvre Patricia ! ». Marc prit la main de Chloé, la glissa dans celle de Reine et murmura : « Ne pleure plus. C'est très triste pour ton amie, mais nous sommes là, maintenant. »

112.

En septembre 1939 se déclencha la deuxième Guerre Mondiale. A Montdevergues, les médecins et le personnel masculin furent mobilisés. Les restrictions alimentaires se firent de plus en plus sévères. En 1943, le docteur Izac, médecin-chef, fit part à Paul Claudel de « l'aggravation de l'état » de sa sœur qui présentait « outre un affaiblissement intellectuel, un amaigrissement et la présence d'œdèmes malléolaires ».

Les 20 et 21 septembre 1943, Paul vint rendre une dernière visite à sa sœur.

Le 19 octobre à 14h15, Camille décéda d'un ictus apoplectique. « Elle s'est éteinte tout doucement après avoir reçu les sacrements » écrivit à Paul Félix Boutin, aumônier de l'asile.

Son corps fut inhumé le 21 octobre au cimetière de Montfavet, dans le carré numéro 10 réservé aux pensionnaires de Montdevergues. Par la suite, ses restes, dit-on, furent déposés à l'ossuaire.

Sur son acte de notoriété, on peut lire : « Mademoiselle Claudel est décédée à Montfavet, le 19 X 1943, où elle se trouvait momentanément. »

Momentanément ??!!....

Du même auteur

2008 : *Ta mort sera mon chef d'œuvre*, 201 p., éditions *Ecrire, Lire, Dire* (épuisé)

2010 : *La Vengeance est plus douce que le miel*, 491 p., éditions *Sextiae*

2011 : *Grandes Affaires Criminelles des Alpes de Haute-Provence,* éditions *De Borée*, Grand Prix des Médiathèques Luberon-Durance-Verdon.

2014: *On a vu souvent rejaillir le feu*, 516 p., éditions *Baudelaire.*

2016 : *Un Siècle de Faits divers dans les Alpes de Haute-Provence*, éditions *De Borée.*

2018 : *Sur les traces d'un certain Nicolas...*, éditions de *St Trophime*

Adresse :
369, Chemin de la Barque,
04800, Gréoux-les-Bains

tél : 06 08 92 86 05
e-mail : marienoelpaschal@orange.fr
site: http://www.marienoelpaschal.com

Printed by Amazon Italia Logistica S.r.l.
Torrazza Piemonte (TO), Italy

58531283R00210